# 勇者王ガオガイガー FINALplus

著：竹田裕一郎
原作：矢立 肇

# 主要キャラクター

天海護とギャレオンが宇宙へ旅立った後、ガオファイガーを完成させ、新体制となったGGGは、人類の平和を脅かす存在と日夜戦い続けている。原種大戦後に消息を絶った戒道幾巳とソルダートJの行方は不明のままである。

ステルスガオーⅢ

ライナーガオーⅡ

ガオファー

ドリルガオーⅡ

ファントムガオー

## ガオファイガー

獅子王凱とファントムガオーがフュージョンしたガオファーが、新型ガオーマシンとファイナルフュージョンすることで完成するファイティングメカノイド。

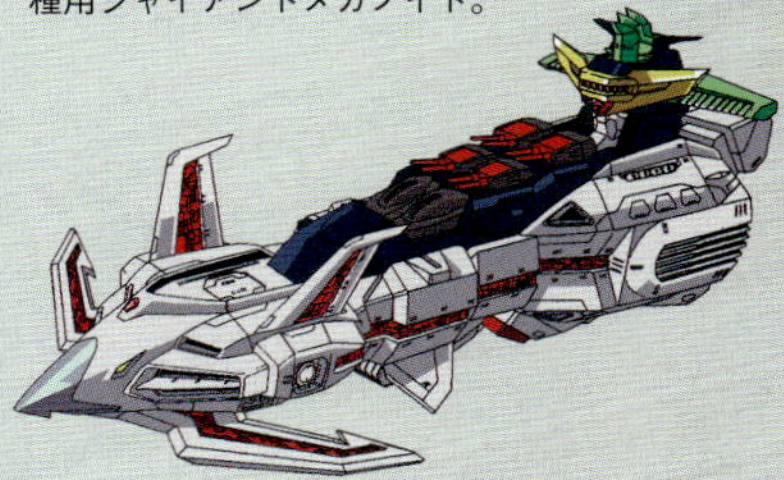

## キングジェイダー

ジェイダーとジェイキャリアーがメガフュージョンして完成する、赤の星の対原種用ジャイアントメカノイド。

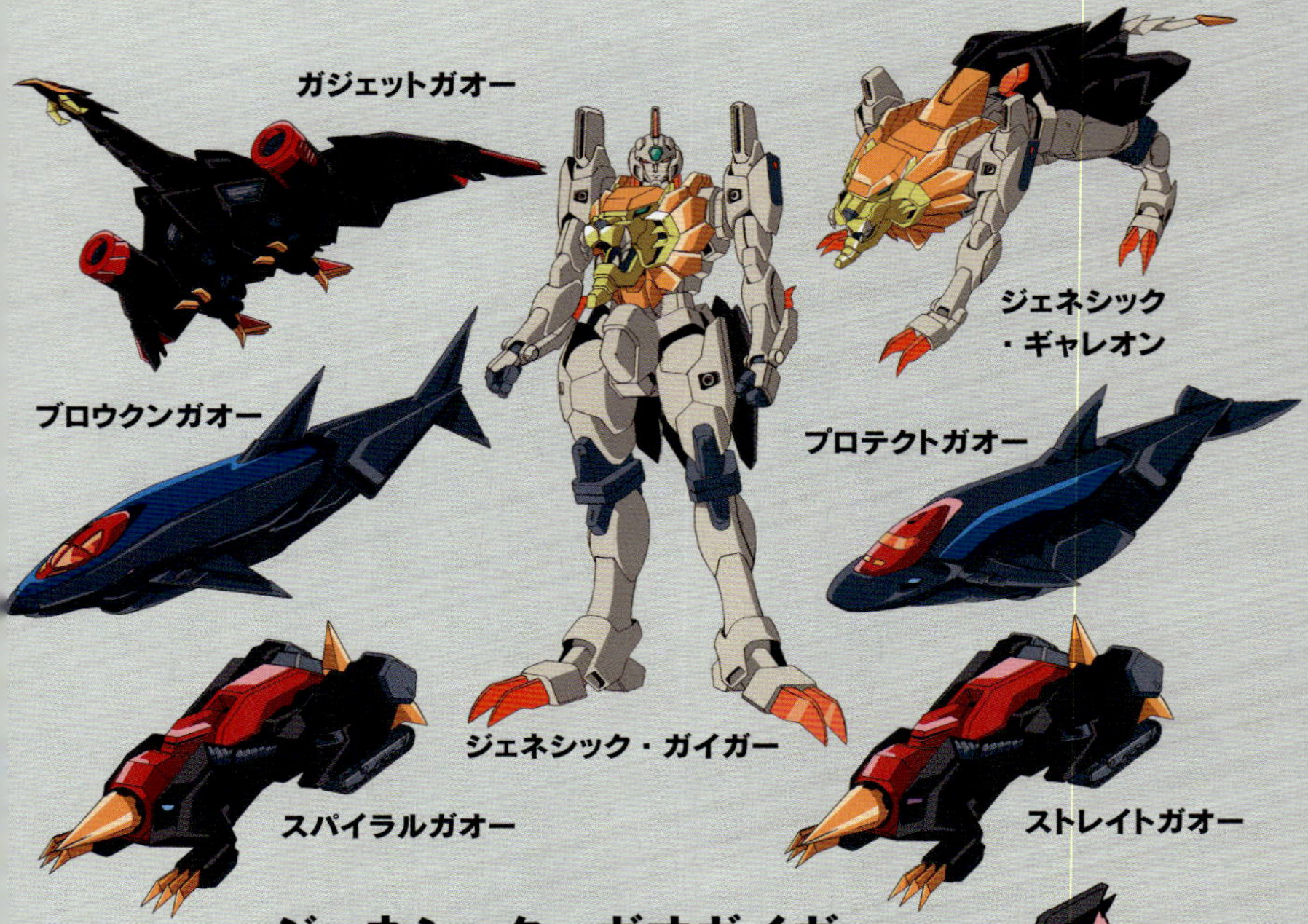


## ジェネシック・ガオガイガー

ソール11遊星主のアンチプログラムとして作られた、真のガオガイガーとも呼べる最強の破壊神。

# 勇者王ガオガイガー FINALplus

竹田裕一郎
原作／矢立 肇

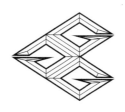

CONTENTS



本文イラスト：木村貴宏
中谷誠一

# 終章　浜辺の石碑　―西暦二〇〇八年―

## 〝勇気ある誓いとともに〟

石碑の下に掲げられたプレートには、そう刻まれている。

東京湾に建設された海上都市Gアイランドシティ、その南の浜辺にある石碑は命の宝石――Gストーンの形を模していた。

一か月前に建立されて以来、そこを訪れる人影が絶えることはない。だが、そこに供物はなかった。いまだ還らない人々の無事を祈るためのものであり、墓碑ではないからだ。

およそ一年前のガッツィ《G》・ギャラクシー《G》・ガード《G》の行動が、いかに評価されるべきか――その結論はいまだ定まっていない。

彼らは叛乱者であり、勇者ロボと最新鋭装備を私的に運用した結果、地球圏から追放処分を受けた。それが公式な記録だ。

だが、それを真実だと思っている者はいない。彼らはかつて〈原種大戦〉において全人類を救った勇者たちだ。そして、その後の戦いでは全宇宙を救ったといっても、過言ではない。

しかし、それはふたりの少年の言葉で語られるのみで、公式記録を書き換えるには至っていなかった。

その夜も、少年はここへやってきた。長い時間、石碑を見つめ、そしてつぶやく。

「みんな――まだ帰ってこないのかな……」

応える者はいない。

物語は――いや、神話は一年前にさかのぼる。

# 第一章　真夏の雪　―西暦二〇〇七年七月―

## 1

「ほら、命《みこと》」

差し出されたソフトクリームを、卯都木《うつぎ》命は嬉しそうに受け取った。目の前を通り過ぎていくあの子が持っている同じものを見て、食べたくなったようだ。いや、彼女がすでに覚えていないであろう記憶を、同じものを食べることで共有したくなったのかもしれない。

（あの時、命が渡そうとしたソフトクリームを、カロリー高いし醸酸菌を繁殖させたくない……と言って、断ってたっけ）

獅子王《ししおうがい》凱と命の記憶のなかにいる、その少女はすでに存在しない。

「あーっ、私のアイスが……」

凱と命が振り返ると、その子がソフトクリームを路上に落としてしまったところだった。命が優しく微笑んで、自分のアイスを手渡した。

「はい」

「あ、ありがとう、お姉さん……」

「気をつけてね、お嬢ちゃん」

幾度も会釈する母親に手を引かれ、彼女は去っていった。六歳という年齢にふさわしい、無邪気な笑顔を残して。

親子の姿が見えなくなってから、凱《がい》はつぶやいた。

「寂しいよな、俺たちのこと、まったく覚えてないってのは」

「ううん、あの子が普通の子供として暮らしているって証拠だもん。これでいい」

彼女の名前は、アルエット※1――かつては『ガオファイガー・プロジェクト』に参加した技術者だった。

獅子王雷牙《ししおうらいが》と高之橋両輔《たかのはしりょうすけ》という二大天才科学者の頭脳をもってしても、新生勇者王・ガオファイガーの開発計画は難航した。いや、ハードウェア上の問題はクリアされ、実機の開発そのものは問題なく、当初の予定通り二〇〇六年六月には完了していた。

難関は、ソフトウェアの開発途上に発生した。ブラックボックスであったギャレオンのシステムと異なり、ガオファイガーの中核となるファントムガオーは純地球製の機体である（もちろん、Gストーンを除いてのことだが）。それ故に、プログラムリングという新機構が構想された。凱とファントムガオーがフュージョンしたガオファーの制御系に合体プログラムを統合処理させ、各ガオーマシンに光学転送するというものである。このプログラムリングにより、ガオガイガー以上に安定したファイナルフュージョンが実現するはずであった。しかし、このシステムが、想定値以上の安定性を発揮できなかったのだ。

その難題を解決したのが、アルエットだ。だが、その年の年末に至り、ハードとソフトの両面が完成に近づいたとき、ガオファイガーのガオーマシンは国際的犯罪結社バイオネットに奪われてしまった。それも、卯都木命《うつぎみこと》の身柄とともに。

長きに渡る探索の間、アルエットは凱と行動をともにし、命とガオーマシン発見に全力を注いだ。そして、二〇〇七年一月、香港における決戦で命を取り戻した凱は、ガオファイガーの初起動を成功させた。しかし、その際の負傷によって、アルエットは天才的な知能とそれまでの記憶を、すべて失ってしまったのである。

その結果、アルエットは普通の子供となんら変わらない存在となった。GGG《スリージー》はかねてより諜報部が捜しだしていた実母に事情を説明し、あらためて彼女を託したのである。


「あの子が大人になった時、あらためて友だちになれたらいいな」

「その時は、俺たちの子供とも、仲良しになってほしいよな」

「やだ、凱ったらなに言ってんのよ！」

頬を染めた命が、凱の脇腹を肘でついてきた。実際のところ、エヴォリュダーとなった凱の肉体が、子孫を残せるものかどうか、はっきりとはしていない。だが、凱はそのことに関して、判明しているはずの検査結果を知ろうとはしなかった。

いずれにせよ、バイオネットとの戦いはいまだに続いている。ガオファイガー・プロジェクトの完成によって、フェイクGSライドで駆動するバイオネットロボは、すでにGGGの敵ではなくなっている。それでも、凱が陣頭に立って戦い続けねばならないことには、変わりないのだ。

（命《みこと》には悪いこと、してるんだろうな。本当だったら、原種大戦が終わった時点で普通の生活に戻りたかっただろうに。もし、すべての戦いが終わったなら……）

終わったら、どうするのか？　なまじ、戦いの日々が長く続いているだけに、かつての平和な生活を取り戻したときの自分を、凱《がい》は想像できずにいた。

「もう、凱ったらどうしたの？」

頬をふくらませている命を見て、自分がなにか話題を聞き逃してしまっていたことに、凱は気づいた。

「あ、悪い、なんだっけ……？」

「もお、いいよ。ただ凱が寒そうだから、暖めてあげようかと思っただけ」

「そっか、暖めてほしいのか」

凱は命の肩をしっかりと抱き寄せた。

「私が暖めてほしいなんて、言ってないでしょ」

「まったく、命は素直じゃないなぁ」

じたばたと暴れているうちに、見上げた命の瞳が、見下ろした凱の瞳の至近距離にあった。どちらからともなく、唇を重ねあわせる。

「……凱の唇、あったかい」

「この身体になって、もう一年半だぜ」

「良いことは、いつまで経っても良いの！」

言うと、命《みこと》は身体を震わせた。

「寒い……」

「なら、ソフトクリームなんか買うなよ」

「七月だよ、アイスくらい食べたくなるでしょ」

「そういや、夏なんだよな、いま……」

アルエットが暮らしているこの街は、フランスのリヨン旧地区である。かつてGアイランドシティで保護されていた母とともに、その故郷に戻っていたのだ。

北半球でこの時期に、道行く人々も凱《がい》たちも長袖を着ているのは、かなりの異常気象だと言えた。

「最近、おかしな天気が多いよねぇ。日本の中国地方でも長雨でたくさん被害が出てるみたいだし……」

「最近……というより、去年からだな。日本中でたしか一月《ひとつき》くらい、濃霧が続いたことあっただろう」

「ああ、あったあった！　北海道に飛行機が落ちて※2、なんとかいう研究所が壊滅しちゃったよね」

「……釧路の生工食料研究所さ。あそこの研究主幹の人は、父さんの古い知り合いだったらしいけど、あの事故で亡くなられたそうだ」

「え、そうなの⁉　ごめん……！」

「いや、いいんだ。俺も話に聞いただけで、会ったことがあるわけじゃないしな。それより、もうすぐ休暇も終わりだ。オービットベースに戻らないとな」

「……うん、そうだね」

「でも、土産くらい買うヒマあるな」

「ほんとに！」

輝くような命の顔を見て、凱もまた、嬉しくなった。エヴォリュダーといえどこの時点では、翌月のカード支払金額を知る由はない。

凱と命の休暇は、予定より十八時間もはやく終了した。ふたりがそのことを報されたのは、大荷物を抱えてたどりついた、リヨン空港に隣接するサン・テグジュベリ駅の構内においてである。

「Qパーツがバイオネットに奪われた⁉」

驚く凱に対して、通信で事態を連絡してきたパピヨンははるかに落ち着いていた。

「ええ、昨日、ＥＬＰＰが襲撃されたとの連絡が、フランス政府からありました。襲撃犯がバイオネットと気づいて、ようやく秘密主義を撤回することにしたようです」

「ＥＬＰＰ？　ああ、セルンのことか」

ヨーロッパ素粒子物理学研究所の正式な略称は、ＥＬＰＰである。もっとも、世間ではフランス語の通称であるセルンで呼ぶ者が多い。それをフランス人でありながら、正確に呼ぶあたり、折り目正しいパピヨンらしかった。

「バイオネットは陸路でＱパーツとともに逃走中。現在、シャッセールがパリ市街へ追い込んだとのことです」

「もしかして……ルネが⁉」

「ええ、命《みこと》さんの推測通りです。獅子の女王《リオン・レーヌ》※3が、追跡にあたっています」

ルネの戦闘力に関しては、不安を抱く必要はまったくない。だが、バイオネットに深い因縁と憎悪を抱く彼女が、常日頃からとかく暴走しがちであることを、凱《がい》たちはよく知っていた。

「わかった、俺たちもすぐパリへ向かう」

「いえ、その必要はありません」

パピヨンに言葉の意味を問いただそうとしたとき、唖然とした表情の命が、凱の袖口を引っ張った。

「なんだよ、命……」

命の視線の先を追った凱も、言葉を失った。フランス第三の空港である、リヨン空港の滑走路と駐機エリアから、一斉に旅客機が待避を始めている。それはまるで、危機を感じた水鳥が、湖から逃げ出していく様子を思わせた。

「現在、リヨン空港に向かって、ツクヨミが大気圏突入中です」

ガオファイガー・プロジェクトで新造されたディビジョンの一艦である超翼射出司令艦《ちょうよくしゃしゅつしれいかん》〈ツクヨミ〉は、全幅一キロメートルにも達しようという超大型艦である。ウルテクエンジンによってほぼ垂直に近い着陸が可能だが、一般の旅客機からすると、小鳥の群のなかに大型猛禽類が飛び込んできたようにも思えるだろう。

「命さんは、そのままツクヨミに乗り組んでください。凱さんは搭載されているファントムガオーで先行をお願いします。ちなみに、空港の利用許可はフランス政府が自発的に提供してくださったものなので、ご心配なく」

その言葉の後半は、天空から降ってくる巨大な轟音にかき消されて、凱と命の耳には届かなかった。

## 2

単機での大気圏離脱をも可能とする、ファントムガオーの高加速に平然と耐えながら、凱は自分の神経と機体の情報系を接続した。こうすることで、視覚や聴覚の数万倍の速度で情報を得ることができる。エヴォリュダーならではの能力だ。

（……なるほど、フランス政府が自力で解決したいと考えるわけだ）

どうやら、事件の背後には元老院の大物が関与しているらしい。セルンを訪れた襲撃犯は、政府発行の正式な書面を提示して、堂々とQパーツを持ち去ったというのだ。元老院とバイオネットの関係は、なんとしても公にせずにすませたいはずだ。

フランスGGG《スリージー》と密接な関係にあるシャッセールの手配によって、GGGに出動を要請することが、かえって迅速な事件解決に近づく……そう、話が推移したのだろう。

（しかし、問題はQパーツがバイオネットの手にあるということだな）

Qパーツとは、この年の初頭から世界の各地に相次いで出現した謎の物体である。合計四個が発見、回収されたこの物体は、正体不明の超エネルギーを放出していることから、地球外知性体との関連が疑われた。そのため、GGG《スリージー》オービットベース、アメリカGGG宇宙センター、中国科学院航空星際部、そしてフランスとスイスの国境にまたがるセルン中央研究所で研究分析されていたのである。

バイオネットとQパーツの組み合わせに、凱《がい》は嫌な予感を覚えた。

パリ市街は大混乱に陥っていた。

前夜から降り出した雪が本格的に積もりだし、街を憂鬱に満ちた白一色に染め上げている。また、七月の大雪という異常気象に、各所で交通事故が発生。都市機能は麻痺の寸前にかろうじて踏みとどまっている状態だった。

そこへ、バイオネットと〈獅子の女王《リオン・レーヌ》〉の戦いが持ち込まれてきたのは、市民にとって災厄と言うしかなかった。もちろん、フランスの公的機関職員であるルネが、好んで街に被害を出そうと考えるはずはない。しかし、相手がバイオネットとなると、彼女の視界は急速に狭くなる。人命第一、被害を考慮、といったごく一般的なモラルが視野からはみ出してしまいがちになるのだ。

バイオネットの方は最初から、人道的見地に一八〇度背を向けている。ルネに追いつめられた作戦指揮官・ギムレットは、Qパーツを運搬させていたトレーラー及び、ダミーの車体をすべて小型機動兵器に変形させ、パリ市街へ潜り込ませた。

かつて、GGG関係者が連続誘拐される事件[※4]が起こったことがある。その際、主犯のギムレットはアジトをシャンゼリゼ通りに面した高級ブティックに偽装していた。

「意外じゃないね。奴らのやりくちはいつもこうさ。街中ではこっちもムチャな攻撃がしにくい。逃げる時も一般市民に紛れて……ってわけさ」

――ともに調査に当たったGGG諜報部のボルフォッグに対して、当時のルネがもらした言葉である。

（ちぃっ、わかっていたのに、なんで市街地に入れてしまったんだ……！）

機動兵器群はノコギリの歯のようなパーツを高速回転させ、建物に、交通機関に、街路樹に、容赦のない攻撃を加えようとしていた。

「ひゃははは！」

歪んだ陽気さが、逃げまどう人々をあざ笑う。ギムレットのその声を聞いた時、ルネの脳裏は一気に灼熱化した。

（……バイオネットめ！）

ルネがサイボーグとなったのは、バイオネットの人体実験の結果である。ただでさえ、激しい怒りが燃えさかる彼女の心中に、ギムレットはさらなる油を注いだことになる。

だが、それこそがギムレットの策であった。

「ここだよ！」

ギムレットが乗った機動兵器は、いきなりビルの屋上で身構えていたルネの背後から現れた。

「！」

高速回転する刃に弾かれ、ルネは空中に放り出された。普通の人間なら、胴体を両断されていたところだ。その斬撃に耐えたサイボーグ・ボディとはいえ、十数メートルの高さからコンクリートに叩きつけられれば、ただではすまない。

数秒後に訪れるであろう、衝撃と苦痛に対して身構えたとき、ルネの身体は空中で見えない手に受け止められていた。

見えずとも、ルネにはその腕の感触に、記憶があった。

「ムリすんなよ、ルネ」

――そして、声にも。

「凱《がい》！」

「あとはGGG《スリージー》にまかせろ！」

ルネを抱きとめた凱の足下に、巨大な蜃気楼がゆらめいていく。いや、それは光学迷彩で姿を消していた機体が、特殊機能を解除しようとしている光景だ。

「ファントムガオー！」

補助AIによる操縦で浮遊する機体の上に、ルネを下ろす。間一髪で彼女の危機に間に合ったことに、凱は胸をなでおろしていた。この従妹《いとこ》と作戦行動をともにするときは、いつもこうだ。戦いのときは常に先頭を走っているつもりだったが、ルネにだけは、気がつくと置いてきぼりにされている。

（……俺をフォローしてくれる人たちも、こんな気分を味あわされているのかな）

苦笑しかけた凱の気分は、不愉快な声によって霧散させられた。

「いけませんね～、またあなたですか。香港ではたぁいへんお世話になりましたね～～」

見上げた凱の視界に飛び込んできた姿は、さらに異形の度を増していた。機動兵器のパーツにしか見えないロボット、いや、それはサイボーグとなった現在のギムレットだ。香港におけるガオファイガーの初ファイナルフュージョン時、凱との戦いによって、まだ普通の人間であったギムレットは生身の肉体に著しい損傷を受けた。

その後も、ＧＧＧやシャッセールに襲撃を繰り返しては、逆撃を繰り返され、ギムレットの身体はそのたびに傷ついた部位をサイボーグ化していったのである。その結果が、目の前にいる、つぎはぎだらけの醜い機械の塊だ。

「ギムレット、まだ生きていたとはな。お前たちバイオネットの野望は、俺たちＧＧＧが叩きつぶす!!」

凱はギムレットの身体を、指さした。普通の人間を超えた力を、悪しき野望のために使ってよいはずがない！

「そりゃあ、いけませんねぇ～!!」

ギムレットはふたたび機動兵器の刃を回転させ、凱とルネに迫ってきた。だが、その突進は、横合いから飛び込んできた銀色のふたつの光に弾かれた。

「ふぎゃっ」

光は空中で螺旋を描き、その攻撃を放った者の両手に帰還した。ボルフォッグのダブルブーメランである。

「凱《がい》機動隊長！　ＩＤアーマー射出します!!」

ボルフォッグは内蔵されているカタパルトから、アーマーケースを射出した。

「よっしゃあ、イークイップッ！」

ケース内から圧搾空気で弾き出されたＩＤアーマーが、凱の全身に装着されていく。亡父である獅子王麗雄《ししおうれお》博士が開発したこの特殊装甲を装着して、凱は戦闘態勢となる。


一方、ギムレットが乗った本体以外の機動兵器も、市街で破壊活動を継続していた。これを迎撃するのは、シャッセールに配備されているビークルロボたちだ。

少女のような人格をプログラムされた光竜《こうりゅう》が、背部にマウントされているメーザー砲を、肩越しに前方へ展開させる。そして、セーヌ川に飛び込んでいく機動兵器群に狙点をさだめた。

「逃がさないわよ……プライムローズの月※5、最大出力！」

マイクロ波が浅い水中の機動兵器に直撃する。減衰によって大ダメージは与えられないはずだが、機動兵器はなぜか予想以上の大爆発を起こした。

「そんな！」

爆発によって引き起こされた津波が、必死に逃げる途中であった遊覧船を持ち上げる。波の頂点で遊覧船がバランスを崩したとき、光竜は次の瞬間の惨劇を予測した。

「だめぇえっ！」

「フリージングライフル！」

必死に追いすがる光竜を追い越して、冷凍光線の光が奔《はし》る。狙いがくるうことなく、波は遊覧船を放り出す寸前のかたちに凍り付いた。もちろん、船にはまったく被害は出ていない。振り向いた光竜は、自分たちのデザインベースとなった青いロボの姿を見つけた。

「ああ、氷竜《ひょうりゅう》兄ちゃん！」

「久しぶりだな、お転婆娘」

常ならば、クールと形容される声に、どこか温かい響きが含まれていた。

エッフェル塔に襲いかかろうとする機動兵器に追いすがったのは、昨年の改修で成人女性の人格を得た闇竜《あんりゅう》である。頭上に展開させたフレキシブル・アームドコンテナが、ミサイル発射口を一斉に開口する。

「全弾発射、シェルブールの雨！」

無数の小型ミサイルが、機動兵器群に向かって放たれる。だが、闇竜が目にしたのは、信じられない光景であった。

フレームを展開させた機動兵器が、隙間だらけの構造に変形し、ミサイルを易々と通過させたのだ。

（なぜ、近接信管が作動しないの……!?）

敵を素通りした小型ミサイルは、エッフェル塔の基部とその周辺に着弾した。衝撃で歪んだレールから、多くの人々を乗せたエレベーターの筐体が放り出される。

両腕のマニピュレーターで受け止めようと、闇竜《あんりゅう》は必死に走る。だが、ほんの数百メートルの距離が、このときは絶望的なものに思われた。

「間にあわないっ！」

「うおぉぉぉぉっ‼」

闇竜の頭上から、巨大な影が降ってくる。赤い人型の巨体は、頭から地面に突っ込んだようだ。瓦礫と粉塵が、巨体とエッフェル塔の姿を覆い隠す。だが、強化された光学ゴーグルを装備している闇竜の視覚は、はっきりと捉えていた。不自然な体勢で横たわる赤いロボが、エレベーターをしっかりと受け止めている姿を。

「ああ……炎竜《えんりゅう》兄さま！」

「よっ、元気にしてたかい！」

その声の元気さは、人命救助に成功した誇らしさよりも、着地失敗を見られた照れ隠しに由来しているようだった。


（ギムレットめ……赦《ゆる》さん！）

逃亡のために、平気で一般市民を巻き込むやり方は、凱《がい》の闘志に火をつけた。

「ウィルナイフ！」

ギャレオンからもたらされた情報で設計された、意志の力で切断力を増す刃が、ギムレットの機動兵器に叩きつけられる。超鋼スチールに易々とめりこむ刃に、ギムレットは恐怖を感じた。しかし、壊れた神経は恐怖に対する反応として、笑いを指令した。

「ひゃははは、こりゃいけませんねぇ。GGG《スリージー》が相手となると、予定を変更せざるを得ませんねぇ」

ギムレットは、機動兵器を急上昇させた。飛行能力を持たない凱は空中へ放り出される。

「お探しの品、有効的に活用させていただきますよ～！」

ギムレットが搭乗する機動兵器の頭頂部のセンサーが発光する。いや、それはセンサーではない。その光に凱は見覚えがあった。

（あの輝きは……たしか、Qパーツ！）

Qパーツの輝きに呼び寄せられるように、周囲の機動兵器群が集結してくる。そして、集まった機動兵器はそれぞれがパーツとなり、ギムレットの機体に融合していった。

「うひゃひゃひゃひゃ～！」

パリの街に降り立ったのは、鋼の構造材を骨組みとした、全長二〇メートルほどの巨大な骨格見本のようなロボット……〈ギムレット・アバン・アンプルーレ〉であった。ギムレットの笑い声とともに不愉快な軋《きし》みをたて、アバン・アンプルーレは細長い手足を振り回す。

これまで、バイオネットが完成させた巨大ロボットの大半は、フェイクGSライドで駆動するもので、重装甲と大出力を誇っていた。その分、機動性には難があることが多かったのだが、この敵はこれまでにない素早い動きを見せている。

落下中にそれだけのことを見てとった凱は、愛機を呼び寄せた。

「ファントムガオーッ！」

凱《がい》の落下速度にスピードをあわせたファントムガオーが、コクピットハッチを展開させた。そして、内部に凱を収納すると、光学迷彩で姿を消す。

「フュージョン……」

氷竜《ひょうりゅう》たちとともに、市民の救助にあたっていたルネは、上空に不自然な空間の揺らぎを見つけた。

（あれは……）

可変翼を搭載した大気圏内外両用戦闘機に見えたファントムガオーは、姿を消したまま、空中で変形を開始していた。ルネが見守る揺らぎが、やがて人型となって実体化する。

「ガオファァーッ!!」

ガイガーに代わり、地球を護る新たなるメカノイド、それが〈ガオファー〉だ。そのコクピット内で、ロボットを操縦している……と凱が感じることはない。全長二一・三メートルの巨大な手足は、神経接続された凱の四肢の延長となって戦うのだ。

「ひゃははは、おなじみのメカノイドのご登場ですな。でも、今日はいままでのようにはいけませんよ〜」

アバン・アンプルーレが軽快な動きで、ガオファーに襲いかかってきた。複雑に変形したフレームが、伸びる腕となってガオファーを貫こうとする。だが、人間の視覚に捉えがたいほど高速の打突も、ガオファーを捕捉することはできない。両腰部のスラスターで急上昇、回避したガオファーは、自由落下でアバン・アンプルーレの頭上に迫る。

「ひゃは？」

見上げたギムレットの視界を塞いだのは、ガオファーの右腕部に展開された鋭いクローである。拳《こぶし》とクローの同時攻撃に、アバン・アンプルーレの体勢が揺らいだ。

「いけませんね～」

クローに切り裂かれた部位が、瞬時に周辺の構造材によって補強される。ガオファーの攻撃によるダメージを微塵も感じさせず、アバン・アンプルーレは腕部から鞭状の武装を出現させた。鞭から生えた高速回転する歯は、機動兵器群だったときにルネを襲った刃の集合体であろう。

破損部分を修復し、攻撃にあわせて変形するアバン・アンプルーレの姿は、凱に嫌な記憶を思い出させた。

（まるで……ゾンダーロボだ！）

かつて猛威をふるった地球外知性体の産物・ゾンダーロボの特徴もまた、無限に近い再生能力、状況にあわせたメタモルフォーゼなどである。それは、機界生命が有機生命の世界を浸食しようとする尖兵でもあった。

かつて世界中にばらまかれたゾンダー胞子を研究することで、バイオネットは疑似ゾンダーを生み出そうとした。凱の親友であった鰐淵《わにぶち》シュウも、その悪魔の研究で生命を落としたといってよい。その研究が、Ｑパーツを得たことでついに完成したというのか。

（ようやく訪れた平和を、なぜ地球人がゾンダーもどきで破壊しようとする！）

凱は怒りを燃やしながらも、落ち着いて鞭による斬撃をかわし続けた。

（ガードががら空きだぜ！）

回避の姿勢から流れるように、ガオファーは強烈なキックを放った。アバン・アンプルーレは腹部に打撃を受け、体勢をよろめかせる。さらに後回し蹴りが追い打ちをかけた！

「Ｑパーツを渡してもらうぜ、ギムレット！」

「ひゃははは、せっかちなお人だ」

ガオファーは起動から一年弱、バイオネットの野望を片っ端から叩きつぶしてきた。ギムレットは、そのことをもっともよく思い知らされているはずだ。だが、今日のギムレットには不可解なまでの余裕が存在している。

「とくとご覧あれ〜〜！」

アバン・アンプルーレが、市街地の上空へ浮遊していく。余剰エネルギーを放出しているのだろうか。降りしきる雪が、装甲表面で一瞬にして蒸発し、水蒸気をまとわせている。頭頂部のＱパーツは、さらに輝きを増していた。

## 3

ビークルロボたちと協力して、小型機動兵器群と戦っていたルネは、異変に気づいた。街中で破壊活動を行っていた機動兵器群が、次々と凱旋門の方角へ向かっていく。

「ボルフォッグ、奴らが逃げるぞ！」

「いえ、どうやらQパーツのエネルギーを利用して、合体を図るようです。ここは凱《がい》機動隊長におまかせしましょう」

「ちっ、ただ見てろっていうのか！」

「……いえ、我々にもできることはあります、ルネ捜査官」

　ボルフォッグの観察は正しかった。アバン・アンプルーレの周囲に、すべての機動兵器が集結していた。いや、群体を構成するかのように、骨格のようなロボが鎧《よろ》われていく。やがて、白銀の装甲を輝かせる三〇メートルほどの巨大ロボが完成し、パリ第八区の瀟洒《しょうしゃ》な景観を破壊するように降り立った。

「ギムレット・アンプルーレ！」

「うおおおおっ」

　先手必勝とばかりに、ガオファーはアンプルーレと名乗ったロボのふところに肉薄した。重量が増した分、運動性は低下しているに違いない。クローを展開させたガオファーの拳《こぶし》は、アンプルーレの胸に吸い込まれた。

「なにっ⁉」

　文字通り、拳は吸い込まれていた。アンプルーレは胸部の構造を変化させ、空洞を出現させたのである。空洞の内側に生じた無数の刃が、顎門《あぎと》のごとくガオファーの腕を噛み砕かんとする。

「うわああっ！」

ガオファーからのコンディション情報が、凱《がい》の神経系へ伝達され、激痛として知覚される。苦しみもがくガオファーを、アンプルーレは右拳《こぶし》の打撃で吹き飛ばした。

ガオファーを受け止めたのは、サントマリーマドレーヌ教会だった。歴史ある貴重な建築物の柱にヒビが走る。だが、歴史的価値も意義も、ギムレットにとって関心のあるものではない。アンプルーレは倒れたままのガオファーの頭部を鷲づかみにすると、教会の内部へ押し込んだ。瓦礫がガオファーの全身に降り注ぐ。

「GGG《スリージー》のメカを葬り去ったとあれば宣伝効果は抜群、世界中の紛争地域からバイオネットに注文が殺到することでしょう〜」

アンプルーレは絞首刑に処すかのように、ガオファーを縊《くび》り上げた。

「信じられん！　このロボット……Gストーンのパワーを上回るのか⁉」

ガオファーは必死に四肢を振り回すが、アンプルーレの拘束は緩まない。

「ガオーマシンッ」

ガオファーをサポートするメカニック群を、凱は呼び出した。

エトワール凱旋門の目前、シャルル・ド・ゴール広場に、地中からアスファルトを突き破った二連ドリルが出現する。漆黒の突撃重戦車ドリルガオーⅡ！

サンラザール駅近くの鉄道基地。フランスが誇る高速列車の脇を、超低空で駆け抜けていく影。

蒼き奮進機ライナーガオーⅡ！

シテ島の市街地に潜んでいた、巨大な翼がノートル・ダム大聖堂の上空に羽ばたく。全翼型飛行機ステルスガオーⅢ！

三機のガオーマシンが、アンプルーレに捕らわれたままのガオファーの周囲を飛び交う。凱は衛星軌道上へ、ＦＦ要請シグナルを発信した。

「長官！　ガオファーからのファイナルフュージョン要請シグナルです」

「成功の確率は98パーセントぐらいかなぁ」

パピヨンの報告に、高之橋《たかのはし》が情報を補足する。要請に対して承認を下す立場にある者に、判断の材料を与えるためだ。

「……う〜ん」

他人からはいつも脳細胞を眠らせているかに見える猿頭寺《えんとうじ》も、この時ばかりは果断な性格になり、「あのぉ、早くご決断を…」と迫った。

「……そうだねぇ」

植物の話し相手を務めるのがマイペースという牛山《うしやま》も、この相手には焦れはじめ、「承認をお願いします、八木沼《やぎぬま》長官！」と急かす。

ようやく八木沼範行《のりゆき》ＧＧＧ新長官は、重い腰を上げた。

「君たちがそう言うのなら……よっこいせっと」

日本の防衛庁から天下りしてきたと噂される新長官は、とかく慎重派だった。戦時は前長官のような大胆かつ果断な人物の指導力が評価されていたが、平時には極力予算を節約できる人材こそが好ましいというわけだ。

デスクの奥にしまい込んであった、長官専用インストーラー……通称〈承認ハンコ〉を取り出した八木沼《やぎぬま》は、息を吹きかけながら丁寧に読みとりパネルへ押し当てた。

「はあ〜ファイナルフュージョン、承認……と」

待ちかねたかのように、猿頭寺《えんとうじ》が前線司令部へのダイレクト回線の通信状況を確認する。

「承認シグナル、ツクヨミへ転送開始」

「オービットベースより入電！　ファイナルフュージョン承認されました！」

成層圏を飛行する前線司令部、それが〈ツクヨミ〉である。新造されたディビジョンⅦ・超翼射《ちょうよくしゃ》出司令艦《しゅつしれいかん》の艦橋では、火麻激《ひゅうまげき》参謀が指令を下していた。

「ようし、卯都木《うつぎ》っ！」

「了解！」

凱《がい》とともにツクヨミに乗り込んだ命《みこと》も、GGG《スリージー》制服に着替え、オペレーターシートに就いている。現在のGGG司令部からは、大河《たいが》と雷牙《らいが》とスワンが離任し、代わって八木沼と高之橋《たかのはし》とパピヨンが着任している。火麻と命がディビジョン艦に乗り込むことになったのは、メインオーダールームに静寂を求める者がいた結果だという説もあるが、真偽のほどはさだかではない。命自身には納得いかないことであっただろうが、〝前線送り〟の最大の理由と疑われている小気味よい叫び声が、ツクヨミの艦橋に響き渡る。

「ファイナルフュージョン、プログラム・ドラーイブッ!!」

グローブをはめた拳《こぶし》が、ドライブ・キーの保護プラスチックを叩き割り、ＦＦプログラムを起動させた。


巨大な敵に捕まったままのガオファーにとって、転送されてきたプログラムは、最大の援軍だった。ファントムカモフラージュと腰部のＧインパルスドライブをフル稼動させ、アンプルーレの捕縛から逃れると――

「よっしゃあ、ファイナルフュージョンッ!!」

ガオファーは空中でファントムチューブの放出を開始した。

「いけませんねぇ～」

ギムレットはすでに幾度か、ガオファイガーに煮え湯を飲まされてきた。光り輝くファントムチューブの出現が、新生勇者王出現の凶兆であることも、深く脳裏に刻まれている。そのため、右腕に仕込まれている特殊能力その一八・パルドンアタークソウデーヌの照準を、ガオファーに固定した。

――のだが、いきなり後頭部にステルスガオーⅢの強烈な体当たりが直撃した。

「ぐあっ」

前のめりになった所に、前方からライナーガオーⅡが突貫する。

「ひょおっ」

そして、ドリルガオーⅡがアンプルーレの足下の地面を突き破った。

「ほげぇっ」

崩落した地面に脚をとられたアンプルーレは激しく転倒する。陥没のなかで四肢を振り回すが、周囲の地盤が崩れ、より深く埋もれていくだけだ。

そして、ガオーマシンはファントムチューブ内へ突入した。ガオガイガーがファイナルフュージョン時に発生させていたEMトルネードに比べ、ファントムチューブの物理的な防御力は低い。だが、新機構プログラムリングの採用と併せ、電子的・情報的な遮蔽性を大きく向上させることに成功していた。

ガオーマシン群のチューブ内突入を確認したガオファーは、プログラムリングを投射する。これはファイナルフュージョン制御プログラムと軌道安定ガイドを光学的に形成したもので、各ガオーマシンの負荷を大きく軽減させるものだ。

プログラムリングの軌道に導かれたドリルガオーⅡが、ガオファーの両脚部をくわえこむ。ライナーガオーⅡは胴体部を貫通し、最後にステルスガオーⅢが背部を覆い尽くした。

ガオファーと三機のガオーマシンの総重量は、合計六百三十トンにも達する。その超重量が全長三十一・五メートルのひとつの姿となって、パリの空に現れた。くろがねの重装甲に二〇、〇〇〇、〇〇〇馬力以上の巨大出力を秘めた新生勇者王。地球人類の科学を結集した、ファイティングメカノイド！

「ガオッファイッガーッ‼」

この期に及んで、ギムレット・アンプルーレもようやく立ち上がる。ふたつの巨体は、まさに異星文明に導かれた地球科学の成果、その光と影であった。

（ガオファイガーは決して、お前たちに屈するわけにはいかない！）

凱《がい》の想いが、ガオファイガーの人工の双眸《そうぼう》に輝く。アンプルーレは思わず、気圧《けお》されたかのように後ずさった。

（こ、これはいけませんね〜）


「ディバイディングドライバー[※6]、射出！」

火麻《ひゅうま》参謀の怒号のごとき指令が、ツクヨミ艦橋にふたたび轟いた。

「了解！」

キーボードを叩いた命《みこと》が、状況に即したＤＤキットをセッティングする。

「座標軸固定…」

オペレーションシートからの指令に従い、ツヨクミのコンテナブロックに格納されていたキットが、ツクヨミ両翼のカタパルトにセット、ミラーコーティングされていく。

「ディバイディングドライバー・キットナンバー03、イミッション！」

命はシート背面に設置されているパッドを裏拳で殴りつけた。瞬時に両翼のカタパルトが、電磁加速でふたつのＤＤキットを射出する。ＤＤキットは雲海の上空で接合を果たし、コーティング粒子が剥離すると、ディバイディングドライバーが完成した。

いま、ステルスガオーⅢ部に内蔵されたウルテクエンジンを展開させ、ガオファイガーが空中へ飛ぶ。そして、その左腕にハイテクツールがドッキングした。

「うおおおっ、ディバイディングドライバーッ！」

ディバイディングドライバーがアンプルーレの足下へ打ち込まれ、直径数十センチメートルの穴が穿《うが》たれた。だが次の瞬間、解放されたディバイディングコアがその穴を、見かけ上の直径数キロメートルにまで拡大し、アンプルーレの巨体を呑み込んだ。

「ぬお？　これが噂のディバイディングフィールドか⁉」

アンプルーレと対峙するように、ディバイディングドライバーを分離したガオファイガーが、ディバイディングフィールド内に降り立つ。


「勝負だ、ギムレット！」

「いけませんね〜！」

ガオファイガーとアンプルーレは同時に踏み込み、双方の両腕ががっしりと組み合った。一瞬の均衡の後、アンプルーレの圧倒的パワーにガオファイガーの全身がじりじりと沈み込んでいく。

「このパワー……今までのバイオネット・ロボとは桁がちがう！」

フェイクＧＳライドとＱパーツとでは、ここまでパワーに差があるのか。バイオネットがその巨大な力を手に入れたことに、凱《がい》は戦慄を覚えた。

「あなたとの腐れ縁も、今日でおしまいです」

「そいつは……ありがたいぜっ！」

戦慄を闘志に変え、凱は奮い立った。押し込まれているはずのガオファイガーの指が、押し込んでいるはずのアンプルーレの指を握りつぶす。そして、右膝のドリルを高速回転させ、アンプルーレの腹部に叩き込んだ！

「ぬおぉっ!!」

ドリル表面にブレードを設置したことにより、ガオファイガーのドリルニーはガオガイガーのそれを遙かに上回る破壊力を発揮する。アンプルーレの胴体部は一瞬にして、背中まで貫通する巨大な空洞と化していた。

「ガオファイガーのエヴォリュアル・ウルテクパワー※7を……見せてやるぜ！」

力を使い過ぎれば、Gストーンの機能維持能力まで放出してしまう諸刃の刃。だが、瞬間的なパワーの発揮においては、これ以上にない能力――それが、ガオファイガーに搭載されたエヴォリュアル・ウルテクパワーだ。

「ぐううう……」

不利を悟ったのか、アンプルーレは握られていた腕をふりほどいた。さらに、全身を構成する機動兵器群の組み替えによって、ドリルニーによる破損箇所を瞬間的に修復する。そして、右腕の構造が異形の変貌を遂げた。

「ひゃははは、このギムレット・アンプルーレは、パーツを組みかえることで二十三種類の特殊能力を使いこなせるのです！」

アンプルーレの右腕は、内部で大量の負イオンに静電加速をかけていた。そして、電荷を中性化し、高速で射出する。

「その一・エクスプロジオンレオン！」

大出力の中性粒子ビームが、ガオファイガーに肉薄する。だが、直撃よりも一瞬はやく、凱《がい》はウォールリングを発生させ、防御姿勢をとっていた。

「プロテクトウォールッ！[※8]」

ガオファイガーの左腕が発生させた防御フィールドが、電荷をもたぬはずの大出力ビームを屈曲させ、アンプルーレへと送り返す。

「のわあああっ〜！」

自らが放ったビームに灼《や》かれながらも、アンプルーレの超自己修復能力と、ギムレットの戦意は失われてはいない。

「まだまだあ〜！　その二・コロッサルコンビュステイブル……」

アンプルーレの上半身が、二本の尖塔を突き出した形態に変形する。尖塔の間に、強烈な電磁場が発生しはじめた。だが――

「ブロウクンファントムッ！」

アンプルーレに恐るべき特殊能力を発揮させる間もなく、ガオファイガーが右前腕部を発射した。

「おっと！」

構造を組み替えたアンプルーレは胴体部中央に自ら空洞を作り、ブロウクンファントムを素通りさせることに成功した。しかし、（さあ、反撃ですよ～）と、ギムレットが勢い込んだ瞬間、ガオファイガーの拳《こぶし》がまとっていたファントムリングは、内側からアンプルーレの機体を破壊した。

さらに、空中で反転してきた拳が、ギムレット本人が搭乗する司令部位を直撃する。

「だあああああ～ぎょえええええっ！」

ここに至り、ギムレットはようやく悟った。

（いけませ～ん、このバケモノには勝てませ～ん！）

そして、撤退を決意した。アンプルーレはもとの機動兵器群に分解され、それぞれにディバイディングフィールドの外周部を目指す。

「こりゃいけません、脱出～！」

だが、その行く手は周囲から放たれるビームやミサイルに塞がれた。ギムレットのサイボーグ・ボディの半身を、メーザーが灼《や》き焦がす。

「もう逃がさないんだから！」

光竜《こうりゅう》がメーザーの次射を放とうと、砲塔をかまえた。

「あんたの運もこれまでね！」

さらに闇竜《あんりゅう》の肩の上で、ルネもバズーカの狙点を定めていた。すでにディバイディングフィールドの周囲は勇者ロボたちによって、隙間なく封鎖されている。ギムレットの性格から、この展開を予測したボルフォッグの判断だった。フィールド内を逃げ回るギムレットに、氷竜《ひょうりゅう》や炎竜《えんりゅう》も武装の照準をあわせている。

「げばげばぴぃぃぃ！」

進退窮まったギムレットが奇声を上げた。

（よし、ここで決めてやる！）

ガオファイガーが上空のツクヨミを見上げ、もうひとりの勇者ロボを呼ぶ。

「ゴルディーマーグ！」

「おう！　待ちくたびれたぜ！！」

オレンジ色の巨体が、カタパルトの展開を待たず、地面に向かって飛び降りた。

メインオーダールームでは、八木沼《やぎぬま》長官が『国連事務総長承認』と記された黄金の鍵を取り出した。近眼を細めてコンソールに顔を近づけ、セキュリティを解除する。

「……ゴルディオンハンマー発動承認、と」

ファイナルフュージョン時を上回る厳重なプロセスを経て、承認を受けたツクヨミでは、命《みこと》が最強ツールの封印を解いていた。

「ゴルディオンハンマー・セーフティデバイス・リリーヴッ!!」

細くしなやかな指先が、スロットにカードキイを通過させる。この瞬間、地上最強の破壊力が解放されるのだ。幾度繰り返しても、緊張が消えることはない。

「ハンマーコネクト！」

セーフティを解除されたゴルディーマーグは、最強ツール〈ゴルディオンハンマー〉と、緩衝ユニット〈マーグハンド〉へ分離、変形し、ガオファイガーの右腕に合体した。

「ゴルディオンハンマーッ‼」

ゴルディオンハンマーとガオファイガーのGストーンがリンクし、凄まじいエネルギーが発生する。余剰エネルギーが機体表面にあふれ、眩《まばゆ》いばかりに輝くその姿は〝金色《こんじき》の破壊神〟と形容されることさえある。

（こ、ここここ、これはいけません～）

逃亡も出来ず、目の前に破壊神が降り立ち、ギムレットは覚悟を決めざるを得なかった。ふたたび機動兵器群を集結させ、アンプルーレを最終攻撃形態に変形させる。

「特殊能力その十九・シュプスタンスエクスキュゼモワ！」

アンプルーレは、その全質量の半分ほどを巨大なミサイルに変形させ、ガオファイガーに向けて撃ちだした。爆風で自分まで傷つけることになろうと、Qパーツさえ確保できていればよい！

だが、大型ミサイルはゴルディオンハンマーを振り下ろしたガオファイガーの目前で、巨大な閃光を放って消滅した。いや、正確には光子に変換されたのだ。

ゴルディオンハンマーの正式名称はグラビティショックウェーブ・ジェネレイティング・ツール……つまり、重力衝撃波発生装置である。これにより、垂直方向に立ち上がった波面を持つ重力波の中に置かれた物質は、限りなくゼロに近い時間のうちに一定距離を落下することになる。そのため、見かけ上の落下速度が光速に達し、光子レベルまで崩壊してしまうのだ。

「がきぐげぎょぎょぎょ～！」

パニックを起こしたギムレットにかまうことなく、凱《がい》はマーグハンドから発生させたネイルを、アンプルーレに打ち込んだ。

「ハンマーヘル！」

そして、一気に引き抜く！

「ハンマーヘブン！」

もともと、ハンマーヘル・アンド・ハンマーヘブンは、ゾンダーロボの素体とされた人を救出するための機構であった。これを利用して、凱はギムレット本人とＱパーツを、アンプルーレのなかから引きずり出した。

「いけません～」

狙い過《あやま》たず、目標の身柄と物体は、ガオファイガーの掌中に確保された。もはや遠慮をする必要はない。重力衝撃波を放ちながら、ゴルディオンハンマーはアンプルーレの残骸に対して、金色《こんじき》の破壊神の本領を発揮した。

「光に……なれぇぇぇっ!!」

季節はずれの雪に凍えながら事態を見守っていたパリ市民たちは、ディバイディングフィールドから溢れだす閃光にその顔を照らし出されつつ、一斉に歓喜の声を上げた。

# 4

ガオファイガーの手のひらに乗った物体を、凱はじっと見つめた。

「Qパーツのパワーが、あれほどのものとは……」

オービットベースでもその研究が行われ、Qパーツに秘められた力の一端は凱も知っていた。でなければ、油断が原因でギムレットに敗北していたかもしれない。そのギムレットは半壊したサイボーグ・ボディを震わせ、Qパーツのかたわらで幾度も頭を下げていた。

「お願いでぇす、悔い改めます～。だからどうか、命だけは……助けてっ！」

凱のうちに、激しく燃えさかっていた敵意が消失していく。だが、命乞いですらも演技でしかなかったようだ。ギムレットは最後の力を振り絞り、Qパーツに飛びついた。しかし、その行動を予測している者がいた。

「フゴッ」

ギムレットの口蓋に、バズーカの砲身がねじ込まれる。わずかな躊躇《ちゅうちょ》さえもなく、成形炸薬弾が発射された。サイボーグ・ボディにとって、最後の生身の器官を含んだ頭部を破壊されることは、完全な死を意味する。爆煙のなかから姿を現した者をとがめるように、凱はその名を呼んだ。

「ルネッ！」

「……害虫駆除完了」

なんの感情も示さずに、ルネはギムレットであった残骸の残りを、踏みつぶした。だが、凱は知っている。示されなかったことは、存在しないという意味ではない。バイオネットのエージェントに対して、ルネが抱いている憎悪の量を考えれば、これでも行動を抑制した結果であろう。

その時、ガオファイガーの頭上に聞き慣れた重低音が聞こえてきた。GGG《スリージー》のディビジョンⅡ・万能力作驚愕艦《ばんのうりきさくきょうがくかん》〈カナヤゴ〉から、カーペンターズが発進したのだ。カナヤゴから供給されるGリキッドで稼動するカーペンターズは、都市復興及びマシン修理専用の小型ロボ部隊である。彼らによって、傷つけられた古都の景観は、みるみるうちに修復されていった……。


――日本のテレビでも報道されているパリの様子に一瞥を加えただけで、大河幸太郎《たいがこうたろう》は資料の整理を続けていた。Gアイランドシティの中央にそびえ立つ宇宙開発公団タワーの最上階、総裁室の灯りは深夜になっても、消えることはない。

「今日も残業ですか?」

差し出されたコーヒーの香りに鼻孔をくすぐられつつ、大河は声の主を見た。

「宇宙エネルギー開発会議……ついに明日ですね」

総裁秘書である磯貝桜《いそがいさくら》は、連日の残業に文句をこぼすこともなく、この夜も超過勤務を続けていた。大河は心中で深く感謝しながら、窓の外を見た。

「ああ、今回の最終決議如何で地球の運命が大きく変わるかもしれない。重大な会議だ」

前GGG《スリージー》長官である大河にとっても、バイオネットの暗躍は由々しき問題である。だが、それ以上に〈ザ・パワー〉[※9]の開発をめぐる国連の決議は重大問題であった。

先年のバイオネットの干渉により、ガオファイガー・プロジェクトの予定は大きく遅延した。その結果、大河が宇宙開発公団総裁に復職する時期も遅れ、宇宙エネルギー開発会議は予想以上の迅速さで最終決議へ向かっていたのだ。

（まだ間に合う、今ならば、まだ……）

パリにおける作戦を終了したシャッセールは、光竜《こうりゅう》と闇竜《あんりゅう》、そしてルネのメンテナンスをＧＧＧに依頼した。オービットベースへ帰還するツクヨミに便乗しての措置である。

光竜と闇竜のＡＩは、実験的に女性型人格に設定されている。そのため、デザインベースとなった氷竜《ひょうりゅう》、炎竜《えんりゅう》のことを〝兄〟と慕っていた。同じメンテナンスルームで過ごすひとときは、彼ら全員にとって心休まるものであるようだ。

「いやぁ～、仕事のあとのロボオイルは格別だよなァ」

ブハァ……と人間臭い排気を噴きだした炎竜のかたわらで、闇竜が少し残念そうに供給されたボトルを見つめている。

「私、ＣＣＩＳの99年物が好きなんですが……」

「贅沢言っちゃダメよ、お兄ちゃんたちと一緒に飲めるだけで、幸せじゃない」

「光竜は偉いな、さすが私や風龍の同型だ」

「おい氷竜、どういう意味だよ！　また僕や闇竜の着地失敗癖をバカにしようってんじゃないだろうなっ！」

「やめてください、炎竜《えんりゅう》兄さま。好き嫌いを言った私が悪いんです……」

あまりにも人間的すぎる会話を鼻で笑いながら、ルネは鋼の同僚たちに呼びかけた。ロボットたちの頭上に渡された人間用通路で受けていた、シャッセール本部との交信が終わったのである。

「光竜《こうりゅう》、闇竜《あんりゅう》！　私たちは別命あるまで、オービットベースで待機だとさ！」

「ブラヴォ！」

「やったぁ！　これでお兄ちゃんたちとしばらく一緒ね！」

こうまで無邪気に応対されると、さすがにルネの頬も緩む。だが、近づいてくる足音に気づき、その表情は瞬時に引き締まった。

「凱《がい》！　怪我はない？」

「大丈夫だよ」

駆け寄ってきた命《みこと》は、凱に抱きつこうとして、かたわらのルネに気づいた。

「ルネも久し振りね。お疲れさま」

命が差し出した右手を、ルネは冷ややかに見つめた。そして、ゆっくりと自分の右手を持ち上げていく。その腕に輝くGストーンを見つけ、凱はあることを思い出した。

「……待てっ！」

「熱っ！」

凱が制止する間もなくルネの手を握った命は、次の瞬間に灼熱の痛みを感じていた。

「大丈夫か!?　ルネ！　お前……」

「ボンジュール、メルシィ、コマンタレブー」

右手を抑えた命にかまうことなく、日仏ハーフのサイボーグはおどけるように意味不明の言葉をつぶやき、通路の奥へと立ち去っていった。

「おい！」

「いいの……」

ルネの後を追おうとした凱の袖を、命がつかんだ。

「私が悪いの、ルネの体が発熱しやすいことを忘れてて。……好きでサイボーグになったんじゃない、あの冷却コートだって一生着てなくちゃいけないんだもん。本当なら、まだ学校に通っていてもおかしくない歳の女の子よ。お願い……わかってあげて」

命の声は小さな囁きであったが、聴覚を強化されているルネの耳にはしっかりと届いていた。

（わかってあげて……か。じゃあ、あんたにはなにがわかってるんだよ……）

さらに危険な温度にまで発熱した右手を、ルネは冷却コートのポケットに突っ込んだ。それは機械仕掛けのパーツを冷やすための行為であったはずだ。だが、どこか人目から隠す仕草のようでもあった。

従妹《いとこ》が去っていった通路の暗がりの彼方を、凱は見つめ続けていた。エヴォリュダーの秘めた能力が明らかになるにつれ、自分が重い十字架を背負ってしまったことを、自覚せざるを得ない。しかし、同時にそれは、Gストーンのサイボーグという存在がルネたったひとりになってしまったことをも、意味している。

あらためて、凱《がい》はその事実に気づかされたのであった……。

# 第二章　嵐の決戦　―西暦二〇〇七年七月―

## 1

「……中国にも護《まもる》が現れた⁉」

GGG《スリージー》オービットベースにおいて、主にブリーフィングに使用されるセカンドオーダールーム。その広大な室内に集まった人々は、凱の叫びを最後に言葉を失った。だが、それは喜びではなく、不信や驚愕に満ちた沈黙であった。

あの星の見える丘での旅立ちから、一年四か月。護の消息はまったく不明のままであった。しかし、二十時間前にアメリカGGG宇宙センターからQパーツを強奪した襲撃者として、護の目撃報告がもたらされたのである。

さらに雷牙《らいが》とオービットベースとの間で通信が交わされていたとき、中国におけるスーパーテクノロジーの総本山・科学院航空星際部の楊龍里《ヤン・ロンリー》博士からも、アメリカとほぼ同内容の状況が連絡されてきた。違いといえば、メンテナンス中だった旧ガオーマシン三機も、同時に強奪されたとのことだ。

楊博士はともかく、オービットベースの元スタッフである雷牙やスワン、スタリオンが護の目撃者である。疑う余地はなかった。マイクや風龍《ふうりゅう》・雷龍《らいりゅう》のセンサーにも、襲撃者の情報は感知され、彼らのＡＩは護《まもる》を本人と認識している。マイクに至っては護の襲撃とＱパーツ奪取に協力した結果、封印されてしまったほどだ。

　オービットベースへの通信で、一連の状況を説明した後、雷牙《らいが》は結論した。

「やはり、護くんはＱパーツを集めとる」

　あまりの衝撃に、ＧＧＧ《スリージー》首脳部は言葉を失った。そんな中、高之橋《たかのはし》博士がぼやく。

「いやぁ、困ったもんだねぇ。雷牙博士と楊《ヤン》博士に頼んだ時点で、Ｑパーツの解析は九十九パーセント終わったものと思ったんだけどなぁ……」

　それは護との面識がない高之橋らしい言葉であった。

「その子、Ｑパーツを悪用するつもりね」

「そんなこと！　護くんは……」

　ルネの言葉に反論する、命《みこと》の声音にも力はこもらない。

「だったら、なんで挨拶に来ないの？　間違ったことしてないんなら、盗む必要だってないんじゃない？」

　その追い打ちをかけるかのような指摘に、命は反論の言葉を失った。

　猿頭寺《えんとうじ》は自分の髪をとかしているパピヨン[※10]に問いかけた。

「パピヨン、君のセンシングマインドでなにかわからんもんかねぇ」

「今のところ、なにも……」

一種の予知能力を持つパピヨンにとっても、護の帰還にまつわる謎を解明することはできなかった。

だが、そんな会話ですらも、恋人同士の甘い密談に聞こえる者がいた。

「勤務中にいちゃつくのはやめろぉ！」

頬を染めた猿頭寺の髪をすく手を止めず、パピヨンが答える。

「すみません、頭皮のコンディション維持を怠ると、参謀のようにツルツルになりそうなので……」

「これはミレニアムモヒカンっちゅう、ヘアスタイルじゃい！」

激怒する火麻《ひゅうま》、独身を貫き通している四十七歳の怒りであった。

その時、メインオーダールームに警報が鳴り響いた。パピヨンはデスクに表示されたアラームコードを読みとり、報告と同時に端末を操作する。

「オービットベースに接近する物体を確認、メインスクリーンに出します」

「奪われたステルスガオーⅡ！」

思わず、凱《がい》は叫んでいた。スクリーンに映し出されたのが、原種大戦をともに戦い抜いた懐かしい機体だったからだ。そして、その機体を強奪したのもまた、懐かしい少年のはずだった。サブウインドウが開き、その場にいあわせた一同の不安――もしくは期待を裏切ることなく、見慣れた人物の姿が映し出された。

「護！」

「凱兄《がい》ちゃん⁉　良かった、やっと通じた！」

凱の声を聞いて、表情を明るくした幼い顔……それはあの天海護《あまみまもる》のものに他ならない。

「護、お前‼」

思わず立ち上がった火麻《ひゅうま》参謀の言葉に身をすくめる護。そんな仕草も、記憶のなかのものと寸分違わない。護の怯えを見てとった凱は、優しく語りかけた。

「なにか事情があったんだろう？　俺は護を信じてるぜ！」

「ごめんなさい……今からそっちへ行きます」

通信は一方的に切られ、サブウインドウも閉じられた。映像が消える直前の護の表情には、自分が信じてもらえないことへの不安、やらなければならないことへの決意、そして自分たちと再会できた喜び、それらの成分が含まれているように、凱には思えた。

（……そうさ、護にはきっとなにか事情があったはずだ。直接会って話せば、すぐに解決するはずだ）

——凱はそう信じていた。


中央ゲートからドッキングポートへ進入したステルスガオーⅡが着床すると同時に、外部ハッチが閉鎖され、与圧が開始される。気圧が正常になるとともに、待ちかねた凱たちはドッキングポートへ飛び込んだ。

ステルスガオーⅡから降りてくる、小さな影。その姿を見て、凱のなかに残っていたわずかな不信感は払底された。

「凱兄ちゃん！」

「護——ッ！」

「護くん！」

「護、この野郎っ」

命《みこと》も、火麻も、牛山《うしやま》も猿頭寺《えんとうじ》も、口々に護の名を呼びながら駆け寄っていく。


「どうかね、パピヨンくん？」

高之橋《たかのはし》はパピヨンの手元の端末をのぞきこんだ。セカンドオーダールームに残った八木沼《やぎぬま》、高之橋、ルネ、パピヨン、野崎《のざき》、犬吠埼《いぬぼうさき》、平田《ひらた》らは、いずれもGGG《スリージー》特別隊員時代の天海護と深い親交があったわけではない。そのため、ドッキングポートに備えられたスキャナーで、護の身体を念入りに調査していたのだ。

「……記録に残っている天海護特別隊員のデータと、すべて一致します。でも……」

「ん、どうしたの？」

「わからない……だけど、何かが……あの子からは、生命の息吹が感じられない……」

「感じられないってどういうこと？」

高之橋の疑問に答えず、パピヨンは席を立ち、セカンドオーダールームを後にした。

「パピヨンのセンシングマインドが反応した!?」

フランス時代からつきあいが長いルネには、そんなパピヨンの姿に記憶があった。特殊な感覚で得た情報は、パピヨン自身にも言語という形で具象化できないことが多い。そんな時、彼女は自分でもはっきりと説明できない行動をとってしまいがちだ。他人からは奇妙に見えたとしても、パピヨン当人にとっては必然の行動に過ぎない。そして、やらなければならないことでもある。

そのことを、ルネだけは知っていた。


セカンドオーダールームを飛び出したパピヨンは、その後で自分が向かうべき場所を知った。そして、そこで待ち受けているであろう運命も。

走り始めた時には知らなかった情報を得て、足どりは鈍った。

（センシングマインドは、私自身の未来が破壊に満ちていることを警告している……）

その言葉を口に出したわけではない。ただ、頭のなかで考えただけだ。だが、その思考に反応する者がいる。

『——破壊されなければ、生み出されない命もある……』

ごく最近になって、たびたびパピヨンに語りかけてくる声。モーディワープ[※11]という組織がリミピッドチャンネルと名づけた特殊能力だ。パピヨンのように、人類にもその能力を持つ者はいる。だが、能力者はヒトでない者である例が多い。

（ソムニウム[※12]……！）

謎の声の主、それはソムニウム——またの名を、〝ベターマン〟という種属の者だった。ヒトならざる者の声に背を押され、パピヨンはふたたび、先を急いだ。

「いま、宇宙ではたいへんなことが起きています。そのために、どうしてもこれが必要なんです」

護《まもる》の胸のあたりには、アメリカと中国で強奪してきたと思われる、ふたつのQパーツが抱えられている。

「いったい、Qパーツをなにに使うんだい？」

再会の喜びを口にすることも、牛山《うしやま》が発した当然の疑問に答えることもなく、護は真剣な表情で一同に問いかけた。

「あとふたつあるはず……それはどこに？」

「それなら、研究モジュールで調査中ですが……」

「そう、研究モジュール……」

思わずつぶやいてしまった猿頭寺《えんとうじ》の言葉を耳にした途端、護の身体は光となった。Gストーンの能力が解放される余波で、凱《がい》たちの身体は壁に叩きつけられた。

（護、こんな至近距離で……力を使うのか⁉）

命《みこと》を抱き起こした凱は、その無事を確かめると、護を追うように通路へと走り出した。

GGG《スリージー》オービットベースの内部通路には、原種大戦時の教訓[※13]を反映し、過剰とも言えるほどの対人防衛システム群が設置されている。だが、特別隊員と認識された護に対し、システムは通過を許可してしまった。護《まもる》は悠々と、下層に位置する研究モジュールへ近づいていった。

ふたつのQパーツを保管するケースの前に立ち、移送するための準備をはじめていたパピヨンは、高速で接近する意識の存在を感じとった。

「来る……」

次の瞬間、内部ハッチが通路側から吹き飛ばされ、ふたつのQパーツを手にした少年が、室内に立っていた。

「それ……もらっていきます」

護の手が軽くかざされると、保管ケースの強化ガラスはもろくも弾け飛んだ。そして、解放されたQパーツは、失われた片割れを求めるように宙へ浮いていく。護の手のうちにあったものとあわせ、すべてのQパーツがここにそろったのだ。何者かの見えざる手がパズルを組み立てるかのように、四個のQパーツはからみあい、融合してひとつの物体となった。

「パスキューマシン！」

嬉しそうな護の声に耳を奪われた次の瞬間、パピヨンの身体は紙切れのように吹き飛ばされた。パスキューマシンと呼ばれた物体からあふれた、物理的な圧力をともなった光が、巨大で乱暴な腕のようにパピヨンを弄んだのだ。

割れ砕けた強化ガラスや床の構造材の破片が散らばるなかへ、パピヨンは倒れ込んだ。いくつもの切り傷を負ってしまったというのに、不思議と痛みは感じない。ただ、身体の中心に熱さを感じただけだ。

（どうやら、折れた骨が内臓を傷つけたようですね。痛覚が麻痺しているということは、神経も損傷を受けたみたい……）

自分の身体に起きたことを他人事のように……というより、単なる物理現象として考えるのは、幼い頃からの癖であった。生まれながらの生体医工学者と、敬愛する先輩[※14]にからかわれたことがあったが、どうやら最期の瞬間まで性癖は変わらないらしい。さらに轟音が、モジュールの気密が破られたことを告げる。真空の宇宙空間へ流出していく空気に荒々しく撫でまわされながら、パピヨンは薄れゆく意識を懸命につなぎとめ、眼前にあふれた光の意味を考えようとしていた。

## 2

急速に気圧が低下していく区画に力なく横たわっていたパピヨンを助け出した凱《がい》は、遅れてやってきた命《みこと》や猿頭寺《えんとうじ》の手に彼女を委ねた後、宇宙空間へと飛び出した。肺のなかの空気が膨張する。だが、生機融合体の心肺機能は強靱な構造で気圧差を解消し、凱に微塵の苦痛も感じさせることはなかった。

「護！」

言葉を発するのではなく、意識をGストーンに乗せて叩きつける。その行為で、護には凱の言いたいことが伝わるはずであった。だが、護《まもる》は無邪気に星型の物体を抱え込み、喜びを露わにするだけだった。

「パスキューマシン……よかった、壊れてない」

「パスキューマシン？　それは四個のＱパーツをあわせたものか⁉」

「多少、犠牲は出たかもしれないけど……これで僕たちの宇宙は救われるよ」

そう言ってのける晴れやかな笑顔は、自分の行為にまったく疑問を持っていないことを雄弁に語っている。凱《がい》には、それが赦《ゆる》せなかった。

「護……何故だ、何故こんなことをする！　理由を言えっ‼」

凱は祈っていた。すでに護の行為は、黙って見過ごしてしまえるようなものではなくなっている。だが、それでもきっと、なにか納得できる理由があるかもしれない。あってほしい。凱はそう祈っていた。

だが、しばしの無言の後に護が叫んだ言葉は、凱の望んだものではなかった。

「……ギャレオーンッ‼」

護の言葉に応えるように、オービットベースの影から巨大な物体が姿を現した。いや、金属製の機体であっても、それは物体ではない。双眸《そうぼう》のごときセンサーに、たしかに意志の光を宿した、鋼鉄の獅子。

見間違えるはずもない、それは〈ギャレオン〉の巨体だった。かつて、凱のパートナーとして原種大戦を戦い抜いた、宇宙メカライオンが姿を現したのだ。

「凱兄ちゃん、ごめんなさい……時間がないんだ」

そうつぶやいた護を背に乗せ、ギャレオンはオービットベースから飛び立った。無駄だと悟りつつも、凱は心のなかでギャレオンに呼びかける。あの懐かしい戦いの日々のなか、ギャレオンはGストーンを通じて、いつも凱の呼びかけに応えてくれていた。だが、決別を告げることすらなく、ギャレオンと護は、凱の視界の片隅にその姿を小さくしていった。

しかし、凱の胸の奥には痛みとともに、違和感が存在した。

(……気のせいだろうか、色合いがどこか違う)

真空中では、物体はすべて鮮明に見える。だが、あのギャレオンは以前よりも色素が低下したかのように見えたのだ。

(いや、そんなことを考えている場合じゃない！)

護とギャレオンを追う手段を求めて、凱はディビジョンⅦの外部エアロックを目指した。


(ダメ……私なんかじゃ、どうしようもない……)

緊急隔壁の内側、かろうじて一気圧を確保した通路の一角で、命《みこと》は絶望的な気分に陥っていた。傷ついたパピヨンに応急処置を施していたものの、急速に体温が低下していくのを止めることができない。各所で隔壁が閉鎖され、医療班の到着も遅れている。為す術を失った命は、かたわらでパピヨンの身体を抱きかかえている猿頭寺《えんとうじ》の表情を、正視することができなかった。

「……パピヨン、パピヨン……」

涙に濡れた頬を、弱々しい手が撫でる。

「……わかったことが……あります。世界規模で起こっている異常気象、Ｑパーツにも同じ磁場の流れを、感じます……」

「わかった、後でゆっくり聞かせてくれ……」

何度も何度もうなずきながら、猿頭寺《えんとうじ》は声を絞り出す。

かつて、旧ＧＧＧ《スリージー》の根拠地であるベイタワー基地の機能運営システムをほぼ独力でデザイン[※15]した猿頭寺は、ＧＧＧ設立直後に世界各国の協力機関へ技術指導に訪れたことがあった。三年前、後にＧＧＧフランス技研となる研究所で出会ったのがパピヨンである。

互いに日常生活というものをほとんど持たず、研究と仕事と趣味の区別をつけることを知らないふたりは、共同の研究テーマを見つけると急速に仲を深めていった。原種大戦当時はメールのやりとりのみのつきあいだったが、ふたりの関係にとって距離は障害とならなかった。特殊素粒子を検出するセンサーの着想を得たときも、ディビジョンＶ[※16]のセキュリティを完成させたときも、パピヨンは猿頭寺にとって最高のアドバイザーだった。

そして今もパピヨンは、ＧＧＧが直面している問題において、猿頭寺にアドバイスを続けたかったのかもしれない。これが最後の機会なのだから。

「……いえ、もう私は……一足先に、精霊たちのもとへ帰ります……」

猿頭寺の腕のなかで、パピヨンは微笑を浮かべた。そして、その表情を永遠に変えることはなくなった。

この時、オービットベースから遠く離れた場所で、パピヨンの死を悼むような表情を浮かべた影がある。海の底の暗く深い深い場所にかがみこんだ影。当然、ヒトではない。ソムニウムのラミア――リミピッドチャンネルで、パピヨンにメッセージを送った存在である。彼は知っていた。パピヨンという生命が破壊されるとともに、また新たな生命が誕生したことを。

それでもラミアは、悼んでいた。それはソムニウム本来の感性ではない。かつて彼が取り込んだ生命※17――ヒトという種属の想いが、色濃く影響していたのかもしれない……。

護《まもる》を乗せて、オービットベースから離脱しようとするギャレオン。その前面にはビークルロボの部隊が展開していた。百戦錬磨の勇者ロボたちが、予測済みの軌道を封鎖するため、威嚇射撃を繰り返す。

「護殿、なぜ逃げるのです！」

「あいさつもなしってのは、ひでえなぁ！」

氷竜《ひょうりゅう》と炎竜《えんりゅう》に軌道を塞がれたギャレオンの背後には、光竜《こうりゅう》と闇竜《あんりゅう》が追いついてきていた。

「く、邪魔するなら……仕方ない！」

完成された包囲の中心で、護のとった行動は一同の意表をついた。

「フュージョンッ！」

叫び声とともに、少年の小さな身体がギャレオンの内部へと吸い込まれていく。

フュージョン……それは、護《まもる》の実の父である異星人・カインのために用意されていたシステムだ。メカライオンの機体がシステムを組み替え、人型の戦闘用メカノイドとなる。そして、その内部にフュージョンした者は、巨大なメカノイドの機体を自分の全身そのものとして、扱えるようになる。凱《がい》がガオファーへとフュージョンするシステムも、これを参考にしたものだ。

「ガイガーッ!!」

メカノイド〈ガイガー〉へのフュージョンは、誰にでも可能なわけではない。かつて、カインが機界31原種との戦いに斃《たお》れた後、その遺産を引き継いだのは獅子王《ししおう》凱であった。Gストーンに導かれし者となりえたのは地球人でただひとり、凱だけだったのだ。だが、いまガイガーは天海《あまみ》護の肉体の延長として、勇者ロボたちを翻弄する。

「ステルスガオー！」

ガイガーの呼びかけに応え、オービットベースの中央ゲートハッチを内部から破砕したステルスガオーⅡが、宇宙空間へ躍り出た。この漆黒の機体が、ガイガーのために用意された高機動ユニットでもあることは、GGG《スリージー》の隊員であれば誰でも知っている。

（……させないぜ！）

ガイガーとステルスガオーⅡのドッキングを阻止せんと、炎竜《えんりゅう》は機体を投げ出して、両者の進路を塞ごうとした。だが、腕部に装備されていた鋼鉄の爪を展開させ、ガイガーは突進する。躊躇《ちゅうちょ》のないガイガークローの一撃に、思わず炎竜は加速を停止した。停止していなければ、確実に炎竜の機体は斬り刻まれていたであろう。

（本気なのかよ、護！）

慄然《りつぜん》に近い情動を、炎竜の超ＡＩは感じた。そんなかつての仲間の葛藤を意識することなく、ガイガーはステルスガオーⅡにドッキングしようとする。だが、ＧＧＧの勇者が容易にそれをさせるはずもない。突如、ガイガーはバランスを崩し、ドッキングに失敗した。

「護隊員！　立ち去る前に事情を説明してください！」

光学迷彩によって至近距離まで接近したボルフォッグが、ロケットワッパーと呼ばれる装備によって、ガイガーの脚部を捕縛したのだ。捕らえたボルフォッグと捕らえられたガイガー……いや、護の視線が交錯する。

「ボルフォッグ……僕を信じて」

「信じています、しかし……」

真摯さが込められた声を聞き、先に視線をそらしたのはボルフォッグだった。しかし次の瞬間、ガイガーの強烈な蹴りが小柄な機体を吹き飛ばしていた。両者を結んでいた超硬質ワイヤーは張力に耐えたものの、ガイガーを捕捉していたワッパーがたまらずに砕け散る。

「さよなら……」

自由を得たガイガーは、ついにステルスガオーⅡとのドッキングを成功させた。高機動モードとなり、オービットベースから離脱しようとするガイガー。だが、その意図に反して、両翼端のウルテクエンジンは高出力時に放つ、緑の輝きを不規則に明滅させた。

「えっ、出力が上がらない⁉」

驚いた次の瞬間、護《まもる》はステルスガオーⅡの増槽部にとりついている人影に気づいた。顔面に簡易酸素マスクのみをつけた軽装、決して普通の人間ではありえない。Gストーンのサイボーグ、ルネだ。

「悪いけど、ウルテクエンジンの制御系はぶっこわしといたよ。あきらめな！」

ウルテクエンジンはステルスガオーⅠからⅡになる際、増設されたユニットだ。制御系ターミナルの一部が外部に露出していることを、ルネは知っていた。

さらに自分の足下へ、増槽部へ、携行型の小型カタパルトランチャーを向ける。

「あんたはこのまま、ステルスガオーごと……ボン！」

電磁加速で射出された弾頭が、増槽部を破壊した。爆発の衝撃はガイガーの機体を不規則に弄び、護も思わず悲鳴をあげた。

「うわあああっ」

ルネの身体はステルスガオーⅡから吹き飛ばされたが、素早く闇竜《あんりゅう》がその身体を受け止める。

「ルネさん！」

シャッセールにおいて、ルネと行動をともにした時間が長い闇竜にとって、独断専行のサポートも慣れたものだ。

「ツクヨミは？」

「まだみたい」

「ちっ、ノロマね」

凱《がい》が合流したディビジョンⅦは、オービットベースから分離後、超翼射出司令艦《ちょうよくしゃしゅつしれいかん》〈ツクヨミ〉として、GGG《スリージー》の移動前線司令部となる。だが、いまだツクヨミは発進準備さえ終えていなかった。

オービットベースのメインオーダールームでは、ようやく首脳部とオペレーターたちが配置につき終えたところであった。

メインスクリーンには、爆発で吹き飛ばされたガイガーが軌道高度を低下させ、大気圏内に墜落していく様子を望遠撮影した映像が表示されている。

「猿頭寺《えんとうじ》くん、ガイガーの突入軌道の計算は……」

高之橋《たかのはし》博士の呼びかけに、猿頭寺は答えなかった。いや、答えられなかったと言うべきだろう。

高之橋の再度の呼びかけで、ようやく猿頭寺は我に返る。

観測されているガイガーの軌道要素から、着地点を予測する。普段の猿頭寺なら、競馬新聞を読みながら、数秒で鼻歌まじりにすませてしまう程度の作業だ。しかし、震える指は幾度もミスタイプを繰り返し、ついにはメインスクリーンに巨大なエラー表示を出させてしまう。

（耕助《こうすけ》、お前……）

猿頭寺を見つめる火麻《ひゅうま》参謀の表情には、痛ましげな想いがありありと浮かんでいた。猿頭寺の亡き父親と同僚であったこともあり、火麻はGGG隊員のなかでもっとも彼とのつきあいが長い。そんな火麻にとっても、こんな猿頭寺は見たことがなかった。かつて、友人を敵として生命の危機に陥った[※18]ときでさえ、失われなかった冷静さが、いまは微塵も残っていない。

「ツクヨミ、出られます！」

整備部オペレーター・牛山一男《うしやまかずお》の報告に、火麻《ひゅうま》は立ち上がった。怒りと困惑と悲しみ……複雑な感情に翻弄されそうになったとき、火麻は常に心の一部をわざと硬直させ、身体を動かすことで事態に対処してきた。

「卯都木《うつぎ》、行くぞ!!」

力なく応えた命《みこと》とともに、火麻はツクヨミへの緊急通路へ身を躍らせる。これまでもそうしてきたように。

**3**

日本、Gアイランドシティの中心部に位置する宇宙開発公団。

元GGG《スリージー》長官であった大河幸太郎《たいがこうたろう》の現在の職場である。正確に言えば、古巣に戻ったに過ぎないのだが、いずこであれ、大河の職場は戦場と同一の意味であるようだ。現在は、衛星回線によって世界中の提携組織と結ばれた会議室が最前線だ。

木星の未知なるエネルギー〈ザ・パワー〉の開発を推進する国連評議員たちを相手に、大河は戦いを続けていた。

原種大戦後、国連はディビジョン艦隊の再建計画を発動した。そのうち、ディビジョンⅦ～Ⅸは、木星での決戦、及びその後の機界新種戦で失われたディビジョンⅠ、Ⅲ、Ⅳの後継艦である。だが、そこに紛れて、ディビジョンⅥ[※19]の開発も進められていた。これはザ・パワーを木星から採取するための艦であり、その存在を知ったことが、大河に宇宙開発公団への復職を決意させたのだった。

「宇宙開発公団……いや、日本国といたしましては、その計画へは参加できかねます！」

「幸太郎、聞き分けのないことを言う子だね」

現職の国連事務総長であるロゼ・アプロヴァールは、大河にとっては留学生時代に多大な恩（誰に問われても、その詳細を明かしたことはない）を受けた相手であり、防衛庁勤務時代に膨大な尻ぬぐいを引き受けてもらった相手でもある。

そのロゼに〝幸太郎〟と呼ばれてしまっては、大河も強硬な態度に出にくい。もちろん、アプロヴァール事務総長は、そんな大河の心理をすべて計算しているはずだ。全人類の命運と個人的な面はゆさに板挟みにされた内心を、必死に表に出さぬよう抑制しながら、大河は言葉を続けた。

「ですから！　木星開発は宇宙全域をおびやかす危険性が……」

そのとき、モニターの隅にサブウインドウが割り込んできた。

「そ、そそそ、総裁！」

極度に緊張したその顔は、管制班に所属する天海《あまみ》勇《いさむ》職員のものだった。

「き、ききき、軌道上より日本上空に落下してくる、ほほほ、北極ライオンらしき物体がぁぁっ！」

勇の操作で、表示が切り替えられたのであろう、ウインドウにはガイガーが映し出された。天海勇はギャレオンを古くから知っており、〝北極ライオン〟という自分でつけた通称で呼び続けている。

大気圏突入時の断熱圧縮で赤熱化したガイガーの胸には、紛れもないギャレオンの頭部が見えている。

ようやく、大河《たいが》は勇の興奮の意味を理解した。ギャレオンが地球に帰還した。それはつまり、ギャレオンとともに旅立った少年が帰還したことをも意味しているはずだ。天海《あまみ》夫妻が九年間も深い愛情をもって育てた、天海護《まもる》少年が——


降下してくるガイガーの軌道は、疑いなく日本上空へ到達することを示している。宇宙開発公団は定例シャトルの打ち上げを停止させ、国内外の航空関連各社に緊急連絡を発した。そして、空白地帯となった日本上空へ落下してくるガイガーの軌道要素を観測し、オービットベースへ連絡したのである。

ガイガーがまさにGアイランドシティ上空へ到達したのは、偶然とは言い難いだろう。おそらく、フュージョンした護の意志が反映されているはずだ。

その意志の通りと考えるべきか、ガイガーの姿は護にとって縁の深い人々に目撃されていた。大河幸太郎《こうたろう》や天海勇《いさむ》を含む宇宙開発公団の人々。勇とともに育ての親であった天海愛《あい》。初野華《はつのはな》をはじめとする、カモメ第一小学校の同級生たち。

そして、初野家で保護されていた少年もまた、Gアイランドシティ上空から進路を変え、西へ向かうガイガーの姿を、目の当たりにしていた。

（ラティオ、君はやはり……）

少年は無言でベッドから立ち上がると、深い傷を優しく癒してくれた部屋と部屋の主へ、心のなかで礼を告げた。そして、開かれた窓から、空へと飛びたっていくのだった。

一方、ガイガーを追って大気圏へ突入したツクヨミは高度八〇、〇〇〇メートルへ到達、ガイガーの進路に関する情報を、地上から受け取っていた。

ツクヨミ艦上のミラーカタパルトでは、すでにファントムガオーがいつでも射出可能な状態におかれている。

「宇宙開発公団からの中継で、ガイガーのトレースできました。現在の軌道なら、京都上空で接触の予定！」

ファントムガオーのコクピットに、命《みこと》の声が響く。凱《がい》は通信モニターに向かって、静かに問いかけた。

「命、パピヨンは……？」

発進準備のなかで、凱はまだ大事なことを聞きそびれていた。もちろん、研究モジュールで倒れていた彼女の姿を最初に見つけた凱には、その問いに対する答えなどわかりきっている。

（それでも、はっきりと確認しておかなければならない……）

通信モニターのなかの命は、オペレーターとしての顔を保てなくなった。友人を喪ったひとりの女性としての表情に涙を浮かべ、唇を噛みしめながら、無言で首をふる。

「そうか……」

ただ一言だけ答えた凱《がい》は、コクピット内で前方を見つめた。キャノピーの向こうに見えるカタパルト内の隔壁が、スクリーンとなって、凱の記憶のなかの護の表情をいくつもいくつも映し出す。

（護《まもる》……俺はもう迷わない。これ以上、その手を汚させないためにも……俺がお前を止めてみせる!!）

軽い警報音とともに、通信モニターに新たな映像が映し出された。ステルスガオーⅡとともに飛行中のガイガーだ。艦橋の自分の席で、命《みこと》が涙をこらえつつ報告する。

「ガイガーを捕捉！」

「よし、ファントムガオー発進！」

凱の叫びと同時に、ミラーカタパルトが作動する。ファントムガオーの機体表面に高速蒸着されたミラー粒子が、カタパルト内に発生した磁界と反発する。強烈な電磁誘導で加速されたファントムガオーは、一瞬の後にツクヨミ前方から射出され、飛行中のガイガーを追い抜いた。

寿命の短いミラー粒子を剥離させながら、ファントムガオーは急上昇した。

「フュージョン……」

護と同じように、凱もまたファントムガオーへフュージョンする。

「ガオファァーッ！」

ガイガーの前方に、ガオファーが立ちはだかる。空中で対峙するメカノイドたち。二十メートルもの身長を有する鋼鉄の巨人ふたりは、ほぼ同じ性質を持った機体に見えるだろう。だが、その内部システムには大きな違いがある。

純粋な異星文明の産物であるガイガーは、いまだ地球人には解明不能なシステムでフュージョンした者を迎え入れている。ギャレオンの内部から発見されたブラックボックスにその利用法が記録されていたため、原種大戦時のGGG《スリージー》はこのシステムを運用することができたのだ。

一方、ガオファーは主動力源・Gストーンを除いて、すべて地球製の機体である。凱の四肢を機械的にトレースすることで、ガオファーはあたかもガイガーと同じように動くことができる。

だが、ガオファーはエヴォリュアル・ウルテクパワーによって、ガイガーと同程度の性能を発揮しているに過ぎない。つまり、Gストーンと凱の肉体に多大な負担を常に強いているのだ。おそらく長期戦となったなら、ガオファーはガイガーに敵しえないだろう。凱ははやる心を抑えつつ、ガイガーに問いかけた。

「護、事情を話せ！」

「邪魔しないで、凱兄ちゃん！　時間がないんだ‼」

「人が死んでいるんだ、説明しろ、護！」

「どいてくれないなら、力づくでもいくよ！」

ガイガーはクローを剥きだしにして、ガオファーに襲いかかった。

「やめろ！」

容赦なく頭部を襲った一撃は、かろうじてガオファーのクローに阻まれた。互いの力と力が均衡し、ガオファーとガイガーは空中で静止する。それは凱と護、かつてともに苦しい日々を戦い抜いたふたりの想いの激突でもある。

やがて打開策を見つけたのが同時なら、咆吼する瞬間も等しかった。

「ガオーマシンッ！」

Gストーンに乗せて放たれたふたりの意志を、六機のマシンが受け取った。


京都上空を飛行するライナーガオーⅡ。

東海道新幹線を奔《はし》るライナーガオー。

雲海を貫いたドリルガオーⅡ。

古都の大地を食い破ったドリルガオー。

雷雲に潜んでいたステルスガオーⅢ。

ガイガーから分離したステルスガオーⅡ。


マシンたちは互いを牽制しあうように、ガオファーとガイガーの周囲を舞い、わずか数ミリのニアミスに火花を散らした。

その間にもガオファーのファイナルフュージョン要請シグナルがオービットベースへ飛び、承認を意味する信号が天から降ってくる。

「ファイナルフュージョンッ！」

凱《がい》と護《まもる》は、またしても同時に叫んだ。

ガオファーの周囲に展開されるプログラムリングと、ガイガーが発したEMトルネードの光は暗く立ちこめていく暗雲のなかでも光り輝き、地上の人々の目に映った。

その日、その場にいあわせた京都市民や観光客のうち、幾人が気づいたであろう。見え隠れするその輝きこそ、いまも平和を守り続けているファイティングメカノイドと、かつて地球を守り抜いたスーパーメカノイドが、初めて同時に完成する瞬間を報せるものだったのだ。

# 4

「ガオファイガーッ！」

「ガオガイガーッ！」

中京区の大通りに降り立つガオファイガー。向かい合うように、ガオガイガーが民家を踏みつぶしつつ、着地する。

空中から大地へと対峙する場所を変え、凱と護の睨みあいは続いていた。凱の心のうちに呼応するかのように蒼穹を塗りつぶした雷雲が、雨粒を勇者王たちへ叩きつけはじめる。異様なほど、突然に降り出した雨に打たれながら、人々は勇者王たちを見上げていた。

（おい、なんでガオガイガーがここにいるんだ……）

（宇宙から帰ってきたのよ！）

（でも、ガオファイガーもいるんだぜ！）

（じゃあ、あのガオガイガーは……）

そうしている間にも、風雨は勢いを増していく。この驚愕すべき状況を世界中へ配信しようと駆けつけてくる報道陣。だが、かつては勇者王の活躍を誇らしげに伝えたマスコミも、この異常事態を如何に伝えるべきか……困惑せずにはいられなかった。

避難警報のサイレンが鳴り響く中、避難することも忘れ、豪雨を浴びながら見守り続けた人々。そして、彼らの数百万倍もの数に達すると思われる、テレビ放送やネットニュースの前で固唾を呑んでいる人々。

無数の視線のなかで、護《まもる》は凱《がい》に語りかけた。

「……凱兄ちゃん、パスキューマシンのおかげで、僕は……ガオガイガーとひとつになれた。これが最強の勇者王の力なんだね」

「違う！　お前は間違っている、そんなものは力じゃない！」

「………」

凱の言葉に反発するかのように、ガオガイガーが拳《こぶし》を握りしめる。

（護、お前はそのことを知っていたはずだっ!!）

ガオファイガーもまた、ガオガイガーの敵意に反応するかのように身構えた。

「ファントムリング・プラスッ！」

ウルテクエンジンから供給される、膨大なエネルギーを込めたリングが、ガオガイガーの右腕に装着された。拳と前腕部が逆方向に回転し、不気味な唸りをあげる。それは破壊の意志を込めた行

為……ブロウクン・ファントムの予備動作だ。

「街中でそんなものを放てば、どうなるかわかっているはず……」

凱《がい》の意志もまた、すでに固まっていた。迎え撃つガオファイガーの右拳《こぶし》に、エネルギーで形成された非実体型のファントムリングが装着される。

「命《みこと》、ディバイディングドライバーは!?」

「あと九十秒で射出可能！」

「……間に合わない、か」

いままさに、ガオガイガーはブロウクンファントムを撃ち出そうとしていた。拳に先駆けて、護《まもる》の意志が放たれてくる。

「僕は間違っていない！　間違っているのは……凱兄ちゃんの方だっ！」

凱もまた、己の意志をブロウクンファントムに込める。

「うおおおおおっ！」

同時に撃ち出される、光の輪をまとった拳と拳。凱と護、それぞれの意志が込められたブロウクンファントムは、群衆の頭上で激しく激突した。恐怖を感じた人々が、四方へと逃げ出しはじめる。

しかし、放出されるエネルギーに傷つけられた者はいなかった。

ガオファイガーの拳は、ガオガイガーの拳の威力を打ち消さんがために、凱の意志を貫かんがために、放たれていたのだ。

（もう誰もお前に……殺させはしない！）

フィールドに保持された純粋なエネルギー体であるガオファイガーのファントムリングと異なり、ガオガイガーのそれは実体を持つ物質である。力の均衡が崩れた瞬間、ついに一方のファントムリングが砕け散った！

「まだだよ、凱兄ちゃん！」

ファントムリングを破壊されたガオガイガーの拳は、ガオファイガーのそれよりも一瞬早く、帰還する。先に体勢を整えたガオガイガーは、両の拳で交互にガオファイガーに殴りかかった。

「やめろぉぉっ」

ガオファイガーは両腕で、重い打撃をブロックした。三十メートルを超す巨体が揺らぎ、踏みしめた街道の舗装にヒビが入る。凱は護の容赦ない攻撃を避けようと、ガオファイガーを後退させた。だが、周囲への被害を意識せずにいられないガオファイガーより、建物を薙ぎ倒しつつ迫るガオガイガーの動きの方が素早いのは、自明の理だ。

懐に捉えたガオファイガーへ、両拳を固く握りあわせたガオガイガーの一撃が叩きつけられる。強烈な衝撃に、よろめくガオファイガー。だが――

（このままじゃ、やられる……！）

ガオファイガーは低い体勢から、右膝を振り上げた。膝部に装備されたドリルが高速回転しつつ、ガオガイガーの胸部を狙う。しかし、ギムレット・アンプルーレを粉砕したその一撃を、ギャレオンの顎門《あぎと》が受け止めた。鋼鉄の牙がドリルに食い込み、回転エネルギーを喰い殺す。

「ギャレオンッ⁉」

ファイナルフュージョン後も、ガオガイガーの胴体部となったギャレオンの意志が失われるわけではない。原種大戦当時、凱《がい》自身が幾度もギャレオンの判断[※20]に救われていた。すでに敵対する存在になったとわかってはいたはずだが、ギャレオンの反撃に凱の心は動揺した。

「プラズマホールド！」

ガオガイガーの左腕部に装備されているプロテクトシェードが、防御フィールドを前方に展開させた。わずかな逡巡の間を突かれたガオファイガーは、フィールドの網に捉えられ、空中へと抱え上げられた。

「ぐわあああっ！」

プラズマホールドに捕捉された機体は、強烈な電離現象によって痛めつけられる。それはエヴォリュダーである凱の肉体をも、激しい苦痛に苛む結果となった。さらにガオガイガーは、軽々とガオファイガーの機体を頭上で振り回し、古都を代表する木造建築へと叩きつけた。

衝撃に継ぐ衝撃に目眩を覚えつつも、凱は見た。死闘に喜びを覚えるかのような、ガオガイガーの双眸《そうぼう》の光。

（護《まもる》、俺を……本気で……!?）

「ブロウクンマグナムッ！」

ファントムリングなきガオガイガーは、前腕部のみを打ちだした。

（俺は……それならっ！）

土砂と瓦礫のなかで、ガオファイガーは両翼端のウルテクエンジンを展開させた。緑の輝きが、ガオファイガーに爆発的な推進力を与える。

「うおおおおっ！」

放たれたガオガイガーの拳に向かって、ガオファイガーは突っこんでいく。頭部を直撃するブロウクンマグナム！　いや、紙一重の差で避けていた。空中で交錯した鋼鉄の拳に装甲表面を激しく擦過《さっか》されながらも、ガオファイガーの突進は止まらない。五条通りの上空を横断したガオファイガーの両腕は、ついにガオガイガーの両肩部を掴みこんだ！

「うわああっ」

予期せぬ反撃に、護は悲鳴をあげた。ガオファイガーは出力全開のまま、ガオガイガーを市街地の西へと押し出していく。両者は組み合ったまま、桂川を渡り、嵐山の斜面に激突した。小さな身体を揺さぶられた護は、軽い脳震盪に見舞われる。

ガオガイガーを叩きつけた反動で、ガオファイガーは宙へ飛ぶ。そして、叫んだ。

「ゴルディーマーグッ！」

「相手は護だぞ、いいのか⁉」

いきなり、自分の名を呼ばれたゴルディーマーグは、ツクヨミの艦上であわてふためいた。他の勇者たちに比べれば、かなり大雑把な思考パターンをプログラミングされた彼といえど、自分が呼ばれたことの意味は理解できる。そして、そこに込められた凱の想いを推測することも。

「凱！」

思わず、命《みこと》も叫んだ。

「急げっ!!」

護《まもる》とガオガイガーがダメージを受けている、この瞬間を逃すわけにはいかない。凱《がい》の言葉には強い意志が込められていた。


「八木沼《やぎぬま》長官!」

「承認しますか?」

軌道上のオービットベースでも、牛山《うしやま》と高之橋《たかのはし》が戸惑いを隠しきれない。ふたりの視線に、八木沼長官は自分もパニックを起こしてしまいたい衝動を覚えた。しかし——

「勇者の判断を信じましょう」

八木沼は、アプロヴァール事務総長から託された鍵を取り出した。

「ゴルディオンハンマー発動……承認、と」

八木沼の承認が降りたことにより、ツクヨミ艦橋の命の端末には、セーフティデバイスのオペレーション画面が表示される。

「卯都木《うつぎ》、承認が降りたぞ」

火麻《ひゅうま》の言葉に、命は我に返った。

(なにを迷っていたの? 私はいつでも凱を信じると……彼をバックアップすると、誓ったはず!)

深い息を吸い込んだ命は、カードキイを一気にスロットに流し込んだ。

「了解！　ゴルディオンハンマー・セーフティデバイス・リリーブ‼」

すべてのセーフティは解除された。

「俺ぁ知らねえぞ！」

ゴルディーマーグがツクヨミの甲板上から、嵐山へと飛び降りていく。

「う、うう……ん……」

ようやく意識を取り戻した護は、次第に雨足を弱めつつある夕空を見上げた。

「ハンマーコネクト！　ゴルディオンハンマー‼」

ガオガイガーの頭上では、ガオファイガーが最強の鎚を装備し、金色《こんじき》の破壊神と化していた。その行為が意味するところは明白である。

「……それなら！」

護の意志に応えるかのごとく、星型の物体が輝いた。パスキューマシン、この謎の物体はガオガイガーの内部においても、護のかたわらにあり、力を与え続けていた。護の力とパスキューマシンのエネルギーは互いを補い、ひとつのパワーとなった。

ガオガイガーの両の掌《てのひら》が広げられる。

「ヘル・アンド・ヘブン！」

右の掌からは破壊エネルギーが、左の掌からは防御エネルギーが奔流となって溢れだす。

「ゲム・ギル・ガン・ゴー・グフォ……」

その言葉は、ふたつの力をひとつに縒り合わせることを意味する。かつて、ギャレオンのブラックボックスから凱《がい》もその言葉を知り、ガオガイガー最強の技を編み出したのだ。

縒り合わされたふたつのエネルギー、その緑の輝きを全身にまとったガオガイガーに対し、黄金に輝くガオファイガーが頭上から急襲する。

ヘル・アンド・ヘブン対ゴルディオンハンマー！

かつて、地球人類を護り抜いた最強の技と攻撃が、いまここに激突した!!

「ハンマーヘル！」

だが、ガオファイガーはいまだ破壊の力を放ってはいなかった。凱の狙いは、ガオガイガーの機体から、護《まもる》を引きずり出すことだったのだ。光の釘が打ち込まれる寸前、護はさらにもうひとつの言葉を叫んでいた。

「ウィータッ!!」

縒り合わされたエネルギーは、ガオガイガーの全身にまとわれる。しかし、さらにそのエネルギーを一点に集約させる言葉が存在したのだ。

ＥＩ－01との接触により、破損していたギャレオンのブラックボックス。そのために、かつての凱がついに知り得なかった言葉。いま、その言葉によって膨大なエネルギーは、固く握り合わされたガオガイガーの拳《こぶし》に集約されていた。

そして、エネルギーの奔流はガオファイガーが振り下ろしていた、ゴルディオンハンマーを直撃した！

「ぐわぁぁぁっ!!」

「ゴルディーッ！」

ゴルディオンハンマーが、ガオファイガーの右腕部に装着されていたマーグハンドが、完全な姿を現したヘル・アンド・ヘブンの前に、砕け散っていく。奇跡的に大きな損傷をまぬがれたガオファイガーも、衝撃波によって大地へ叩きつけられた。


破壊的なエネルギーの余韻を身にまとったガオガイガーが、悪鬼のようにゆらめく影を背負い、ガオファイガーの前に立つ。

凱は信じられない心地で、ガオガイガーの姿を見上げた。

「まさか……」

「そうだよ、僕にはできるんだ。真のヘル・アンド・ヘブンがっ‼」

凱にも、目の前の現象を理解することはできていた。だが、それを現実として受け止めるには、あまりにも衝撃は大きすぎた。

「はああっ」

さらにガオガイガーは、両拳からＥＭトルネードを放ち、ガオファイガーを捕捉する。大出力電磁波の暴力的な奔流を浴びせかけられ、ガオファイガーは為す術もなく、全身を硬直させた。

「うおおおっ！」

ガオガイガーのヘル・アンド・ヘブンが、ガオファイガーに迫る。避けられぬ最期の瞬間を眼前にしながら、凱は必死に抗った。

（俺の血でお前の手を、汚させて……たまるかっ！）

凱《がい》の執念が、ガオファイガーの全身へ伝わっていく。それでも、指先すら動かすことはできない。

だが、運命は意外な使者の形をとって、舞い降りた。

「隊長ぉぉぉぉっ！」

青と赤の機体を持つ勇者、超竜神《ちょうりゅうじん》。氷竜《ひょうりゅう》と炎竜《えんりゅう》がシンメトリカルドッキングを敢行、合体ビークルロボとなった姿が、ＥＭトルネードの渦のなかへ直上から飛び込んできたのだ。

ガオファイガーの楯となるように立ちはだかった超竜神は、両腕部に保持していた、巨大なメガトンツールを発動させた。

「イレイザーヘッドＸＬ！」

閃光が轟く。眩い光芒のなか、エネルギー光子変換装置がＥＭトルネードを消失させた。

「超竜神っ！」

視界を覆い尽くした輝きが緩やかに晴れていく。そして、凱は見た。ガオガイガーのヘル・アンド・ヘブンを、胸のミラーシールドで受け止めている、仲間の姿を。

「マ…モ…ル……」

超竜神のその言葉は、かつての仲間の名を呼んだものか、背中にかばった者への固い決意を表したものか。いずれにせよ、ガオガイガーの拳《こぶし》は、超竜神の胸へベキベキッと異音をたてながら、捻込まれていった。

「やめろぉぉぉっ！」

　ガオファイガーが、仲間を救おうと、指先を伸ばす。だが触れたものは、胴体中央から分かたれた、超竜神の半身でしかなかった。

「うおおおおっ！」


　その瞬間、凱のなかで、なにかが弾けた。


　熱いカタマリが全身を駆けめぐり、ガオファイガーの四肢をも貫いた。

「ゲム・ギル・ガン・ゴー・グフォ……」

　迸《ほとばし》る想いは、ガオファイガーの両の掌《てのひら》から弾け、ひとつに縒り合わされた。

（ダメだよ、凱兄ちゃん……それじゃ、僕には勝てない！）

「ウィータッ!!」

　ガオファイガーの突進を前に、ガオガイガーもまた、ふたつの力を縒り合わせる。そして、自らも迎え撃つように、躍り出た。

　ヘル・アンド・ヘブン対ヘル・アンド・ヘブン！

　正面から激突する、究極の力と力。拳と拳が軋みをたてる。だが、護《まもる》には勝算があった。エネルギーを全身にまとわせたガオファイガーに対し、ガオガイガーはそれを拳に集約させている。負けるはずがない！

　ついにガオファイガーの拳に、亀裂が奔《はし》った。

「今こそ僕は……凱《がい》兄ちゃんを超えるんだぁっ！」

だが、凱は静かにつぶやく。

「……忘れたのか、護《まもる》」

Gストーンを通じて、迸《ほとばし》る力。それは定量のものではない。かつて、勇者たちは強大な敵を、幾度となく打ち破ってきた。苦境に立たされたとき、それまでに倍する力を、常にGストーンが与えてくれたからだ。

護は持てる力のすべてを、拳《こぶし》に集めた。だが、凱の全身に溢れた力は――

「勝利するのは……勇気ある者だっ！」

一点に集められることなくとも、護のそれを上回っていた！

ガオファイガーの拳が、ガオガイガーの拳を打ち砕く！

そして、ギャレオンの牙をへし折り、顎門《あぎと》へと叩き込まれた！

「はぁぁぁっ！」

そして、ガオガイガーのGリキッドにまみれた、ふたつの拳が引き出される。

強大な力に内側から蹂躙されつくしたガオガイガーは、双眸《そうぼう》の輝きを失った。機体各所から、閃光と爆炎が激しく噴出する。

両拳を頭上に掲げるガオファイガーの背後で、勇者王の姿は炎に包まれていった――

# 5

いつしか陽は沈み、嵐は止んでいた。

GGG《スリージー》のディビジョン艦隊各艦が、京都市街各所の復旧と被災者救援に奔走している。もっとも、ガオファイガーの戦い方の故か、幸いにも人的被害はほとんど出ていない。

極輝覚醒複胴艦《きょくきかくせいふくどうかん》〈ヒルメ〉に、超竜神《ちょうりゅうじん》が回収されていく。ガオガイガーに破壊されたのは、氷竜《ひょうりゅう》と炎竜《えんりゅう》の接合部であったため、思ったよりダメージは少なかった。損害はむしろ、人々の心のなかにこそあった。

ガオファイガーの掌《てのひら》のなかに握られていた護の身体を、凱はゆっくりと地面に下ろした。少年の手に握られていたパスキューマシンも、かたわらに転がっている。フュージョンアウトもどかしく、護のもとへ駆け寄っていく凱。命《みこと》や火麻《ひゅうま》、ヒルメに便乗してきたルネも集まってくる。

凱の腕に上半身を抱き起こされた護は、ゆっくりと目を開いた。

「う……ん……」

「……護！」

少年の表情が苦痛に歪んでいく。

「痛い……痛いよ、凱兄ちゃん……」

「すまない……」

護《まもる》の表情を正視できなくなった凱《がい》は、小さな身体を抱きかかえた。

「宇宙が……宇宙が危ないっていうのに、どうして邪魔するの……？」

「護……俺は……」

凱には続けるべき言葉が見つからなかった。

自分の判断は間違っていたのだろうか？　取り返しのつかないことをしてしまったのだろうか？

確信は揺らぎ、自責と後悔が押し寄せてきそうになる。

その様子を見守っている命《みこと》たちも、事態をどう受け止めてよいのかわからず、ただ胸の奥に込みあげてくる痛みに耐えていた。もっとも、ルネだけは痛みよりも大きい、怒りを持てあましていた。

護の行動によって生命を落としたパピヨンは、ルネにとっては長い時間をともに過ごしたパートナーだった。ルネがサイボーグとなった直後から、彼女はその機械の体のメンテナンスを引き受けていた。獅子王《ししおう》雷牙《らいが》が、ルネの前に姿を現すことを避けた結果だったのだが、それが娘に良き友人を作ることになったのは、誰にとっても喜ばしい副産物であっただろう。

大切な人を喪った痛みの表現には、様々な種類が存在する。少なくとも、ルネのそれは猿頭寺《えんとうじ》とは大きく異なっていた。軌道上でガイガーを取り逃がした後、パピヨンの死を知ったルネは、自らの右拳《こぶし》を破壊した。いや、オービットベースの対デブリ装甲区画を全力で殴りつけたのだ、拳が砕けるほどに。

ルネは、GGG《スリージー》特別隊員であった頃の護と、面識を持っていない。そのため、目の前にいる血塗れの少年は、たとえ幼くとも、憎むべき仇としか思えなかった。

いずれにせよ、誰もが冷静さを保てなくなっていた。だから、誰も気づかなかった。

凱の胸に押し当てられた少年の顔、その口元が微笑を浮かべるところを。

命たちから死角にあった少年の右腕、その指先が攻撃の意志を示すところを。

凱が気づいたのは、護の髪を撫でているうち、指先に触れた感触である。

（なにかが埋まっている……金属製のものが頭に……？）

凱の意識が、護のこめかみに埋め込まれている物体に向かった瞬間。それこそが、好機だった。

護は右手に込めたGストーンのエネルギーを、至近距離から凱へ放とうとした。だが――

サイコキネシスによって吹き飛ばされたのは、護の身体であった。凱の腕のなかから、弾き飛ばされた護が、ぬかるんだ泥濘《でいねい》のなかへ倒れ込んだ。

「護！」

「そいつに騙されちゃいけない……！」

聞き覚えのある声に、凱は頭上を見上げた。

「君は……生きていたのか！」

ゆっくりと着地してくる、護と同年代の少年の姿。

紛れもなく彼は、一年前の木星におけるZマスターとの決戦の際、行方不明になっていた戒道幾《かいどういく》巳《み》に他ならなかった。

「やっとわかったよ……そいつは、本物のラティオじゃない」

護《まもる》と同じく三重連太陽系で誕生した戒道《かいどう》は以前から、護のことを頑なに故郷で与えられた名前で呼んでいた。そしていま、護は……いや、ラティオではないと指摘された物体は、その正体を露わにしつつあった。

「あ……あ……！」

柔らかな頬が、崩れていく。皮膚は肌の色を失い、表面を粟立たせていく。そして、護を演じていた物質は人の形を保てなくなり、単なる粒子の塊となっていた。そして、その粒子さえ、風に吹かれて、崩れ去っていく。

（これは……人工物なのか？　だが、さっきまで俺と話していたのは、たしかに意志ある存在だった。作り物なんかじゃ……）

凱《がい》は呆然と、夜闇のなかへ吹き去られていく粒子を見つめていた。戒道少年はなにかを説明しようとしたのか、口を開きかける。だが、そのとき――

視線は宙に注がれ、固定された。四枚の翼を生やした光る人影が、そこにいた。

「やはり、そうなのか!?　ソール11遊星主……パルパレーパ！」

「パルパレーパ？」

凱はそう呼ばれた人物の姿を見上げた。白い衣装に身をまとったその姿は、普通の成人男性であるかのように見える。だが、浮遊している事実だけでなく、翼の存在も、淡く発光する皮膚も、彼が地球人ではないことを告げている。

「パスキューマシン、返してもらう」

パルパレーパは、右腕から帯状の物体を伸ばし、地面に転がっていたパスキューマシンを拾い上げた。

（護の偽物は、奴が仕組んだものか！）

爆発的な瞬発力を発揮した凱は、十メートルほどの高さに浮かぶパルパレーパのもとへ跳ね上がった。

「待て！」

一瞬、パルパレーパは眉をひそめたように見えた。だが、それは敵意ではなく、虫けらに対する不快感の表明でしかなかった。パスキューマシンを小脇に抱えたパルパレーパは、ふたたび帯状の物体で、凱の身体を包み込む。

「くっ！」

視界と身体の自由を奪われた凱は、為す術もなく地面に叩きつけられた。

もはや、パルパレーパは地上のすべてから関心を失っていた。天上を見上げ、雲海の隙間から出現しつつある、自分を迎えに来た巨大な影を確認する。

月光に浮かび上がった、圧倒的なまでの重量感をまとった巨体に戒道は見覚えがあった。

「……ピア・デケム！」

パルパレーパはピア・デケムと呼ばれた巨艦に向かいながら、戒道を睥睨《へいげい》した。

「我らは使命をまっとうするのみ。邪魔するならば……お前も消去する！」

「Jは⁉」

戒道《かいどう》にとって最大の関心事に、パルパレーパはあっさりと答えた。

「……この宇宙にはいない」

「待ちな！」

戒道の問いに応じた一瞬を、隙と見たのだろう。その瞬間を逃さず、ルネはパルパレーパに迫っていた。桂川にかかった橋を踏み台として飛び上がり、空中姿勢でカタパルトランチャーの狙点を定める。

（貴様らが……パピヨンをっ！）

だが、ジグザグに飛来してきた影が、パルパレーパの前に立ちはだかった。

（女……？）

パルパレーパと同じく翼を持った女は、右手で巧みに鞭をふるい、ルネに叩きつける。

「うわあああっ！」

痛烈な打撃で胸元の人工皮膚を切り裂かれ、ルネは川面に墜落した。

「くっ！」

ようやくウィルナイフで、帯状の物体を切り裂いた凱《がい》が、夜空を見上げる。だが、すでに一組の翼ある男女は、ピア・デケムと呼ばれた大型艦のなかへ消えていた。

黒い大型艦は空中で回頭すると、雲海のなかへ進んでいく。

「卯都木《うつぎ》、あの艦のトレースは！」

「ダメです、オービットベースのセンサーにはまったく確認できていません！」

火麻《ひゅうま》や命《みこと》の懸命の対応にもかかわらず、ピア・デケムは悠々と飛び去っていった。

凱とルネは、屈辱にまみれながら、夜空を睨みつける。そのかたわらで、戒道少年は新たなる敵の名を、つぶやくのだった――

「ソール11遊星主……三重連太陽系の守護神……」

# 第三章　GGG追放命令　―西暦二〇〇七年七月―

## 1

GGG《スリージー》オービットベースへ招き入れられた戒道《かいどう》少年は、メインオーダールームの外周に並ぶ強化ガラスの彼方、宇宙の深淵をじっと見つめていた。凱《がい》をはじめとするスタッフ一同、誰もがたくさんの疑問を抱いていたが、少年をうながす者はいなかった。静かで重い沈黙に火麻《ひゅうま》が耐えかねた時、ようやく少年は口を開いた。この場にはいない誰かに語りかけるように。それは、自分の消息を本当に伝えたい相手への言葉だったのかもしれない。

「僕は……、僕たちは一年半前、ザ・パワーの力を借りて、Zマスターと対消滅するはずだった」

それは、長い長い物語であった。

僕たち――その言葉は戒道少年と数奇な運命、そして固い絆で結ばれた仲間たちのことを意味している。

かつて、赤の星の指導者アベルは機界31原種を打倒するため、三十一組の戦士たちを用意した。アルマ、ソルダート、ジェイアーク、トモロ。

アルマは少年少女の姿をした生体兵器であり、Jジュエルの力によって原種と対消滅するために作られた。ソルダートは、アルマを確実に原種のもとへ送り込む任務を課せられたサイボーグ戦士である。彼らを乗せる宇宙最強の超弩級戦艦がジェイアークであり、その制御を司る生体コンピュータがトモロだ。

だが、赤の星はすべての戦士たちを実戦に投入させることなく、機界昇華の前に敗北した。しかし混乱のなか、一体のアルマが地球に逃れ、地球人の子供として育てられていたのである。戒道幾《いく》巳《み》、という名前を与えられて。

三重連太陽系での記憶はなくとも、彼は知っていた。自分は戦士であり、戦わねばならぬ日がいつか来る。そして、奇跡的な巡り合わせの末に、彼は仲間たちと出会った。ソルダートＪ－００２とトモロ０１１７。ＧＧＧと機界31原種が激突する木星決戦に、戦士たちはジェイアークとともに参戦した。

そして、強大なＺマスターを打倒するため、その内部に突入し、キングジェイダーに集積したザ・パワーを一気に開放したのである。

Ｚマスターは滅んだ。

だが、Ｊジュエルの戦士たちは遥かな宇宙の彼方へ弾き飛ばされることで、生き延びていた。かつて、空間転移の末に木星へ到達した超竜神《ちょうりゅうじん》が、ザ・パワーによって時間の彼方へ跳躍[※21]させられたことがあった。戒道少年たちが遭遇したのも、時空間上のベクトルさえ違え、同様の現象であったに違いない。

虚無――

ジェイアークが現れた空間、そこを形容するとしたら、その言葉がもっとも適切であっただろう。星ひとつない、虚無の宇宙。ES空間を通じての観測の結果、トモロ0117はようやく、ある結論に到達した。

「私の計算が正しければ、ここは……ボイド[※22]」

我々の銀河系は直径六〇〇〇万光年の局部銀河群に含まれている。そして、もっとも近い隣人は五九〇〇万光年を隔てた乙女座銀河団だ。ボイドは銀河団の狭間に存在する空虚な領域である。ジェイアークが位置するそのボイドは、地球からはるか九〇〇〇万光年の彼方に存在した。

彼らがボイドに出現したことは、いかなる配剤の結果だったのだろう。そこがボイドであるが故に、彼らは広大な空間を俯瞰することができた。そこがボイドであった結果、現在位置の把握には膨大な観測結果の解析が必要だった。そして、トモロは俯瞰と解析の結果、恐るべき結論に到達したのである。

「太陽系の内部では予兆さえ掴めなかったが……間違いなく、宇宙全体が光速を越えるスピードで収縮している！」

全宇宙規模の異変、それは戦士たちにとって予期せぬ事態であった。もっとも、Zマスターとの戦いを終えた後の生き方そのものが、彼らにとっては予期せぬ事態そのものであったに違いない。

それでも、自分たちが全存在を懸けた結果として得た勝利、それを無に帰してしまう危難を見過ごすことはできない。それが、虚無のなかで彼らが出した結論だった。

ジェイアークは連続ＥＳドライブによって、宇宙収縮現象の中心部を目指した。常ならば、ジェイアークは光子エネルギーを吸収して、艦体を修復することができる。だが、ボイドにおいて、それは不可能だった。Ｚマスター戦における損傷から完全に回復することもできず、彼らは過酷な旅を続けた。

わずかな気の弛みでも、ささやかな突発事態でも、彼らの旅路を中断させることは容易だったはずだ。しかし、彼らは辿りついた。宇宙収縮現象の中心……太陽系へ――！

（Ｚマスターとの戦いから、まだ半年しか経っていない。この現象は以前から発生していたのだろうか？　中心たる太陽系に存在する者たちに、気づかれることなく……!?）

戒道《かいどう》少年は愕然とした。異常現象の規模や内容以上に、それが自分たちにとって深い関わりがある可能性を、あらためて思い知らされたからだ。


そして、因縁深い古戦場である木星において、戦士たちは見覚えのある人影を見つけた。宇宙空間に生身の姿をさらせる者は、そう多くはない。ソルダートＪに周囲の警戒をまかせ、戒道は自らその人影に接触した。

「あれは……ラティオ!?」

天海《あまみ》護《まもる》が地球から旅立つに至った事情を、戒道は知らない。なぜ、こんなところにたったひとりでいるのか？　だが、同様に護にとっても、戒道が生きていたことは喜びをともなった驚きであった。弱々しく、微笑みを返す。

「戒道《かいどう》……？　無事だったんだね……」

「ああ！」

護《まもる》に応えつつ、戒道はそのかたわらの物体に目を奪われた。

（なんなんだ、この物体は――？）

異様な、そして巨大なエネルギーを放つ黒い星型の物体。護はひどく傷つきながらも、この物体を護っているようだ。

「！　来る……奴らが！」

「奴ら？」

「この……パスキューマシンを持って、早く！」

「パスキューマシンだって!?」

パスキューマシン――その名前には覚えがあった。三重連太陽系の知識を得るためにアクセスした、ジェイアークのデータバンクに記録が残っていたのだ。だが、それを思い返す間もなく、護が警告の声を発した。

「来た！　ソール11遊星主……ピア・デケム！」

ソール11遊星主の名も、戒道は知っていた。だが、あり得ない。彼らが復活するなど。まして、なぜこの太陽系にいるのか――！

全身の力を振り絞って身構える護と、突発的な事態の連続に呆然とする戒道。彼らの前に、漆黒の巨艦が現れる。三段重ねの飛行甲板を持った、ジェイアークにも匹敵する巨大な艦体。紛れもなくそれは、戒道の知識にあるピア・デケム・ピットであり、後に京都上空に出現する謎の空母そのものだった。

　ピア・デケム・ピットの飛行甲板から、無数の艦載機が発進する。護と戒道を、いやパスキューマシンを目指して飛来する艦載機群に、害意があることは明らかだ。ソルダートＪは、ジェイアークの艦体を子供たちと艦載機群の間に割り込ませた。

「反中間子砲！」

　原子核を維持する中間子を対消滅させることで、あらゆる物質を崩壊させるジェイアークの主武装が、一斉に発射される。しかし、大口径砲による強力な攻撃も、小型の艦載機群に無数に襲いかかられては無力に等しかった。艦載機群はミサイルによる迎撃もかいくぐり、次々とジェイアークに体当たりを敢行していく。

「アルマ、青の星へ行けっ！」

　ソルダートＪは不利を悟らざるを得なかった。ならば、子供たちだけでも逃がさねばならない。青の星、地球へ！

「ＥＳミサイル発射!!」

　ジェイアークからミサイルが二基、撃ち出された。だが、その破壊力は皆無と言ってよい。弾頭からは熱核兵器や対消滅媒体が外されている。ただ、物理法則の異なるＥＳ空間への窓を開く機能のみを使おうというのだ。

初弾がＥＳウインドウを展開させ、次弾がその内側へ飛び込んだ。トモロのセッティングに誤りがなければ、ＥＳ空間内部に地球軌道上へのＥＳウインドウが開かれるはずだ。

だが、艦載機による攻撃が、護《まもる》と戒道《かいどう》の至近距離に爆発を起こした。

「わああっ」

「ラティオ！」

戒道の眼前で、護はいずこかへ吹き飛ばされた。戒道本人にとっては、幸運と言うべきだっただろう。彼の身体は爆圧で、ＥＳウインドウの内部に弾き飛ばされたのである。その周囲には、砕け散ったパスキューマシンのかけらも散らばっていたようだ。だが、かまっている余裕はない。

（青の星の……地球の重力が……！）

一瞬にしてＥＳ空間を通過した戒道の身体は、地球の衛星軌道上に出現、大気圏に墜落しはじめたのである。

（止まらない、うわあああああっ！）

空中飛行能力を持つとはいえ、生身の身体で大気圏へ突入した経験はない。必死に減速を試みているうち、戒道の意識は闇へと沈んでいった――

戒道少年が意識を取り戻したのは、オーストラリアの草原であった。この地で彼はひとりの心優しい少女[※23]に救われ、心身の傷を癒すことになる。

木星決戦からボイドへ、さらに九〇〇〇万光年の旅を経て、謎の敵からの奇襲を受け、生身での大気圏突入。度重なる過酷な経験は、戒道にとって深刻な事態をもたらしていた。一時的に記憶をなくしてしまったのだ。しかし、それは一概に不幸であったとは言えない。揺籃《ゆりかご》のまどろみのなかで、彼は人の優しさに触れ、平和な日常のなかで過ごす幸せを知ったのだから。

もちろん、養母は戒道に惜しみない愛情を注いでくれた。だが、彼は自分が戦士であることを産まれながらに知っていた。それ故に、自分に向けられる愛情を受け入れることも、愛情を返すことも、知らず知らずのうちに避ける日々を送ってきたのである。

そして、一年近くも続いた、穏やかな日の光にも似た南の大陸における日常にも、終止符が打たれた。記憶を取り戻した戒道は、少女に別れを告げ、旅立ったのである。

「最初に始めたのは、パスキューマシンの探索だった。Ｊやラティオの行方も、宇宙収縮現象の真相も、たったひとりじゃ何も調べることはできない。でも、すべてはひとつの線につながっているように思えた……」

このときすでに、戒道とともに地球へ落下したパスキューマシンのかけらは、ＧＧＧ《スリージー》や各国の研究機関に確保されていた。墜落から数か月をかけた自己修復の結果、超エネルギーを発するようになり、Ｑパーツとして地球人に発見されていたのである。

手がかりのないままに、Ｇアイランドシティへやってきた戒道は、意外な人物からの襲撃を受けた……。

# 2

「再会したラティオは、パスキューマシンを取り返すために僕に襲いかかってきた。最初は僕も戸惑った。だけど、すぐにあいつが偽物だとわかった」

長い物語の末、もっとも気になる話題が語られると、凱《がい》は口を挟まずにいられなかった。

「知っているんだな……あの護《まもる》の正体を」

戒道《かいどう》は静かにうなずいた。

「多分、あいつはパスキューマシンを回収するために送り込まれた……レプリジン」

「複製ってことか？」

（よかった……）

凱は心のなかで深く安堵した。自分が倒したのが複製であるなら、かつてともに戦った護は、きっとどこかで生きているはずだ。

「ソール11遊星主は、三重連太陽系を復元するために作られた……制御プログラムシステム」

プログラム、地球におけるその言葉は本来〝予定〟〝計画〟などを意味している。転じて、コンピュータにおけるソフトウェアを意味するようになったのだが、三重連太陽系ではさらに別の意味が与えられていた。特定の目的を実行するために誕生した人工知性の総称である。機界31原種もまた、元来は有機生命体のストレスを消滅させるためのプログラムだった。

だが、ソール11遊星主に関する説明は、凱たちにとって納得できるものでなかった。Ｑパーツをめぐる攻防で、すでに犠牲者まで出ているのだから。

「護の故郷を復元するプログラムが、どうして俺たちの地球を脅かすんだ？」

しばらく考え込んだ後、戒道は答えた。

「おそらく彼らは、自らの使命を果たそうとしているにすぎないはず……パスキューマシンを使って。パスキューマシンは、物質復元装置の中枢回路なんだ」

その解答はもちろん、戒道少年にとってもひとつの推測に過ぎないものだ。彼の知識は、かつて断片的に触れた記録に基づくものでしかないのだから。自然と、いくつもの疑問が噴出する。

「ひょっとして、宇宙収縮現象と関係あるとか？」

「あのギャレオンも複製されたもの？」

「護は……本物の護は無事なのか⁉」

火麻《ひゅうま》の、命《みこと》の、凱の質問に、戒道は答えを持ち合わせてはいない。ただ、答えを得る方法だけははっきりしていた。

「すべての謎を解き明かすには、三重連太陽系に行くしかない」

凱と命は、顔を見合わせた。三重連太陽系は機界昇華によって消滅したと聞かされている。だからこそ、護も戒道も地球へ逃れてきたはずだ。しかも、三重連太陽系が他の恒星系である以上、太陽系から最低でも光年単位の距離が存在することになる。

「そんな宇宙の彼方へ行くほどの科学力は、我々には……」

科学者として恥じ入る気持ちがあったのか、自分の頭をかいた高之橋《たかのはし》は、かたわらの八木沼《やぎぬま》に同意を求めた。

「……ねえ」

「ギャレオリア彗星――」

戒道《かいどう》はぽつりとつぶやいた。

「ギャレオリア彗星は、三重連太陽系に直接通じるゲートなんだ……」

「……ゲート？」

このとき、メインオーダールームに居合わせた者のうち、ただひとり事情を知らないルネが、不思議そうにつぶやいた。

「ギャレオリア彗星がESウインドウの一種だってことは、護《まもる》くんから聞いてたけど……」

牛山《うしやま》が語ったように、護は旅立つ直前、そのことを周囲の人間に話している。だが、自分の目的地が三重連太陽系であることを、彼は隠していたのだ。

「……僕もラティオも、ギャレオリア彗星を抜けて、この宇宙に来たんだ」

戒道のその言葉は、一同に不思議な沈黙をもたらした。無論、危険をかえりみず、地球防衛組織に身を置いたGGG《スリージー》隊員たちにとって、気持ちはひとつである。だが、三重連太陽系に自分たちが赴くことは、〝防衛戦〟からの逸脱を意味している。

それは――自分たちの戦いの意義をあらためて考えるための、沈黙だった。

大河幸太郎《たいがこうたろう》は悩んでいた。

ギャレオンの出現という突発的な事態に、先日の宇宙エネルギー開発会議は中断されることになった。延期によって得た貴重な時間を大勢に対する反論の準備に使えるため、本来なら、これは喜ばしい事態であったはずだ。

しかし、ＧＧＧからの報告によって、宇宙収縮現象の存在を知ってしまった。大河は自分に問いかける。ザ・パワー開発計画の危険性はたしかに巨大だが、全宇宙が滅びかねない危機はさらに絶大なのではないか？

「正直言って、私はどうしたらよいのか、わからんのです。あの少年の言うことが真実であるという確信もないわけですし……」

「八木沼《やぎぬま》長官、いま地球が平和と繁栄を享受できるのは、星の子供たちのおかげと……私は考えています。もしも地球に直接的な危機が近づいているわけではないとしても、我々は彼らに対して力の限り、恩を返すべく努力する義務があると思うのです！」

逡巡の極致にある八木沼に向かって、相談をもちかけられた大河は力説した。しかも、語りあっているうちに、さらにある可能性の存在に気づかされた。

（もしや、地球への直接的な危機が、すでに近づいているとしたら……！）

だが、言葉とは裏腹に、八木沼の気持ちもすでに固まってはいた。ただ、レールから外れたことが一度としてなかった自分の生涯に、これほど大きな脱線が待っていると信じられなかったのだ。

大河の言葉を、自分の良心の言葉であるかのように、八木沼は感じた。

（私、もしかしたら、ＧＧＧの皆さんに悪影響を受けたんでしょうかねぇ）

そう思いつつも日本で暮らす妻や子の顔が浮かぶと、自分の行く先が脱線ではなく、せめて分岐ポイントの延長線上である方が望ましい……とは考えてしまう。

ともあれ、八木沼《やぎぬま》は国連最高評議会への提議を決意し、大河《たいが》は全面的な協力を約束した。


「なるほど、それが君たちの出した答えというわけか……」

評議員の眼光に気圧《けお》されながらも、八木沼は汗を拭きつつ訴えた。

「はい、幸いにも現在、ギャレオリア彗星は火星近くの軌道上にあります。新型ディビジョンのレプトントラベラーならば、数時間で到達することが可能かと……」

だが、評議員の大部分には、その先の説明を聞くつもりなど毛頭なかった。

「GGG《スリージー》には莫大な維持費がかかっとるんだぞ！」

「宇宙の果ての面倒まで見る必要があるのかね⁉」

「待って下さい！」

相次ぐ横やりに、ついに大河は援護射撃を開始した。

「世界各地の異常現象が宇宙収縮現象によるものだとしたら、これから先、地球や太陽系……いや、この宇宙すべてに未曾有の危機が訪れることは間違いありません！　だからこそ、手遅れになる前にGGGの出動を承認するべきではないでしょうか！」

それが、大河の気づいた最悪の危険性であった。歴戦の人物から出た発言だけに、評議員たちもその重さを吟味せざるを得ない。だが、大河をやりこめようと発言したのは、日本から選出された多古《たこ》という名の評議員であった。

「たとえ君の言う通りだとしても……宇宙の収縮だよ、何百年もかかるんじゃないのかね、大河総裁？」

多古評議員は、モニター越しの大河を冷笑するように睨《ね》めつけた。大河当人はあずかり知らぬことだったのだが、かつて多古にとって意中の人が大河に憧れていたという過去があり、一方的な敵意を寄せられていたのである。事情はともあれ、他の評議員たちも多古の言葉に便乗を開始した。

「それよりいまは、木星のエネルギー開発プロジェクトが先決だろう」

「ザ・パワーをもってすれば、宇宙の収縮を止めることだって出来るかもしれんしな」

「しかし！」

大河を映し出した通信映像が激しく揺れる。デスクを殴りつけてしまったようだが、評議員たちには、大河の気迫が電波に乗って叩きつけられたようにも思えた。

「……幸太郎《こうたろう》！」

だが、どんな気迫でさえも、相変わらず事務総長には通用しそうにない。

「お前の気持ちはよくわかる。だからね、もうしばらく時間をおくれ……」

宇宙収縮現象については、最高評議会直属の調査委員会が設立されることになった。

ギャレオリア彗星が地球から至近にある時期を逃すべきでない。大河と八木沼は、それぞれの口調と表現でそのことを主張したのだが、ロゼ事務総長が当面の調査を選んだ以上、その決議を覆すことはできなかった。

# 3

どこまでも続く、深く蒼い空の下だった。

その場にいあわせた者のほとんどが、アマゾンの奥地を訪れるのは初めてである。雨期が終わったばかりでもあり、ぬかるんだ場所が多く、なかなかちょうど良い地が見つからずに、苦労した。

だが、GGG隊員《スリージー》たちは苦心の末に、青空と河面がよく見える崖を発見した。ここならば、パピヨンも心やすらかに眠れるだろう。

埋葬と墓碑の設置を終え、一同は整列した。弔辞の朗読が始まったが、ひとり列から離れている者がいる。ルネである。

その脳裏に、フランスのカフェでかわした会話がよみがえる。

「いつの日か、魂のふるさとであるアマゾンに戻って、センシングマインドの研究を完成させる……それが私の夢なんです」

そんな言葉を聞かされていたことを、いまのいままで忘れていた。

これまで、発熱しやすくトラブルの多いルネのサイボーグ・ボディを、いつもメンテナンスしてくれていたのが、パピヨンだ。感謝の気持ちを忘れていたわけではないが、側にいてくれることが、当たり前になっていた。

不思議なセンスの持ち主であるパピヨンの言葉には、時々ルネにとって意味がよくわからない表現が含まれていた。意味がわからずに悩んでいる表情を、パピヨンに笑われることも多かったが、

ルネには楽しい瞬間だった。フランスでは、多くの者がルネとのつきあいには一定の距離を保っている。その距離をふっと詰め、ルネのふところに潜り込んでくる存在は、生者ではパピヨンだけだったのだ。

（また、私を置いていきやがって……！）

胸の奥の灼《や》けつくような痛みを吐き出すこともできず、ルネはジャングルの奥地へと、駆け出していった。自分を置いていった人々の幻を、追いかけるように――

葬式というものが、なにかを解決することはない。だが、なにかへ立ち向かうための心理的な区切りのひとつにならなら、成り得るはずだ。物言わぬ墓標へ向かって、凱《がい》は語りかけた。

「たとえ評議会の承認が降りなくても、俺はひとりでも行くぜ……それが護《まもる》との約束だ。パピヨン、君の仇は必ず……」

「安心して、パピヨン。凱ひとりに無茶はさせないから……」

凱のかたわらに、命《みこと》が寄り添う。そして、周囲のGGG《スリージー》隊員たちも、同じ想いを込めた視線を、凱に向けていた。

「いくらエヴォリュダーでも、ディビジョン艦の操舵やガオーマシンのオペレートを全部ひとりでこなすのは無理だろう？」

牛山《うしやま》の言葉に整備部の隊員たちがうなずく。

「護に会いてぇのは、お前だけじゃねぇんだよ」

火麻《ひゅうま》が突き出した右拳《こぶし》の親指を立てると、同調するように歓声が起こった。

「みんな……」

凱への賛同が、それぞれの部署からの具体的な決意が、声高に叫ばれていく。だが、最後尾で地面に座り込んだ猿頭寺《えんとうじ》だけは、一言も発することができなかった。

レプリジン・護がオービットベースに現れたとき、Ｑパーツが研究モジュールにあることを口にしてしまったのは、他ならぬ猿頭寺だ。

（自分があのとき余計なことを言わなければ、パピヨンは死なずにすんだ……）

自責の念は強すぎた。たとえ仇をとったところで、全宇宙規模の異常現象を解決したところで、もうパピヨンは帰ってこない。自分の罪は決して赦《ゆる》されることはない。その想いが、猿頭寺の心を押しつぶしていた。

普段から無口であるがために、そんな猿頭寺の気持ちを完全に理解できた者はいない。ただ、周辺の警備にあたっていたボルフォッグのみが、深く心を傷つけた猿頭寺の姿をじっと見守っていた……。

宇宙開発公団の職員である天海《あまみ》勇《いさむ》が、妻である愛《あい》をともなって総裁室を訪れたのは、レプリジン・ギャレオンを目撃した三日後のことである。

京都に現れたレプリジン・ガオガイガーの姿は、報道によって世界中の人々が目の当たりにした。だが、その正体に関しては、国連も日本政府も、現在のところ〝調査中〟としか、発表できずにいたのである。

もちろん、大河《たいが》はレプリジンに関する情報をＧＧＧ《スリージー》からすべて得ている。天海《あまみ》夫妻の訪問を受け、彼は真実を話すことを決意した。天海夫妻は護《まもる》を赤ん坊の頃から育て上げた両親であり、本当の子供として愛情を注ぎ込み続けている。本人の強い希望もあって宇宙への旅立ちを認めたものの、その行方が心配でならないはずだ。

大河は深々と頭を下げた。

「本来なら私から説明にうかがうべきところを、わざわざご足労いただき、申し訳ない」

「い、いえ、そんなことはありません、総裁！」

しどろもどろになる勇《いさむ》の姿と、真剣な愛《あい》の表情を見て、大河は前置きなく切り出した。

「先日現れたギャレオンは偽物……従って、護くんは帰還していません」

「大河さん……」

愛の顔には隠しきれない失望の色が浮かんだ。だが、大河は夫妻を悲しませるため、真実を話したわけではない。部屋の一角へ歩いていき、ゴルフセットに偽装した防諜システムを作動させる。盗聴の危険がなくなったことを確認させると、大河は胸のうちに秘めた、ある決意を語り始めた。

その言葉を聞くうちに、勇と愛の表情は落胆から喜びへと変わっていった。

天海夫妻が退出した後、大河は膨大な仕事を片づけることに専念した。

そして、本来の勤務終了時間から七時間も遅れて、宇宙開発公団タワーの外に出た。わざわざ総裁室に防諜システムを用意したのは、もちろん意味のないことではない。この夜も、一個小隊ほどもあろうかという尾行チームが大河に張り付いていたのだ。

（あの多古《たこ》とかいう評議員の差し金かな？　いずれにせよ、私以上の超過勤務……ご苦労なことだ）

大河はこれ見よがしにＧアイランドの地下交通システムを幾度も乗り継ぎ、繁華街を駆け抜け、尾行チームとの鬼ごっこに興じた。そして、二手に別れたチームを時間差でまいてしまうと、彼らのパニックの様子をビルの屋上から見下ろして楽しんだ。

「……あなたにかかっては、すべてが楽しい娯楽になってしまうようですな」

「いやいやいや、若手を鍛えてみただけですよ。私が防衛庁に勤務していた頃は、あんなお粗末な手並みでは、上官の激しい怒りを買ったものです」

「かないませんな」

暗がりのなかから姿を現した大河の密会相手は、薄い笑みを浮かべてみせた。


同じ夜、ルネは日本の川崎市を訪れていた。獅子王雷牙《ししおうらいが》の依頼で、ある会社を訪れていたのである。乗ってきたローバーミニから降りると、ルネはあたりを見回した。

（……有限会社アカマツ工業？　工場ばっかりでオフィスが見あたらないな）

増設に増設を重ねて、もとの建物の姿がほとんど見えなくなった工場、ルネはその周囲を歩いてみた。半周ほど巡ったところで、頭上から親しげな声がかけられる。

「おお、あんたがルネかい、待ってたよ！」

見上げたルネは、屋根の上に声の主を見つけた。ヒゲ面にツナギ姿の中年男が、ゴテゴテと怪しげな機械を設置している。男は手にしていた工具をベルトに挟み込み、雨どいを伝って器用に降りてきた。ウェットティッシュで丁寧に拭ってから、右手を差し出す。

「よく来てくれたな、社長の阿嘉松滋《あかまつしげる》だ」

一瞬だけ躊躇《ちゅうちょ》してから、ルネも機械仕掛けの右手で握り返した。

「ルネ・カーディフ……獅子王《ししおう》」

応接室というほどのものでもない、事務室の一角をついたてで仕切ったスペースに、ルネは通された。事務室そのものも、迷路のような工場の奥にあり、とても自分で見つけられたとは思えない。ふたりは向かい合わせに座り、阿嘉松自らが煎れた日本茶をすすった。

「……あんた、獅子王を名乗ってんだな」

感慨深げに、阿嘉松はつぶやいた。

「俺はダメだ……こだわりが多くてな。今でも、おふくろの名字を名乗ってる」

「私だって、つい最近からさ」

ルネは同じ境遇の阿嘉松に、親近感を抱いた。親子ほどの年齢差があるものの、ふたりは異母兄妹であり、獅子王雷牙《らいが》の実子である。そして、ふたりの母親はともに雷牙の正妻ではなかった。

かつてのルネ自身、雷牙に対しては激しい憎しみを抱いていた。獅子王の名字を使う気になったいまでも、複雑な感情を捨てきれてはいない。阿嘉松が抱いているであろう葛藤は、誰よりも自分がよく理解できる。ルネはそう思った。

「さてと、身の上話をしに来たわけでなし。用件を片づけちまうか」

阿嘉松は事務室の奥の倉庫へ、ルネを案内した。そこには大小いくつかのコンテナが置かれている。

「ほれ、これが目録だ」

ルネは渡された書類と、コンテナの中味を照合しはじめた。バイオネットの非合法船に臨検したときのことを思い出したが、今回は自分が密輸をする立場である。やがて、一通りのチェックを終え、受領証にサインをした。

「たしかに確認したよ。それにしても、よくこれだけのものが用意できたもんだな」

コンテナの中味は、主にコンピュータ関係の消耗品やパーツ類である。それも軍事用に使われるものがほとんどで、民間ルートでは入手できないものばかりだった。

ＧＧＧ《スリージー》が独自の行動を開始するにあたって、国連からの補給は受けられるはずもない。アメリカの雷牙が独自のルートでいろいろと物資の手配をした、その一環がここにあるコンテナ群だったのだ。ＧＧＧ隊員ではないルネが受け取りに来たのは、評議会の警戒の目をかいくぐるためであったのだが、阿嘉松と会わせようという雷牙の意図が存在したのか、しなかったのか、さだかではない。

「以前、ちょっと金回りのいい機関[※24]とつきあいがあったんでな。奴らが予備用としてストックしてたものが残ってたわけさ」

「ふうん、問題にはならないのかい？」

「ああ、その機関はいろいろあって、ツブレちまったからな。返品を要求されることもないだろさ、

「がはは」

阿嘉松《あかまつ》は大口をあけて笑った。

「代金はちゃんと親父から受け取ってるからな、あんたは持っていってくれればいい」

「ちゃんとボッておいたかい？」

「ビジネスに身内の情をからめるのは嫌いなんでね。ボッてもいないし、安売りもしねぇ。きっちり適正価格さ」

こんな非合法品に相場があるわけでなし、いったい誰が決めた適正価格なのか。そう考えながら、ルネはコンテナを担ぎあげた。ルネがサイボーグであることを聞かされていた阿嘉松であったが、さすがに目の前でその力を見せられると、驚きを隠せない。

呆然と見つめる阿嘉松の前で、ルネはすべてのコンテナをローバーミニに積み終えた。どう見ても積載重量は超えているようで、不満の声もあがったのだが、阿嘉松の目にはルネしか見えていなかった。

（空耳かな？　なんだか気取った野郎[※25]の声がしたように思ったんだが……）

「なあ、この医療器具みたいなものはなんだ？」

治療台のような荷物のラベルを、ルネはのぞき込んだ。〝マニージマシン〟と記されているが、なんのために使うものなのか、まったく見当もつかない。

「そいつも親父の指示だ。まあちょっと特殊な医療器具なんだが、なんのために使うつもりなのやら」

「まあ、持っていって損はないんだろうな。じじいに聞いとくよ」

「おいおい、父親をじじい呼ばわりはひでえな。……とも思ったが、あんたの歳からみたら、仕方ないのか。お前さん、紗孔羅《さくら》とほとんど変わらないもんな」

「紗孔羅？」

「……俺の娘さ。じじいの孫で、あんたの姪ってことになるわけだ」

「へえ……会ってみたいな」

ルネは珍しく、好奇心の表情でつぶやいた。

「悪いな、いま病院なんだ。もう面会時間は終わりさ。良かったら、そのうち会いに来てやってくれよ」

「ああ、そうだな。そうする。約束するよ」

どうせなら、雷牙《らいが》と一緒に行くのもいいな、とルネは考えた。あの不良老人が〝おじいちゃん〟呼ばわりされて、怒るわけにもいかない状態を見てみたい……と、考えたのだ。

ルネは日本茶の礼を言うと、ローバーミニを夜闇のなかへ発車させた。


旅立ちの前夜。それは、別れと再会の約束がかわされる、神聖な夜でもある。

大河《たいが》が謎の相手と密会し、ルネが異母兄と出会う数時間前、戒道幾巳《かいどういくみ》もまた、別れと約束を告げに、Ｇアイランドシティへやってきていた。

――GGG《スリージー》隊員たちの前で戒道《かいどう》が告げた物語のなかには、語られなかった部分がある。それは、レプリジン・護《まもる》との戦いの場にいあわせた少女のことだ。

あの日、いきなり襲いかかってきたレプリジンから、戒道は逃げ回ることしかできなかった。相手が偽物だと、最初は気づいていなかったからだ。だから、ヨットハーバーに逃げ込んだ戒道は傷ついた身体を物陰に隠し、気配を殺していた。相手があきらめた後、夜になってから逃げるつもりだったのだ。

(パスキューマシンを渡せ……そう言ってたな。なぜだ、ラティオ自身が僕に託したものだったのに……)

そんなとき、一匹の子犬が戒道の隠れ場所に迷い込んできた。気まぐれに撫でてみると、子犬は懸命に尻尾を振る。嬉しそうな子犬の様子に、戒道の胸は痛んだ。オーストラリアを飛び出したことで、自分がひどく大切なものを捨ててきてしまったように思えたのだ。

やがて、飼い主の呼ぶ声が聞こえ、子犬は走り去っていった。

(……それでいい。僕は戦士だ。ともに戦う仲間以外、僕のそばにはいない方がいい)

だが、意外にも子犬の飼い主は戒道の姿を見つけ、おずおずと近寄ってきた。

「あ、あの、まさか……」

聞き覚えのある声に、戒道はゆっくりと顔をあげた。夕日が沈んだばかりのヨットハーバーはひどく暗い。遠くの照明に照らし出された少女の姿をじっと見つめる。声と同じく、記憶のなかにある姿。

――初野華《はつのはな》、だ。

まだアルマとして覚醒する前、普通の子供として通っていた小学校の同級生であった彼女のことを、戒道はよく覚えている。あえて、他の子供たちと関わりを持たないように日々を過ごしていた戒道に、幾度も積極的に話しかけてきた少女だ。よく表情の変わる元気な子だった、そんな印象が深く残っている。

原種に捕まった同級生たちを救うために戦ったこともあったが、そのときは彼女も含めて、全員が意識を失っていた。だから、アルマとなった後、それまでの生活と関わりを断った自分のことを、彼女もすでに忘れているに違いない……戒道は、そう考えていた。

だが、華は戒道のことを覚えていた。変わらない大きな目を見開いて、駆け寄ってくる。

「やっぱり！……戒道くん、今までどこに？」

そこへ、衝撃波が降ってきた。

浄解モードになり、宙へ駆ける。そんな姿に、華は呆然とつぶやいた。

「戒道くんって、もしかして……宇宙人？」

初野《はつの》華は、護が緑の星から来た異星人であることを知っている。だから、戒道の正体も素直に受け入れることができた。だが、たったいま、戒道を攻撃した相手がその護であることは、理解を超えていた。戒道と対峙するように浮遊する姿に気づき、思わず叫び声をあげた。

「……護くん！　帰ってきたの？」

操られているレプリジンにとって、その問いかけはなんの意味も持たなかった。両の手を組み合わせ、戒道《かいどう》に向けて、敵意を剥きだしにする。

（ダメだ、ここで逃げたら、初野《はつの》を巻き添えにしかねない！）

戒道はサイコキネシスを使った。護《まもる》の力を相殺するために。

「どうしたの？　ふたりとも……何してるの！」

初野華《はな》は、ふたりを交互に見つめ、悲痛な声を絞り出した。

（頼む、逃げてくれ……！）

すでに、声を発する余裕すらなくなっていた。護の力に押しつぶされそうになりながら、戒道は必死に耐えた。ここで倒されるわけにはいかない。

やがて、力の均衡は崩れ、閃光が視界を満たした。

戒道にとって、このときの記憶は、そこで途絶えている。


――次に彼が認識したのは、柔らかいベッド、そして傷口に染みる消毒薬の痛みだった。

顔をしかめると、心配そうな華がのぞきこんでくる。

「……染みる？」

しばらく辺りを見回して、そこが華の部屋であるらしいことを、戒道は知った。部屋の隅では、エサ皿に見覚えのある子犬たちが群がっている。

（よかった、ポゲチュウ※26も無事だった……）

自分をじっと見つめ続けている華に、戒道は気づいた。

「……ありがとう」

「ううん、全然たいしたことしてないよ……」

戸惑う華の表情の意味に、戒道は気づいた。彼女に語りかけた、これが第一声だったのだ。もしかしたら、自分がしゃべれることにすら、驚いているかもしれない。

窓の外には、懐かしいＧアイランドの景観が広がっている。自分は帰ってきたのだ。あらためて、郷愁が胸のうちに広がっていく。

「戒道くん……ねえ、教えて。護くん……帰ってきたんだよね。なのに、なんで？　なんで会いに来て……くれないの？」

華の肩越しに、飾ってある写真が見えた。花嫁姿の彼女が護に寄り添って、同級生たちに囲まれている写真だ。それは、戒道にとって縁遠い光景だった。

（当然だ、僕は自分でそういう生き方を、選んだのだから……）

天海護《あまみ》は、ラティオはいいヤツだ。素直で前向きで、羨ましいと思う部分もある。自分と運命を共有する存在が、彼のようなヤツでよかった……とも思う。

それでも時々、素直さが、前向きなところが、気に障って仕方ない。そんなときもある。だから、木星決戦の直前、戒道は言ってしまった。

「君は……哀れだな」

そう言われたとき、護は理解できない……といった表情を浮かべていた。

「……僕たちは、地球の子じゃない。いつかは必ず、別れの時が来る。だから、僕は誰も愛さず、愛されないいように生きてきた。僕がいなくなっても……誰も悲しむ者はいない。君のように、つらい思いをしなくてすむ」

ホントが半分、ウソが半分の言葉だった。

だからいっそのこと、護《まもる》が哀れみや同情の表情を浮かべてくれれば、よかった。だが、彼は真剣に悩んでいたようだった。戒道《かいどう》にかける言葉を探して、一生懸命に考え込んでいた。やがて、木星へ旅立ち、護が見つけたであろう言葉を聞く機会は、あれ以後の怒濤の運命のなかで訪れることはなかった。

ラティオは、地球から旅立つとき、つらい思いをしたのだろうか？　いや、そんなはずはない。華《はな》と同級生に囲まれた写真を見れば、一時の別れのつらさはあったにしても、それだけでしかなかったことはわかる。いまの自分が感じているような、胸の奥に空いた穴に、冷たい風が吹き抜けていく、そんな思いは知らないに違いない。

（すべての戦いが終わったら、僕もラティオのような生き方ができるのだろうか……）

自分の想いに、沈み込みすぎてしまった。戒道は、じっと答えを待ち、自分を見続けている華に気づいた。

「……僕にも、わからない」

みるみるうちに、華の目に涙が溜まってきた。もっと、違う言い方をするべきだったのだろうか。

だが、戒道にはわからなかった。こんな言葉しか、思いつけない。ただ、こぼれ落ちる涙を見つめ続けることしか、できなかった。

だから、レプリジン・ギャレオンが西の空へ向かう姿を、華の部屋の窓から見つけたとき、戒道は旅立つことを決意した。あの護の正体を確かめるために――


そして旅立ちの前夜、戒道はふたたび、あのヨットハーバーに華を呼び出していた。

「君には話しておきたい……」

「戒道くん……？」

「本当のことを……」

息を呑んで、華はうなずいた。どんな真実でも、受け入れる準備はある。幼い顔に、そんな固い決意が浮かんでいた。

「あのラ……天海《あまみ》は、偽物だった」

〝天海〟……護のことを、戒道は初めてそう呼んだ。彼は自分にとっては、ラティオに他ならない。だが、彼女にとっては天海護なのだ。

（――だから、僕も彼を天海と呼ぼう。少なくとも、彼女の前では）

戒道はＧＧＧ《スリージー》と接触して知ったことも含めて、すべてを語った。その間、華はまったく口を開かなかった。そして――

「僕と天海は……この世界とは違う宇宙から来たんだ。でも、僕たちはこの宇宙を護るために戦っている。だから、約束するよ」

「……うん」

「戦いが終わったら、僕は帰ってくる。天海《あまみ》と一緒に」

「……うん、信じてる」

思わず、ふたりの声が重なった。

「地球人の友達として……」

——それは、かつて護《まもる》と戒道《かいどう》が、ともに口にした言葉であった。

## 4

「総員……第一級出撃準備！」

轟音のような叫び声に、ゴジラモヒカンが揺れた。GGG《スリージー》隊員たちは一斉に、

「了解!!」

——と唱和し、所属ごとに担当部署へ散っていった。休暇をとっていた者や、原種大戦後に予備役となった者も含め、全員が集合している。

三重連太陽系へ赴き、宇宙収縮現象の真実を突き止め、可能であればそれを解決する。それが、

八木沼《やぎぬま》長官をはじめとする、ＧＧＧ首脳部が出した結論であった。もちろん、国連の承認を得ない独断専行であり、参加した者は犯罪者ということになるだろう。

だが、参加を拒む者はいなかった。そもそも、そういう人間は最初からＧＧＧに加わろうという気など起こしていない。もちろん、すべてのＧＧＧ隊員がディビジョン艦に乗り込み、三重連太陽系へ向かおうとしているわけではない。オービットベースで発進管制を行う者は必要だし、バイオネットの暗躍に備えて、あえて地球圏に残る選択をした者もいる。だが、行く者も残る者も、全員が宇宙の危機に対して、立ち上がる決意をしたことに変わりはない。


あらゆるルートで確保した物資がディビジョン艦隊に積載され、Ｇストーン以外のエネルギーが補充されていく。整備部は全人員を投入して徹底的なメンテナンスを行い、研究部や参謀部は少ない情報から、考え得る限りの事態に対応する行動計画の立案に腐心していた。

そんななか、高之橋《たかのはし》博士は諜報部から猿頭寺《えんとうじ》の力を借りようと、オービットベース中を捜していたのだが、見つけられずにいた。

「猿頭時くんが見つからんのだが、タケハヤの方に行ってないかねえ？」

「いえ、こちらにはおりません」

「そうか、困ったな～」

「……………」

実のところ、ボルフォッグは猿頭寺の居場所を把握していた。ただ、『タケハヤに行ってないか』

とだけ聞かれたため、隠し事をせずにすんだのだ。

ツクヨミの内部に設置された生体医工学研究室に、猿頭寺《えんとうじ》はいた。亡きパピヨンが、自室以上に長い時間を過ごした部屋である。現在の出撃準備に関係がないため、研究部の人間たちを含めて、その部屋に近づく者はいなかったのである。

猿頭寺がパピヨンの思い出にひたる時間を、邪魔したくない。同時に、いまの猿頭寺がオペレーターとして使い物にならないことを考慮して、ボルフォッグは自分の知る情報を披露しなかったのだ。このあたりの思考は、ボルフォッグの超ＡＩに人格パターンを提供した人物[※27]のそれによく似ていると言えた。


一方、ツクヨミのメンテナンスルームでは、氷竜《ひょうりゅう》と炎竜《えんりゅう》の修復作業が完了に近づいていた。レプリジン・ガオガイガーとの戦闘で受けた機体の損傷については、すでに完全な修復とメンテナンスが行われている。だが、ＡＩの状態を以前のものに戻すためには、自己修復機能が稼動するにまかせるしかない。

激務の合間を縫って、牛山一男《うしやまかずお》はＡＩ修復状況のモニタリングも、怠らずにいた。

（はやく良くなってくれよ。僕たちの旅には、君たちが欠かせないんだから）

その瞬間、モニターに激しいノイズが走った。牛山は自分の眼の調子を疑ったが、すべてのモニターが、次々とブラックアウトしていく。

異常はツクヨミのみに留まらなかった。

「システムダウン!?」

タケハヤにおいて、最初に異常事態に気づいたのはボルフォッグである。制御系の主導権が強制的に奪われていったが、それはハッキングではない。

メインオーダールームで状況を把握した命《みこと》は、八木沼《やぎぬま》に報告を入れた。

「各ブロック閉鎖！　メイン動力炉、出力三十パーセントにダウン！　生命維持システムおよび重力制御装置以外、すべてのコントロールを剥奪されました！」

「こんなことができるのは……国連最高評議会か！」

凱《がい》の推測は正しかった。

原種大戦中、オービットベースの全機能が、潜入してきた原種によって掌握されそうになる事態が発生した。人類が持つ最強最大の防衛システムが、地球へ向けられる刃となることだけは、避けなければならない。そのため、最高評議会全員の同意によってのみ発動する、遠隔プロテクトシステムが設置されていたのである。

さらに、国連宇宙艦隊の接近が観測された。馴染み深い楊《ヤン》博士の声が入電し、オービットベース及び、全ディビジョン艦に強制音声出力されてくる。

「こちらは国連宇宙軍・楊龍里《ヤン・ロンリー》司令である。国連最高評議会の採決により、オービットベースの指揮権は事務総長に委ねられた！　よって、速やかなる引き渡しを要求する！」

ＧＧＧ《スリージー》隊員たちの間に、さざ波のように動揺が伝播《でんぱ》しはじめた。もちろん、大きな衝撃を受けた者はいない。すべては予想のうちだ。だが、これほど迅速に評議員全員が採決に加わり、鎮圧部隊が派遣されてくるとは、誰も思っていなかった。

「やるな、反逆を承知のうえで、防止するより決起させたってことか……！」

みすみす相手の手に乗せられてしまったことが、参謀である火麻《ひゅうま》には悔やまれる。かたわらの八《や》木沼《ぎぬま》も、冷や汗を拭いながらつぶやいた。

「いやはや、困った事になりました……」

そんなGGG《スリージー》首脳部の様子を、ルネは鼻で笑った。今さら、なにを困る必要がある。障害物が前方に躍り出てきたのなら、打ち砕けば良いだけのことだ。

――そこまで考えて、ルネは我に返った。別に自分は叛乱の片棒をかついでいるわけではない。ただ、日本で調達した物資を届けに来て、巻き込まれただけだ。

「ったく、私は部外者なのに……」

そうつぶやきつつも、ルネのうちではある決意が固まりつつあった。巻き込まれたのなら、巻き込まれたなりに、やってみたいこともある。

「コントロールを取り戻せないんですか？」

凱《がい》の問いに、高之橋《たかのはし》はお手上げの仕草をしつつ、答えた。

「メインコンピュータのプログラムを書き換える以外、方法はないかなぁ」

「いくらなんでも、それは……」

八木沼がそこまで言いかけたところで、一同は気づいた。固定端末のすべてがプロテクトされたいま、普通ならメインコンピュータにアクセスする手段はない。だが、それはあくまで〝普通なら〟だ。命《みこと》は希望を込めて、凱を見つめた。

「ああ、エヴォリュダーの能力を使うしかないようだな！」

凱は左拳《こぶし》に、Ｇの紋章を輝かせた。


メインオーダールームには、メインコンピュータにコネクトする回線が、多数設置されている。その最大の結節点を進入路として、凱はさだめた。剥きだしにされた回線に、左手を触れさせる。体表の細胞に融合したＧストーンが、凱の神経と回線を接続させたようだ。

「セキュリティ突破……アクセス完了！」

不正アクセスを阻止しようと、防壁が強固になる様子を、凱は感じた。しかし、凱は孤立無援の戦いを挑んでいるわけではない。野崎《のざき》、犬吠埼《いぬぼうざき》、平田《ひらた》といった技術スタッフたちが私物の携帯端末まで持ち出して、命とともに応援してくれている。もちろん、凱のようにミリセコンド単位でのハッキングを行えるわけではないが、侵入者が増えた分、プロテクトの対応が分散される理屈だ。驚異的な速度と的確さをもって、凱はオービットベースのシステム中枢にアクセスしていった。

もちろん、その行為は国連最高評議会にも把握されている。

「むぅ、プログラムに進入したのか……」

「あきらめの悪い連中だ」

悪意を持って、多古《たこ》評議員は凱《がい》たちの行為を評した。だが、東欧から選出された評議員が、さらに過激な指令を提案した。

「まあいいでしょう。ディビジョン艦の推進機能を、直接破壊すれば済むことです」


衛星軌道上に展開する国連宇宙艦隊は、ただちに指令を実行した。

「風龍《ふうりゅう》、雷龍《らいりゅう》、及びマイク13を出撃させろ！」

GGG《スリージー》の保有する勇者ロボを制圧するには、同じく勇者ロボを出撃させるしかない。風龍と雷龍はもともと楊《ヤン》司令を中心に開発された勇者であり、雷牙《らいが》が開発したマイク13は先日のQパーツ強奪事件の際に、徹底的なＡＩ調整を受けている。相手がＧＧＧであっても、完璧に任務を遂行するはずだ。

だが、司令艦の艦橋には次々と新たな状況が報告されてくる。

「ヒルメのプロテクトが、解除されました！」

「間に合うかな……ＧＧＧ」

普段の冷笑癖を発揮することもなく、楊はつぶやいた。

極輝覚醒複胴艦《きょくきかくせいふくどうかん》〈ヒルメ〉が、オービットベースから分離発進する。これによって、偶然にも滞在していた光竜《こうりゅう》と闇竜《あんりゅう》が、迎撃に出ることが可能になった。

もっとも光竜と闇竜にとって、兄にあたる風龍と雷龍を敵にまわすのは、過酷な経験であった。

「お兄様たち！」

「お願い！　私たちを行かせて！」

だが、彼らの返答は言葉でも通信でもなく、熾烈な先制攻撃だった。

「ウルテク・風道弾《フォンダオダン》ッ！」

「雷《レイ》ッ！」

超圧縮空気弾と高出力雷撃が、ヒルメ甲板上の妹たちに襲いかかる。宇宙空間では、攻撃力の減衰はほとんどない。光竜と闇竜は、やむなく反撃で相殺を狙った。

「プライムローズの月っ！」

「シェルブールの雨っ！」

巨大な破壊力が、真空に光と爆圧と電磁波をまき散らす。音が伝播《でんぱ》することはなくとも、それは大規模なノイズのかたまりであることに違いなかった。

そのノイズにまぎれて、小柄な影がオービットベースの下部に潜り込んでいく。

「まずい、マイクがツクヨミに取りついた！」

はらはらしながら、高之橋《たかのはし》は凱《がい》たちの様子を見守った。

（――見つけたぜ、ここがプロテクトの中心部だ！）

凱は全神経を集中して、制御系に張り巡らされたプロテクトを寸断していった。すかさず、放棄された制御系を命《みこと》の端末が拾い集める。

「全フェイズ……デフリーズ!!」

その瞬間、メインオーダールームをはじめ、オービットベース全体のコントロールが回復した。思わず、一同の歓声があがる。しかし、凱《がい》は身体をよろめかせ、床に倒れ込みそうになった。プロテクト解除のときと同じく、命《みこと》が素早くフォローする。

「凱！」

身体を支えられながら、凱は微笑みを浮かべてみせた。

「心配するな、俺は地上最強のエヴォリュダーだぜ！」

眼を潤ませながら、命はうなずいた。

八木沼《やぎぬま》はそんな様子を微笑ましげに見守っていたが、時間の余裕がないことをあらためて思い出した。

「さあ、お行きなさい」

「え？」

意外そうな凱に向かって、高之橋《たかのはし》や技術スタッフたちが、応援の気持ちを込めたサムズアップを一斉に送った。そして、八木沼も（彼なりに）頼もしく宣言する。

「ディビジョン艦の発進オペレートはまかせて下さい」

「長官……」

八木沼の気持ちが、凱には痛いほどわかった。ここでオービットベースに残るということは、ディビジョン艦隊発進後、すぐに逮捕拘束されることを意味している。おそらくは投獄されるだろうし、どんな困難が待っているか、想像もつかない。

（それでも、残ってくれるんだ。多分、俺たちの旅路の正当性を主張するために……）

八木沼もまた、右手の親指を立ててみせる。年甲斐もないことをしたとでも言いたげに、頬を染め、左手で頭をかきながら。

凱と命は深々と頭を下げ、ディビジョン艦への通路へと駆け出した。


「オービットベースの全コントロールを奪回されました！」

「ＣＲ全機、攻撃準備！」

報告を受けた楊《ヤン》は、司令艦の周囲に展開したコスモロボ部隊に指令を下した。

コスモロボとは、アメリカＧＧＧ《スリージー》で開発されたマイク・サウンダース・ナンバーズの簡易量産型である。もっとも、ＡＩに制御される勇者ロボではなく有人機であるため、むしろ宇宙戦闘機に近い存在と言えた。

しかし、大型ミサイルとソリタリーウェーブ・ライザーを搭載しているため、部隊全体としての攻撃力は、ＧＧＧにも匹敵するほどのレベルに達していた。

「ＣＲ部隊、全ミサイル発射準備！　目標……ツクヨミ、ヒルメ、タケハヤのウルテクエンジン！」

楊は冷静に、目標指示を伝えた。そして、躊躇《ちゅうちょ》なく指令する。

「攻撃開始！」

だが、ほぼ同時にＧＧＧも手を打っていた。

「ガントリークレーン、パージ成功！　万能力作驚愕艦《ばんのうりきさくきょうがくかん》〈カナヤゴ〉、展開！」

オービットベース残留組が、乗組員のいないカナヤゴを爆発ボルトで強制的に切り離す。

「カーペンターズ、全機発進っと……」

始末書の用意も終えた八木沼《やぎぬま》が、遠隔操作でカーペンターズを発進させた。

ディビジョン艦隊へ向かうミサイル群に、相対速度をあわせたカーペンターズがとりついていく。もともと、あらゆるメカニックや建築物の修理機能を持つカーペンターズは、分解をも得意としている。信管や弾頭を分解され、攻撃力を失ったミサイル群は鉄屑となり、虚しく虚空へ漂流していった。

「それでこそGGG《スリージー》……」

真っ白な顔色の副官から報告を受け、楊《ヤン》は賞賛の言葉を口にした。だが、目元は鋭い眼光を放ったままだ。

「だが、三原則のプログラムがある限り、人が乗ったCR部隊を攻撃することは出来まい。全機、ディビジョン艦隊を包囲せよ……！」

楊の言葉の通り、カーペンターズのAIにもロボット三原則が組み込まれている。有人機であるCR部隊には攻撃を加えられず、その進撃を見送ることしかできない。ディビジョン艦隊発進の目的がギャレオリア彗星との邂逅と判明している以上、その軌道を算定して、封鎖することは容易だ。

しかし、ディビジョン艦隊も、黙って軌道封鎖を受け入れるつもりはない。

ディビジョンⅦ・超翼射出司令艦《ちょうよくしゃしゅつしれいかん》〈ツクヨミ〉がオービットベースから分離、ミラーカタパルトを急速に展開させる。

「ファントムガオー射出！」

「フュージョン……ガオファー！」

展開中のＣＲ部隊の前方に射出されたファントムガオーが、ガオファーへと変形した。

「ＣＲ部隊の相手はこの俺がさせてもらうぜ！　ガオーマシンッ！」

凱《がい》の呼びかけに応え、ツクヨミから三機のガオーマシンが射出される。そして、オービットベースからは八木沼によるファイナルフュージョン承認シグナルも転送されてきた！

「よぉしっ、卯都木《うつぎ》ぃっ！」

「了解！　ファイナルフュージョン……あっ⁉」

しかし、拳《こぶし》を振り上げたまま、命《みこと》は硬直した。

「どうしたぁっ！」

「ファイナルフュージョンのプログラムが……すべて消去されてます！」

命の端末には〝not found〟の文字列が表示されている。最高評議会が遠隔プロテクトシステムを発動させた際、いちはやく行った措置によるものだった。

「消去だとぉっ⁉」

絶叫する火麻《ひゅうま》に、命が報告する。たとえコントロールを取り戻していても、消去されたプログラムを実行することはできない。

「このままじゃ、ガオーマシンやガオファーは身動きひとつできません！」

すでに各機の状態はＦＦモードへ設定されていた。ファイナルフュージョンが実行されるか、解除されるまで、他のモードへ移行することはできない。しかし、そのオペレートはファイナルフュージョン・プログラム上からしかできないのだった。

ガオファーとガオーマシンは為す術もなく、硬直していた。

「くそ、エヴォリアルシステムが、フリーズを起こしている！　再起動しているヒマはない……どうする⁉」

火麻《ひゅうま》はツクヨミからディビジョンⅧ・最撃多元燃導艦《さいげきたげんねんどうかん》〈タケハヤ〉への回線を開いた。

「ボルフォッグ！　タケハヤのリフレクタービームは⁉」

「発射までに九分三十秒を要します！」

リフレクタービームの使用には、ウルテクエンジンからのエネルギー供給が不可欠だ。オービットベースから分離、稼動を開始したばかりのタケハヤにはそれだけの出力は確保できていない。

「ヒルメの機動部隊は⁉」

「氷竜《ひょうりゅう》、炎竜《えんりゅう》もまだ出撃不能です！」

ディビジョンⅨ・極輝覚醒複胴艦《きょくきかくせいふくどうかん》〈ヒルメ〉からは、牛山《うしやま》が応答した。いまだＡＩの自己修復は完了していない。

一方、メインオーダールームでも、八木沼《やぎぬま》が高之橋《たかのはし》に対策を尋ねていた。

「カーペンターズに盾になってもらえませんかねえ」

「九十八、いや一〇〇パーセント間に合いませんな」

すべての打つ手は失われた。ＣＲ部隊に軌道封鎖された後、ＧＧＧ《スリージー》には投降する以外の選択肢は残されていないだろう。

そして、その認識は国連宇宙艦隊にとっても、同様だった。

「王手……だな」

楊《ヤン》司令がつぶやく。たしかに応手はなく、〝詰み〟だった。

いや、詰んだと思われていた――

**5**

重い沈黙が訪れた。

(俺たちの旅立ちは……護《まもる》のもとへ駆けつける約束は、こんなところで潰えてしまうのか)

凱《がい》は拳《こぶし》を握りしめた。だが、ガオファーの拳はぴくりとも動かない。それが腹立たしく、悔しい。

ツクヨミ艦橋でも、火麻が両の拳をデスクに叩きつけていた。

「ダァーッ！　どうすりゃいいんだよおおっ!!」

「うろたえるな、火麻くん！」

その言葉とともに、艦橋入り口の扉が開いた。そこに立っているのは、大河幸太郎《たいがこうたろう》、獅子王雷牙《ししおうらいが》、スワン・ホワイト、スタリオン・ホワイトの四名である。火麻《ひゅうま》や命《みこと》は、驚きのあまり、言葉を失った。

(なんで、この人たちがここにいるのぉっ⁉)

そんな命たちの戸惑いに関わりなく、大河は左手に持った白鞘袋を差し出した。

「こんなときのための……緊急起動プログラムを使うのだ‼」

「な、ななんだそりゃ?」

大河が日本刀を抜き放つ光景を、火麻は幻視した。だが、実際に袋から現れたのは、ウッドクラブ……ドライバー型の緊急端末である！

タイガーウッド(通称)を振りかざした大河は、猛虎のごとく咆吼した。

「ファイナルフュージョン……承っ認んんんっっ‼」

振り下ろされたタイガーウッドの基部が展開し、コネクターが露出する。そして、ツクヨミ艦橋のコンソールに叩きつけられるように、接続される。ヘッド部のモニターには、FFプログラムのインストール状況が表示されていた。

そして、インストール完了とともに、命の端末には正常な表示が現れた。

「やったあ！　ドライブッ‼」

あらためて、命の拳《こぶし》が勝利へのプログラムを起動させた。

プログラムの正常起動は、ガオファーの全身に自由を取り戻させた。

「よっしゃあっ、ファイナルフュージョンッ！」

同時に、ヒルメとタケハヤが航行形態へ展開する。

「ガオッファイッガーッ‼」

完成した勇者王の後方には、ディビジョン三艦が続いていた。だが、すでにギャレオリア彗星への最適軌道は、完全にＣＲ部隊に塞がれている。

「畜生、時間がかかりすぎたか！」

「火麻くん、ＧＧＧ《スリージー》憲章第五条百二十五項を、忘れたのかね！」

「わ、忘れたわけじゃねえよ！　卯都木《うつぎ》っ、ガトリングドライバーを射出しろ！」

火麻の指示に、命がはっとする。まだ、その手があったのだ。

「了解！　ガトリングドライバー・キットナンバー05、イミッション！」

ミラーカタパルトから射出されたキットが、ガトリングドライバーとして完成される。そして、ガオファイガーの左腕部に装着された！

「ガトリングドライバァァァッ！」

回転するツールのガトリングコアから湾曲空間が発生し、密集するＣＲ部隊を呑み込んだ。その様子は、国連宇宙艦隊の司令官にも観測されている。

「ＣＲ部隊の六十八パーセントが、湾曲空間の渦に巻かれて動けません！」

ガトリングドライバーは、宇宙空間での使用を前提として、ディバイディングドライバーに改良を加えたツールである。

ディバイディングフィールド展開中、湾曲した空間は固定された状態になっている。だが、ガトリングドライバーによる湾曲空間は、能動的な回転運動（通常空間に投影された結果、見かけ上回転状態にある）を連続するのだ。その結果、湾曲空間内の物体固有の運動量は、膨大な角運動量に吸収され、その一部となってしまう。

つまり、ガトリングコアに設定された状態から、動けなくなってしまうのだ。

湾曲空間に呑み込まれたＣＲ部隊もまた、例外ではなかった。


そして、ディビジョン艦隊は渦の中央に向けて、前進を開始した。

「突破口の中心を堂々と……」

呆然とつぶやく副官のかたわらで、楊《ヤン》は口元に薄い笑みを浮かべた。楊龍里《ヤン・ロンリー》という人物を知る者にとって、いちばん馴染み深い表情が、この日、初めて浮かんだことになる。

「楊司令！　早くなんとかしたまえ！」

「レプトントラベラーを使われたら、もう追いつけんぞ！」

通信モニターから響く、悲鳴のような評議員たちの声に、楊は余裕たっぷりに応えた。

「残る手はただひとつ……ディスクＸによるソリタリーウエーブを使うしかありません」

評議員たちを嘲笑するような響きがその声には含まれていたが、提案の過激さに圧倒され、気づく者はいなかった。ＣＲに搭載されているソリタリーウェーブ・ライザーは、開発時のコードネームにおいて〝デスウェポン〟と呼称されたほどのものだ。

「うぬ……」

「それは……」

「もちろん、ディビジョン艦のみならず、オービットベースも粉々になりますがねぇ。かまいませんか、評議会のみなさま？」

人的被害のみならず、物質的被害の巨大さまで指摘され、評議員の大部分は沈黙した。だが、ただひとり、多古《たこ》議員が口を開こうとする。

「くく……か！　かまわ……」

「お待ちなさい！」

多古の言葉を遮ったのは、ロゼ・アプロヴァール事務総長であった。二十年来の愛用ステッキをモニターへ突き出し、彼女は宣言した。

「いまここに、国連事務総長として発令します！　ディビジョン艦をのっとったＧＧＧ《スリージー》クルーを……地球圏より、追放処分とします！」

——脚本・大河幸太郎《たいがこうたろう》、主演・楊龍里によるスペースオペラに、客演女優・ロゼ・アプロヴァールが加わった瞬間だった。

ヒルメへ着艦したガオファイガーの前に、勇者ロボたちが勢揃いしている。

「お兄さまたち、とても手加減してくれたので……」

「すぐにお芝居してるってわかっちゃったぁ」

闇竜《あんりゅう》と光竜《こうりゅう》は、すでに再会したばかりの雷龍《らいりゅう》と風龍《ふうりゅう》に甘えているようだ。

「作戦終了！」

「僕らも、お供します」

「マイク、大河《たいが》総裁とスワンとスタリオンと雷牙《らいが》博士も連れてきちゃったもんねー」

頼もしいかつての仲間たちは、それぞれの表現で、GGG《スリージー》への帰還の決意を口にした。

「お前たち……」

凱《がい》は確信していた。そろそろ、氷竜《ひょうりゅう》と炎竜《えんりゅう》も目覚める頃だ。この仲間たちがいれば、宇宙の彼方にどんな敵が待ち受けていたとしても、負けるはずはない！

この仲間たちさえ、いれば……


オービットベースからは、八木沼《やぎぬま》長官の通信が届いていた。

「現時刻をもって、ガッツィ・ギャラクシー・ガードの全指揮権をお返しします」

「……謹んでお受けします」

八木沼前長官の敬礼に、大河新長官は答礼を返した。

GGG隊員たちには与り知らぬことであったが、彼らの〝叛乱〟はすでに、全世界に報道されていた。GGGの行動を支持する者もいれば、英雄の堕落に怒る者もいるだろう。

事務総長は公式発表の草稿[※28]執筆に追われている。胸のなかで、私人としての言葉をつぶやきながら――

（気をつけるんだよ、幸太郎《こうたろう》坊や……激《げき》坊主……）

そして、坊やと坊主もまた、宇宙の深淵に恩人の顔を浮かべ、感謝の言葉をつぶやいていた。

「……ありがとうございます、事務総長」

「相変わらず、粋なことしてくれるよな」

二年近く前、原種と決着をつけるべくディビジョン艦隊が木星へ向かったとき、彼らは全人類の希望を背負い、無数の応援の声を浴びて、旅立った。だが、今回は叛乱者として、逃亡に等しい出発である。

だが、彼らは知っていた。自分たちを理解してくれている者も、必ずいる。そして、これから理解してくれるであろう人々は、さらにいるはずだ。

（あれは……？）

大河は我が眼を疑った。ＣＲ部隊が、機体を幾何学的に整列させている。その形は、ＧＧＧマークのそれに他ならなかった。通信で記録を残すような応援は、できなかったのだろう。だが、大河は百万の言葉に勝る声援を受けた想いであった。かたわらの火麻《ひゅうま》は、大粒の涙をこぼしている。

「ウルテクエンジン全開！　目標……ギャレオリア彗星！」

ディビジョン艦隊は、最大加速を開始した。

ツクヨミの艦上には、もちろん戒道幾巳《かいどういくみ》の姿もあった。じっと見る視線の先にあるのは、強化ガラスの向こうに輝くギャレオリア彗星。同じ運命の下に産まれた天海護《あまみまもる》と違って、彼にとってはこれが初めての、故郷への帰還となる。

宇宙空間に浮かぶ帚星《ほうきぼし》に、なぜか天海護の姿が重なって見えた。

（戒道……信じてたよ。僕の代わりに、GGG《スリージー》のみんなを導いてくれることを……。地球人の友達として……）

そんな言葉が聞こえた気がした。それは空耳でも、自分の想像でもなく、本物のラティオの言葉だ。戒道はそう信じていた。

「おお、やっぱりついてきたな、ルネ！」

GGGの無謀な行動など、自分とは無関係。そんな態度をとり続けていたルネも、やはりオービットベースから、ツクヨミに乗り込んでいた。

「ふん……ヒマつぶしよ」

「うむうむ」

わかったようにうなずく雷牙《らいが》の表情が、ルネには気にくわなかった。なにか勘違いしているように見えたからだ。だが、まあ赦《ゆる》してやるとしよう。自分がここにいる本当の理由、それはいまは亡き親友のためであり、彼女だけが知っていてくれればよい。

（な、そうだろう、パピヨン……）

「……頼むぞ、勇者たち」

遠ざかっていく光を見つめながら、楊《ヤン》は敬礼していた。国連上層部に対する、反逆と受け取られかねない大胆な行動である。驚愕の目を向ける者もいたようだが、気にするような神経は持ち合わせていない。楊の脳裏には、三日前に日本で大河《たいが》と密談し、打ち合わせた内容が思い出されている。

（――ここまではあの時の予定通りにことが進んだな。だが、本番はこれからだ。彼らも苦労するのだろうが、私も忙しくなる。バイオネットへの対策、宇宙エネルギー開発会議への出席、課題が山積みだ……）

だが、楊は近々訪れるであろう多忙を、楽しみにしていた。数々の欠点を抱えた人物だが、少なくともそのなかに〝怠惰〟だけは含まれていない。

# 第四章　勇気砕かれる刻

―西暦二〇〇七年七月―

## 1

異常事態を観測したのは、まず重力波観測計、そして電磁波センサー、光学センサー、最後に肉眼の順であった。もっともそれぞれのズレは最大でも数秒単位のものでしかない。また、観測結果はそれぞれに違った種類の異常だったのだが、総体としてそれらが示す意味は一致している。ギャレオリア彗星――もしくはそう呼ばれていた次元ゲートは、消滅しようとしていた。

「奴らの……ソール11遊星主の仕業か？」

戒道《かいどう》少年のその推測は正しいと思えた。凱《がい》は自分の右手を、左の手のひらに叩きつける。

「くそ！」

現在の加速度から割り出された数字を、命《みこと》が読み上げる。

「ランデブーまで、あと九十秒！」

大河《たいが》は観測結果と見比べて、決断した。いずれにせよ、迷っている時間はない。

「全速前進！　GGG《スリージー》ディビジョン艦隊……ギャレオリア彗星に突入せよっ‼」

レプトントラベラーの最大加速は、ディビジョン艦隊のツクヨミ、ヒルメ、タケハヤを間一髪のところで、ギャレオリア彗星に突入させることに成功した。

多くのＧＧＧ隊員は、木星決戦の際にジェイアークが作り出したＥＳウインドウへの突入を経験している。だが、ギャレオリア彗星を経由した三重連太陽系への跳躍は、乗組員たちにとって、未知の衝撃を与えるものであった。

物理的な衝撃とは異なる、自分が占める空間そのものが揺らぎ、分解され、再構築されていく違和感。

その特異性に気づいたのは、戒道ただひとりであった。

（これは……ただのＥＳウインドウじゃない！　なにか、もっと別の異質な……）

物理法則の異なるＥＳ空間を経由する超光速航法、すなわちＥＳドライブの経験が豊富なのは、彼だけだ。それ故に気づいたことではあったが、その異質さの因《よ》るところを特定することはできなかった。

正確に表現するなら、あまりにも強烈な〝自分が存在することへの違和感〟の前に、戒道もまた、ＧＧＧ隊員たちと同じく、抵抗する力を持たなかったからだ。意識を保とうとする努力は実ることなく、彼らは次々と昏倒していった……。

猿頭寺《えんとうじ》は、第二生体医工学研究室で意識を取り戻した。いや、目覚めたと言うべきである。パピヨンの思い出に包まれているうちに、三日ぶりの睡眠へ沈んでいったのだ。研究資料が山と積まれたデスクに突っ伏して寝るのは、猿頭寺《えんとうじ》にとってもっとも見慣れたパピヨンの寝姿だった。

そのことを思い出して、猿頭寺はささやかな幸せを感じた。

このとき、猿頭寺は知らなかった。眠っていたが故に、彼は意識を奪い去るほどの違和感を感じずにすんでいる。そのため他の隊員たちが受けたような、精神的ダメージから解放されていたのだ。

眠りにつく直前に、たいへんな騒ぎが起きたことは知っている。オービットベースとディビジョン艦の生命維持機能が最低レベルに落とされ、コントロールを奪い返すための戦いがあったようだ。だが、それらはすべて、猿頭寺にとって遠い世界の出来事だった。いまの猿頭寺にとって、親しい世界とはパピヨンの思い出と、思い出を呼び覚ますきっかけになるものだけだ。

それでも、外界への関心がまったく失われたわけではなかった。艦内のかすかな微動から、レプトントラベラーが稼動していることはわかる。にも関わらず、加速度は微塵も発生せず、慣性航行を続けている。エネルギーを無駄に浪費するこの状況は、明らかに異常であった。

（……艦橋へ、行ってみようか）

わずかに残っていた好奇心が、猿頭寺を現実へ引き留める錨《いかり》の役を果たした。だが、幾日も食事をほとんど摂っていないため、足どりが安定しない。ときおり、艦内通路にもたれて体力を回復させながら、彼はツクヨミの艦橋へ向かっていった。

艦橋の床に横たわっているＧＧＧ《スリージー》隊員たちの姿にも、猿頭寺の心が大きく動かされることはなかった。非現実感を抱えたまま、一同の間を歩いていく。だが、そんな凍り付いた心を、一気に現実へ引き戻す出来事が起ころうとしていた。

「ようこそ……」

メインモニターに、ノイズ混じりの通信が映し出される。自動的に受信したのは、通信波がGGGの専用コードを用いて発信されている証拠だ。

しかし、そのこと自体は異常と呼ぶに値しない。猿頭寺は聞き覚えのある声に、戦慄を感じていた。

（自分は……ついに、おかしくなってしまったのだろうか……）

だが、次第にノイズが消去されクリアになっていく映像は、聴覚から与えられた情報と認識が間違ってはいないのだと、現実をつきつけてくる。

「ようこそ……GGGの…み…なさん……」

もはや、己の狂気への怖れはなくなっていた。

猿頭寺は声を震わせながら、その名を呼んだ。

「パ……パピヨン！」

艦橋の床に倒れていた者のうち、幾人かはすでに目覚めつつあった。彼らは、猿頭寺の衝撃的なつぶやきに覚醒を強要され、朦朧とする頭でモニターを見た。

「まさか、そんなことが……」

凱《がい》もまた、痛む頭を必死に持ち上げて、モニターの映像を見た。

（……間違いない。あれは、パピヨン！）

ルネが、大河《たいが》が、凱《がい》と同じ映像を見た。そして、同じ衝撃を受けた。

だが、ただひとり、戒道《かいどう》は別の光景に眼を奪われていた。通信モニターの下方、強化ガラスから見える光景に変化が起きている。前方には惑星があり、その影に隠れていた恒星が、姿を現しはじめたのだ。恒星からの光が、惑星表面を照らし出す。

大陸の形に、見覚えがあった。海岸線が、記憶と一致した。

「ここは……青の星、地球⁉」

軌道上を三周回ほどしたが、敵意であれ、友好的であれ、ディビジョン艦隊に対して、なんらかの意志を表した者はいなかった。ここが本物の地球であれば、衛星軌道上はさまざまな通信波でにぎわっているはずだ。だが、この空間は完全なる静寂に満ちていた。

「やむを得ん。ディビジョン艦隊はパピヨンくん……の指示に従い、大気圏に突入する」

観測用プローブを先行で突入させ、ディビジョン艦隊もまた、地上への降下を開始した。電離層を通過するとともに、ボルフォッグはプローブが撮影した映像の解析を始めている。

「地表各地の映像を分析しましたが、色素の低下以外は地球とまったく同じものです」

「どういうことなんだ?」

呆然とつぶやいた凱の言葉は、すべての隊員が共有する疑問だった。

「ディビジョン艦隊、GGG宇宙《スリージー》センター……らしき地点に着地します」

パピヨンの誘導に従ってオペレートする命《みこと》でさえ、はっきりした言葉を口にすることができなくなっている。ツクヨミの甲板上に配置させた勇者ロボたちに、凱は指令した。

「機動部隊、みんな油断するなっ！」

修復の完了した氷竜《ひょうりゅう》と炎竜《えんりゅう》を先頭に、弟と妹たちも身構えた。そして、小柄な影が空中へと飛び出していく。

「マイク、あちこち全部調べてきちゃうもんね〜！」

専用コスモビークル〈バリバリーン〉を持つマイクの行動半径は広い。たちまち、自分のセンサーで状況を確認するべく、ツクヨミから飛び出していった。

やがて、艦隊はアメリカＧＧＧ宇宙センターとしか思えない施設の、駐機スペースへと降下していった。


「お待ちしておりました、ＧＧＧの皆さん」

艦隊から地表に降り立ったＧＧＧ隊員たちを、宇宙センターではたったひとり、パピヨンが出迎えた。施設の入り口前で夕陽に照らし出された彼女の姿は、凱たちの記憶にある生前の彼女のものとまったく同じに見える。いや、たったひとつだけ、異なるところがあった。肌も髪も服装も、どこか色合いが薄くなっている。

ある可能性に、凱は気づいた。

「パピヨン、君は……護《まもる》と同じ？」

「……ええ」

否定も韜晦《とうかい》もなく、レプリジン・パピヨンはうなずいた。そして、さらなる可能性に命《みこと》は思い至った。

「まさか……この星全体が⁉」

「私もこの地球も、おそらくは複製された偽物です」

「レプリジン！」

ようやく事態を呑み込んだ大河《たいが》が、思わず唸った。その後で、いまだ事態を呑み込めていない火麻《ひうま》が、頭を抱える。

「何がなんだかもうチンプンカンプンだぜ！」

この地球すべてが、そしてパピヨン本人があの護《まもる》と同じく、レプリジンであるとすれば、重大な問題が存在する。その疑問を最初に口にしたのは、戒道《かいどう》だった。

「ラティオのレプリジンは、ソール11遊星主の手先だった。だとしたら……」

だが、レプリジン・パピヨン本人は自分が疑われるべき理由を、誰よりもよく承知していた。なにしろ、自分自身がレプリジン・護の犠牲者に他ならないのだから。

レプリジン・パピヨンは哀しそうに眼を伏せつつ、自分が知る限りの事情を説明しはじめた。

## 2

おそらくは、パスキューマシン回収に送り込まれた、レプリジン・護にとっても計算外のことであっただろう。

オービットベースの研究モジュールにおいて、レプリジン・護とオリジン・パピヨンの目の前で、四つのQパーツはひとつになり、パスキューマシンとして再生された。戒道がジェイアークから得た知識をもとに語ったように、パスキューマシンは物質復元装置の中枢回路である。その能力が、再生とともに発動した。オリジン・パピヨンを死に至らしめたのも、その際に発生した膨大なエネルギーの余波である。

そして、その瞬間からの記憶はオリジンのものとは異なる、複製されたレプリジン・地球におけるレプリジン・パピヨン固有のものとなる。

もっとも、複製された直後の彼女には、自分がレプリジンであるという認識はない。ただ、目の前で護（レプリジンのレプリジン、ということになる）の姿を構成していた物質が粒子となって消えていった。その結果、自分の生命が助かったと安心しただけだ。だが、オービットベース中のGGG《スリージー》隊員たちが護と同じ運命を辿っていった。

（……生体物質が不安定になっている？）

ただひとり生き残ったパピヨンは、自分の身体を分析することで、原因を求めた。その結果、自分の身体が未知の物質で構成されていることを知った。そして、いずこからともなく放射されてくる波動によって、その物質は崩壊をまぬがれている。他の隊員たちと同じように消滅してしまわなかったのは、幸運に過ぎなかったのかもしれない。

そうした事態を調べていくうちに、パピヨンは悟った。

(私は……レプリジンなんだ、あの護隊員《まもる》と同じく。そしてオリジンの私は……)

だがある日、オービットベースでの研究を続けることは不可能となった。原因不明の外力を受けたオービットベースが静止衛星軌道から遷移し、遠心力によって地球から遠ざかりはじめたのだ。

(地球へ行けば、レプリジンの大地でも、誰かがいるかもしれない!)

レプリジン・パピヨンは、大気圏突入シャトル〈クシナダ〉を操縦して、地表へ降下した。しかし、彼女の希望はむなしく裏切られる。地球全土に複製されたはずのレプリジンたちは、すべて消滅していた。存在するのは、わずかな動植物や細菌のレプリジンのみ。

これ以上はない、極限の孤独であった。

だが、それでもレプリジン・パピヨンは生きていくことができた。レプリジンという存在の意味。この大地や自分を存在させ続ける、謎の波動の正体。研究テーマはいくらでもあった。調査に没頭することで、孤独は克服できるはずだ。

(学生の頃、アマゾンの奥地で研究に没頭していたときと、変わらないはず……)

自分にそう言い聞かせはした。しかし、研究に区切りをつけて帰る場所も、結果を論じる相手もいないという事実は、過去のいかなる孤独よりも重く、彼女を打ちのめした。

（過去？　いいえ、それは私の過去じゃない。オリジンの過去だわ。自分の過去は、オービットベースでたったひとりになって以後のものだけ。私には、誰と触れあった過去も存在しない……）

それでも、レプリジン・パピヨンは研究を続けた。活動の場は、GGG宇宙《スリージー》センターに移した。自家発電や保存食料など、ひとりきりでも暮らしていける環境が整っていたことが最大の理由だが、希望も存在したからだ。

（センシングマインドが、かすかな可能性を告げている。ギャレオリア彗星のゲートを越えて、GGGがやってくると。会いたい……耕助《こうすけ》――！）


レプリジン・パピヨンは、やってきたGGG隊員たちを前にして、自分の想いをすべて語ったわけではない。むしろ、感情は抑えて、最低限の事実を語るに留めた。

そして、レプリジン・パピヨンが語った事実に、戒道《かいどう》が補足を加えた。

「パスキューマシンは物質復元装置の中枢回路。それ単体では、完全な複製はできない。あのラティオも、パスキューマシンで複製された不完全体だった……」

小さくうなずいて、レプリジン・パピヨンは締めくくった。

「私の特殊能力・センシングマインドでわかったことは……あなたがたが本物の地球からやってきたこと。後は……本物の私がもう存在していないこと、それだけです」

重い沈黙がわだかまっていた。沈黙の原因は明らかだ。彼らはすでに、レプリジンに騙されている。すでに死を看取ったはずのパピヨンが現れたことは、どうしても警戒心を呼び覚まされずにはいられない。

「……たしかに納得のいく説明ではある。だが、我々は宇宙収縮現象の真実を知るためにここまでやってきた」

大河《たいが》に続いて、一同は次々と質問を口にする。

「本物の護《まもる》くんは？」

「ソール11遊星主は⁉」

「Jは？」

命《みこと》の、凱《がい》の、戒道《かいどう》の質問は、すべてレプリジン・パピヨンに答えられる類のものではなかった。

「……わかりません」

レプリジン・パピヨンはうつむいた。それ以外、できることはなかった。やはり、自分はこの人たちの前に、姿を現すべきではなかったのだろうか。すでに、彼らにとってのパピヨン・ノワールは死んでいるのだ。いまさら、複製などに、なんの存在意義があるのか。

いたたまれなくなり、レプリジン・パピヨンは、その場を立ち去りたい衝動にかられた。だが、いあわせた者たちすべてが抱く当惑を気にかける様子もなく、レプリジン・パピヨンの前に歩み寄る者がいた。

——ルネである。

「ルネ……」

両手を冷却コートのポケットに突っ込んだまま、ルネはレプリジン・パピヨンに顔を近づけ、その瞳を至近距離からのぞきこんだ。息を呑んで、一同はその光景を見つめる。

レプリジン・パピヨンは、ルネの表情にたじろぎそうになった。眉が危険な角度につり上がり、視線は獲物を見定めるかのように、自分に向けられている。

（それも当然……なのですね。私は、彼女の親友だった人物の複製、そして偽物……）

寂しさと悲しさが、レプリジン・パピヨンの表情に一瞬だけ表れて、消えた。しかし、ルネの眼はその瞬間を、見逃さなかった。ポケットから抜かれたルネの左手が、レプリジン・パピヨンの手を、握りつぶさんばかりの力でつかむ。

そして、ふっと表情をゆるめて、つぶやいた。

「……おかえり、パピヨン」

眼鏡の奥に大粒の涙がこぼれた。

「……う……ただいま」

それだけ言うのが、精一杯だった。ルネは握った手を、放そうとしなかった。パピヨン・ノワールが、自分たちのもとへ帰ってきたのだ。

「パピヨン！」

命とスワンが駆け寄ってくる。ふたりとも、パピヨンよりもたくさんの涙を流し、拭おうともしない。

「おかえり、おかえり！」

「ただいま……ただいま……ただいま……」

「くう……」

火麻《ひゅうま》や牛山《うしやま》たち、涙腺がゆるい男性陣ももらい泣きをはじめている。大河《たいが》は幾度も幾度も、ゆっくりとうなずいた。

そのとき、彼らの頭上に偵察に出たはずのマイクが戻ってきた。

「どこもかしこも地球だもんね～！　でも人がいないもんね～、マイク寂しくなっちゃったもんね～！　みんなに会いたくなっちゃったもんね～っ!!」

ウルウル目で大騒ぎしながら、バリバリーンで空中回転を繰り返す。

「こりゃ、マイク！　騒ぎすぎだぞいっ！」

一同は微笑を誘われながら、夕空を見上げる。

だが、パピヨンだけは、GGG《スリージー》隊員たちの列の最後尾を見つめていた。火麻の巨体の後から、幸せを受け入れることに怯えているような、小柄な姿。

そんな猿頭寺《えんとうじ》を安心させるため、パピヨンは自分にできる最上級の微笑みを浮かべようとした。しかし、笑みを浮かべると、どうしても涙がこぼれてしまう。嬉しくて嬉しくて仕方ないとき、泣き笑いにせずに笑うことは、こんなにも難しかったのだ。

それでも、気持ちは猿頭寺に伝わったようだ。涙を止めることもできずに、小さく唇を、震わせ続けている。聴覚にたよらずとも、パピヨンにはわかっていた。

愛しい人は、自分の名をつぶやき続けているのだと――

駐機スペースのアスファルトの向こうに、夕陽が沈んでいく。

（ギャレオリア彗星は、三重連太陽系につながっていたはずだ。どこか普通のＥＳドライブとは違うような気はした。でも、人に造られた体であったとしても、僕のなかの血が告げている。ここそが、自分が誕生した宇宙なのだと……）

幼い顔を、照り返しに紅く染めながら、戒道《かいどう》は考えていた。そして、つぶやいた。

「だが、あきらかにここは、僕がいた頃の三重連太陽系とは違う。機界昇華される前、太陽は三つあった。正確には太陽のまわりを、ふたつの燃える惑星が回っていた。いまそこにある太陽は、たったひとつ……」

戒道のつぶやきを耳にしたパピヨンは、大河に申し出た。

「宇宙センターの設備も使って調査しましょう。この宇宙や……護《まもる》隊員のことを！」

## 3

こうして、ＧＧＧは複製された地球と月の調査を開始した。現在のところ、ギャレオリア彗星やレプリジンと、宇宙収縮現象との間にいかなる関係があるのか、まったく手がかりはない。

だが、太陽系に帰還するためのゲートが閉ざされた以上、レプリジンに関する調査を続ける以外、真実へ近づく道は残されていないのだ。

「なぁ、まだ何もわからないって、どういうこと⁉」

苛立つルネの剣幕を引き受けることになったのは、タケハヤ内で調査の指揮を執っているボルフォッグだ。勇者ロボたちがレプリジン・地球の各地へ散っているため、追求を他へそらすこともできない。

「すみません。これでも計算上、もっともベストな解析手順なのですが……」

「……ちっ」

軽く舌打ちして、ルネはボルフォッグのもとを離れた。

（ルネ捜査官が苛立つも無理はありません。十日近くも調査を続けて、なにも判明していないのですから。他の方々が落ち着いておられるのが、むしろ不思議なくらいです）

ボルフォッグの超ＡＩは、事態をそう認識していた。そして、その認識をまったく未来予測に役立てられなかったことに、彼は後悔することになる……。

調査活動は機動部隊、諜報部、研究部が中心となって進められているため、全隊員がそうした任務に就いているわけではない。整備部はＧＧＧ《スリージー》宇宙センターの施設を点検するとともに、調査に投入される勇者ロボたちや機材のメンテナンスを行っている。

その日、牛山一男《うしやまかずお》はタケハヤの内部に増設されたＡＩブロックの調整を手伝っていた。ディビジョン艦隊の新機能を完全に発揮するためには、このＡＩが完全に機能しなければならない。だが、レプリジン・護《まもる》との戦闘で受けた損傷が大きく、自己修復に予想以上の時間を必要としていたのだ。

「はやく元気になってくれよ。本当は君の力が、必要にならなければいいんだけどね」

音声入力システムなど備わっていないＡＩブロックの外装を、牛山はそっと撫でた。

人間がまめに話しかけることで、植物の成長が促進されるという説がある。そんな文章を読んだときから、牛山はよく草木や花に語りかけるようになった。手入れをしなければならない植物も、メンテナンスをしなければならないメカも、牛山には等しく可愛い存在だった。


その日、ファントムガオーでの哨戒を終えて帰還した凱《がい》は、自室のベッドに辿りつき、ようやく自分が疲れていることに気づいた。担当区域を調べ終えても、まだ調査を終える気になれず、航続距離の限界近くまでファントムガオーを飛ばせてきたのだ。

予想された戦いもなく、調査に明け暮れる日々。ただ過ぎていくだけのそんな時間が、凱をじりじりと焦らせていく。

凱にとっての最大の関心事は、本物の護の行方であった。この一年あまりの間、護はどこでどんな戦いを繰り広げてきたのか。そのことを考えると、胸の奥が痛む。

（あのとき、俺も一緒に旅立つべきだったのだろうか……）

そう思う一方で、心の別の部分がその考えを否定する。

護が旅立つ直前にも、バイオネットがギガテスク・ドゥ※29を出現させた。地球の平和が確立されていないからこそ、凱《がい》には地球へ残ってもらいたい。護《まもる》はそう考えていたはずだ。

(俺は勇者でなければならない。地球の平和を、護から託されたのだから……)

今回の旅立ちも、宇宙収縮現象とソール11遊星主の存在が地球を脅かすと信じたが故の行動だ。一刻もはやく、真実をつきとめなければならない。

(もしも敵の狙いが、俺たちを地球から引き離すことだったとしたら、取り返しのつかないことになってしまう……)

横になっていても、どうしてもいろいろなことを考えてしまう。身体は疲れているのに、心には焦燥が溢れていた。

——いきなり、額の上に濡れたタオルが置かれた。

「うわっ」

ベッドの端に座り込んだ命《みこと》が、至近距離から凱をのぞきこんでいる。

「こら、ちょっといれこみ過ぎだぞ」

眠っていたわけでもないのに、命がすぐ近くに来るまで、気がつかなかった。たしかに神経が昂っていたのだろう。苦笑いを浮かべた凱に、命はコーヒーを差し出した。

「サンキュ、命」

額の火照りを冷ましてくれたタオルをかたわらに置き、凱は上半身を起こした。そして、コーヒーカップを受け取る。冷たいものと温かいものに交互に触れた感触が、心地よい。

「……美味い」

「なに考えてたの？」

苦いコーヒーを飲みながら、凱はやっと頭の芯が冷えていくような感覚を覚えていた。

「護のこととか、ソール11遊星主のこととか、いろいろな」

「凱にはさ、凱にしかできないことがたくさんあるんだよ」

命は身を乗り出して、凱の瞳をのぞきこんだ。

「護くんや、地球のことを心配してるの、凱だけじゃない。少しはみんなを……私たちを信用してよ」

「別に信用してないわけじゃないさ。いや、信用してるけど……」

言葉の途中で息をつぎ、凱は命の目を正面から見返した。

「もっともっと、信用してよかったんだな」

「うん、よくできました」

命が凱の頭を撫でようとする。

「よ、よせよ……！　うわっ」

狭いベッドの上で逃げようとして、凱はコーヒーをこぼしてしまった。

「だ、大丈夫、凱！」

あわてて拭こうとした命が、被害をさらに拡大させた。

ごく軽い火傷の治療で、凱が医務室を訪れた日の夜――

パピヨンと猿頭寺《えんとうじ》はGGG《スリージー》宇宙センターの設備を使って、各地からの調査報告を解析していた。連日連夜、ふたりで作業分担することもあれば、根を詰める猿頭寺の身の回りの世話をパピヨンがすることもある。

もともと、パピヨンは誰かの世話を焼くことが得意な方ではない。むしろ、研究に没頭して寝食を忘れ、周囲の人間に心配をかける方が多かった。彼女にとって猿頭寺は、初めて出会った、自分以上に生活能力に欠けた人間だったのである。たとえ大雑把な気配りであれ、猿頭寺のそれまでの生活に比べれば、はるかに文化的で衛生的だ。

そして幸いにも、そうした関係はパピヨンにとって、常に新鮮な楽しさをもたらすものであった。もちろん、猿頭寺にとっても快適この上ないものであったことは、言うまでもない。

この夜も、パピヨンが作ったサンドイッチを頬ばりながら、猿頭寺は幸せそうにつぶやいた。

「ああ、君が作ってくれるものはなんでも美味しいなぁ」

「簡単なものばかりですけど、耕助《こうすけ》が喜んでくれるのは、私も嬉しいです」

食事を終えた猿頭寺は、ふたたび精力的にコンピュータ端末に向かい始める。パピヨンも椅子の後に立って、猿頭寺の髪を梳《す》く。ふたりにとって、とても自然で穏やかな空気が流れた。

頭の良い人間にありがちなことではあったが、猿頭寺は複数のことを同時に考える癖がある。このときも、作業をかたづけながら、食事時の話題を蒸し返した。

「ほらいつだったか、山でキノコを見つけて、その場で焼いて食べたじゃないか。あんな楽しい食事はなかった」

「……あれが食事？」

　出会ったばかりの頃、ふたりでフィールドワークに出かけ、道に迷ってしまったことがあった。パピヨンが野生のキノコに詳しかったため、食用のものを見つけ、飢えをしのぐために食べたのだ。とても食事と言えるようなものではなかったのだが、思い出として美化されているのかもしれない。パピヨンは吹き出しかけて……そして、気づいた。

（それは……私との思い出ではない、のですよね）

　レプリジンとはいえ、オリジンの記憶を受け継いでいるパピヨンにとっては、自分自身の過去の出来事としか思えない。だが、彼女の科学者としての部分が、それは人工的な記憶による錯覚なのだと、容赦のない認識をつきつける。

　もちろん、猿頭寺が自分を〝偽物〟だと思っていないことは、よくわかっている。そして、それは……オリジンがすでに死んでいるからなのだ。

（もしもオリジンが生きていたら、偽物の私にどれほどの価値があったでしょう。でも、たとえ彼にとって代償行為だとしても、私は耕助に……私のことを見ていてもらいたい）

　せめて、自分を騙してしまうことができれば、よかった。だが、パピヨンは自分の肉体に対してそうであるように、精神の活動にまで、原因と結果を求めずにいられなかった。だから、知っていた。

（……自分のオリジンが死んでいてくれたことを、耕助を独占できたことを、私は喜んでいる）

　目をそむけたかった。心のうちにある闇を、見つめたくはなかった。だが、自分にはそれができないことを、パピヨン・ノワールは知っていた。

「――パピヨン？」

いきなり名前を呼ばれ、パピヨンは我に返った。あわてて、止めていた手を動かしはじめる。

「すみません、なんの話でした？」

「あ、いや、たいしたことじゃないよ。我々が通ってきた次元ゲートが消えたことなんだけどね……」

「ゲートが消えた？」

「……ああ、ギャレオリア彗星は消滅した。ソール11遊星主にとっても、ふたつの宇宙をつなぐ次元ゲートはもう必要ないだろうしなぁ」

GGG《スリージー》艦隊がやってきてから、パピヨンは猿頭寺《えんとうじ》たちとの再会の喜びに、宇宙空間への関心を失いがちであった。それ故に、ギャレオリア彗星の消滅に気づかずにいた。だが、その事実に対して、GGG隊員たちがあまりこだわっている様子が見えない。

パピヨンは、むしろそのことに違和感を感じずにいられなかった。

「じゃあ、太陽系に帰ることはもう……」

「いや、不思議なんだけど帰りたい気持ちはあまりないんだ。どんな形であれ、君がこうして生きていてくれる……今はそれだけで十分なんだ」

「耕助《こうすけ》……」

猿頭寺の言葉は嬉しかった。パピヨンも、幸せのなかに埋もれていきたい気持ちでいっぱいになる。

（でも、これでいいのでしょうか……）

なにかが、パピヨンの胸のうちに引っかかっている。センシングマインドとて、万能ではない。不安が存在することはたしかだ。だが、その正体を特定することはできなかった。

「ああ、大丈夫。きっと悪いようにはならないよ」

猿頭寺は作業の手を止め、振り向いた。パピヨンを安心させようと、微笑みを浮かべる。

「……ええ、でも」

「ん？」

「私のセンシングマインドが、これからとても良くないことが起こると……」

「よくないこと？」

「ええ、それがなんなのかわかりませんが……」

「たしかに不安材料は多い、しかし……」

そこまで言いかけて、猿頭寺は大あくびを浮かべた。

「いやぁ、君にまた会えるなんて思ってなかったから……気が緩んだのかなぁ」

眠そうに眼をこする猿頭寺に、パピヨンは優しく声をかけた。

「ちょっと根詰めすぎですよ……はっ！」

その瞬間であった——

砕け散っていく、くろがねの装甲。
粉々に打ち砕かれていく、人類の叡智の結晶。
傷つき血塗れになっていく、誇り高き肉体。

——断片的なイメージのかけらたちが、パピヨンの意識のなかを貫いていく。あまりにも断片的すぎて、その全体が構成する意味を捉えることはできない。だが、暗く重い未来のイメージだけが、彼女の心を支配する。

「パピヨン、どうしたんだい、パピヨン！」

誰かが、叫んでいる。自分の身体を、揺さぶっている。しかし、それは遠い世界の出来事のようにしか、彼女には思えなかった。

猿頭寺《えんとうじ》によって自室に運ばれた後、パピヨンは考えた。センシングマインドという特殊能力が、自分に見せた予兆の意味。そして、その力を持つ自分こそが、この複製された地球にただひとり生き残ってしまったことの意味——

『それはお前が——Gストーンにより命をつないできた者と、深く関わっていたからだ』

ラミアの声だった。

レプリジン・パピヨンが極限の孤独に耐えていた頃、それに耐えられたのはラミアの存在があったからかもしれない。

（あの時、オービットベースで運命を知ってたじろいだ私に、後押しするような交信をしてきた存在――ソムニウム。そう、私は以前、アマゾン川の上流で彼に出会っている。[※30]彼らは、場に存在する意識の波、リミピッドチャンネルを使って、どんなに離れた場所にいようとも会話することが可能らしい……）

その知識はすでにあった。だが、ギャレオリア彗星の彼方――三重連太陽系においてもそれが可能であるという事実は、予想外だった。

かつて、ソムニウムと深く関わり合ったパピヨンの先輩は、彼らを〝ベターマン〟と呼んでいた。人間よりもより良く、環境に適応した種属――という概念らしい。

だが、彼らは様々な特殊能力を持ちつつも、生物としては極めて脆弱だった。それは彼らが地球上のほぼすべての生命体とは異なる光学異性体[※31]だからだ。

（ソムニウムは人類とそっくりな容姿をしていながら、まったく別の生命体……。彼らが生命を維持するためには、死んだ人間から発せられる生命エネルギーを養分として育つ、アニムスの実を食さねばならない……）

それが、ベターマンにまつわる戦いで明らかになった真実だ。言い換えれば、人類は彼らにとっての食料源であるとも言える。歴史の影に隠れた戦いで、ソムニウムは人類の存続にその超常の力を貸してきた。だがそれは、アニムスの養分となる人類を絶やさないための行動にすぎない。

それでは、パピヨンに交信してきたラミアの目的も、人類存続なのだろうか？

『我らソムニウムは幾多の戦いで、種属としての衰退を迎えた。いまの我らには、戦う力は残されていない。ヒトよ、希望なる命の宝石を失ってはならない。命を超える者が、命を超える戦いを乗りこえるために……』

ふたたびラミアの声が聞こえた。そこには、わずかながらもこれまでより、切実な響きが含まれているように思える。

（なぜ私にそれを……？）

『天空の彼方、希望なる声は届かん。だが、我らによく似た存在ならば、声を受けとれる』

パピヨンは息を呑んだ。ラミアが自分を〝よく似た存在〟と呼んだ。もちろん、センシングマインドを会得したことにより、リミピッドチャンネルで交信できるようになった自分は、特殊な存在であるに違いない。

だが、これまでラミアから〝よく似た存在〟と呼ばれたことはなかった……。

『ヒトよ、この先に待つ死こそ、破壊こそが、新たなる存在の誕生となるのだ――』

その言葉を最後に、ラミアの声は途絶えた。どうやら、眠ったようだ。

「………」

パピヨンは一瞬考えた後、滅菌済みのメスを取り出した。そして、自分の指先の皮膚を薄く削ぐ。

確かめなければならないことがある。そう決意した時、自分の身体でさえも、パピヨンにとってはただの検体となるのだ。

　アマゾン川を訪れたあの過去の日々以来、それは変わらない習性だった。

## 4

　GGG《スリージー》隊員たちが調査を続ける一方で、戒道《かいどう》もまた、自分自身で気になることを調べていた。三重連太陽系にやってきてから、いまだにソール11遊星主にも、ラティオにも、ソルダートJにも会っていない。彼らはいったい、どこにいるのだろう？

（独りになれば、誰か接触してくるかもしれないと思ったんだけどな……）

　Gアイランドシティも、訪れてみた。

　パピヨン以外のレプリジンは、みな消滅してしまったらしい。だから、誰にも会う心配はない。養母と暮らしていた小さな家を、戒道は訪れてみた。

（……荒れてるな）

　生活臭を失った家が持つ、寂しげな荒廃がそこには満ちていた。もちろん、レプリジンが消滅してからの一か月程度で、そうなったわけではない。戒道は知らなかったが、養母は一年以上も入院生活を送っているのだ。

母子ふたりで使っていた小さな食卓の上に積もっている埃のレプリジンを、少年は指ですくってみた。かつては母が毎日の掃除を欠かさなかったため、こんなに汚れを堆積させることは決してなかった。

地球を旅立つ前、母に会いに行かなかったのは、また戻ってこられるという確信がなかったからだ。もしも一時的に再会したとして、すぐに別れてしまうのなら、いっそ会わない方がいい。

(ラティオなら、こんな風には考えないんだろうな……)

最近、自分とラティオを比較してしまうことが増えた。

(無意味だな。僕は、彼のようにはなれない。わかっているはずなのに……)

後ろ髪をひかれながらも、戒道《かいどう》は自宅を後にしようとした。そして、玄関先の壁に、目立つように貼られている封筒に気づいた。

その夜、戒道はGGG《スリージー》宇宙センターに帰らなかった。

母が記した手紙を読んで、自分がどんな顔をしているか、よくわかっていたからだ。誰にも、こんな顔は見られたくない。

自分が入院していることを記し、心配しないよう手紙には書いてあった。困ったときに息子が頼ることができるよう、信頼できる人たちの名前や連絡先も書いてあった。そして、親子として出会えたことへの喜びと感謝が書いてあった。

読み終えてすぐ、戒道は病院へ行ってみた。母の名前が入り口に掛けられた病室は、すぐ見つかった。おそらく、この部屋で母のレプリジンも消えていったに違いない。

母のベッドのレプリジンで、戒道は一夜を過ごした。きっと本物の母親も、同じベッドのオリジンで、同じ夜を過ごしているだろう。

（母さん、地球に帰ったら、今度は絶対に会いに行くよ。そして、それからはずっと……）

――翌日、戒道はまた調査を始めていた。彼の心のうちには、大きな変化が訪れた一昼夜であったのだが、表情からそのことを読みとれる者はいないだろう。幼い頃から、彼は自分の心をのぞかれることを嫌う子供だった。

この日はパルパレーパやピルナスが出現した京都を調べてみたのだが、やはり手がかりはない。むなしく数百キロを移動し、海岸へやってきた戒道は、あることに気づいた。

（僕はなにをやっていたんだ。このレプリジン・地球に秘密がないのだとしたら、月と太陽だ――！）

ギャレオリア彗星を越えてきたこの宇宙空間に存在するのは、その三つの天体だけだ。戒道はあらためて、空に輝く恒星を見上げた。

「そうか！　あれは太陽なんかじゃない、あれは……」

そのとき、眩い光にまぎれて、小柄な影が降ってきた！

「……！」

戒道《かいどう》は浄解モードとなり、宙へ逃れる。影は海に没したものの、すぐに浮き上がってきた。そして翼を広げ、戒道と空中で対峙する。

「——お前は！」

影の背中から伸びた翼、そして全身から放つ光が自分の浄解モードとそっくりなことに、戒道は気づいた。

（僕と似た姿……そうか、こいつは……）

影は目深にかぶったフードで、はっきりと表情を見せない。だが、戒道はその正体について、確信を抱きつつあった。

「あり得ないと思っていた、遊星主が全員そろうことなど……。だけど、お前が存在しているのなら！」

無言のまま、口元に笑みを浮かべた影はサイコキネシスを放った。同じ力で戒道も応戦する。ふたりの間の空中で、激突する力と力。どうやら、パワーは互角らしい。

次の瞬間、影は全身から砲塔のように見えるパーツを無数に生やした。そして、獰猛な攻撃の意志が解き放たれる。

意志は物理的な圧力となって、戒道の全身を貫いていった。それが砲弾であったのか、エネルギーであったのか、戒道本人にもわからない。ただ、全身をズタズタにされていく苦痛が、他のすべての感覚を奪い去っていく。

「ぐあああ、あ……」
そして、少年の意識は、闇へと沈んでいった――

## 5

丸焼きがオーブンから取り出されると、辺り一面に食欲をそそる香りが立ちこめた。かなりボリュームのある鶏肉であったが、すでに付け合わせの野菜を盛りつけてある大皿へと、スワンが軽々と移動させる。

命《みこと》がスープを人数分の皿へよそっていき、スタリオンは慣れた手つきで焼きあげたパンをカゴの上に積み上げた。凱《がい》はテーブルの上に食器を要領悪く並べている。見かねた命が、スプーンやフォークをきちんと整列させ、ささやかなパーティーの準備は整った。

彼らがやってきたのは、湖が一望できる崖の上、もとの地球では人気あるキャンプ地であった場所だ。ワインのコルクが抜かれ、四人はグラスをあわせた。

連日、調査に集中するあまりに神経をすり減らしている凱に気分転換をさせようと、スワンとスタリオンが提案したパーティーである。それは凱のフォローに気を配っている命にも良い息抜きとなったようで、楽しげにワイングラスを傾けている。だが、凱はどうしても、食事やアルコールに集中することができなかった。ついつい手が止まり、気になっていることを口にしてしまう。

「……やはり、あの太陽を調べるには戒道《かいどう》くんの協力が必要だ」

すでに、戒道幾巳《いくみ》少年が姿を消してから、二日になる。

「どこ行っちゃったんだろう、あの子。ちょっと心配……」

命《みこと》は、凱《がい》の言葉に少し酔いを覚まされたようだ。少年のことを心配する表情で、眼下に広がる湖の方を見た。

「これだけ地球と同じだと、とっても落ちつくデース。ワタシもここにいると故郷のパパとママ、思い出しマース」

くつろいだ表情で、スワンが語り出した。

「きっと、幾巳もGアイランドにでも遊びに行ってるデース」

「彼もまだ、子供だからネ」

スタリオンの言葉に、命もうなずく。話題はすぐに、鶏肉の味付けのことに移っていった。だが、凱は納得できずにいた。

(たしかに、戒道くんは密に連絡を入れてくるようなタイプには見えない。だけど、本当に遊びに行ってしまったんだろうか。なにかが、なにかが始まっているような気がする。俺たちの気づかないうちに……)

「凱……」

右肩にかかる重みに、凱は気づいた。命が自分の頭を乗せてきている。

「なんだか平和……。ねぇ、凱……私たちもずっと戦いつづけて来たし……ちょっとだけなら、くつろいでもいいよね」

「命……？」

たしかに、今日まであまりにも殺伐とした戦いの日々が続いてきた。本来取り戻すべき平和な日常を忘れないためにも、こんな穏やかな時間を忘れないようにしたい。

凱も、そう考えてはいる。しかし、どこかに違和感が存在しているような気がしてならない。

凱の胸中に浮かびあがる違和感は、いまだはっきりとした形をなさずにいた。


――どうも面白くない。

苛々する原因ははっきりしている。宇宙収縮現象とやらはともかく、あのソール11遊星主が姿を見せないことが気にくわない。振り上げた拳《こぶし》を叩きつける相手が現れないというのは、ひどく落ち着かないものだ。

そして、事態が停滞していることを、GGG《スリージー》の連中はまったく気にしている様子がない。彼らに自分たちの役目を思い出させてやりたいと思い、実際に率直な意見を口にしてしまうこともある。そのたびに、ひどく短気な乱暴者を見るような目を向けられてしまう。

それらのことが、どうも面白くない。不満の水位が、忍耐力という堤防が決壊する寸前にまで高まっていることを、ルネは自覚していた。

その夜、ルネは照明灯の上に座って、月を眺めていた。じじい三人組が窓際にやってきて会話を始めたのだが、決して盗み聞きしようと思ったわけではない。

「どう思う？　この地球のこと」

モヒカンじじいが、筋肉に似合わないことを言った。

「うむ。科学に支配されない、自然な姿とでも言ったところか。……穏やかだ」

黒マントじじいが格好をつけた台詞を吐いている。歳を考えろ、歳を。ルネは鼻で笑いながら、そう考えた。

「すっげぇ敵と戦うことになるかと思ってたのに、拍子抜けしたなあ」

「さっき猿頭時《えんとうじ》くんからも報告があったが、宇宙収縮現象が僕ちゃんたちの太陽系に影響を及ぼすにはまだ少し時間があるようだしのぉ……」

なにが〝僕ちゃん〟だ！　こんなじじいの遺伝子が、自分の身体にも含まれていると考えただけでぞっとする。だいたい、貴様なんか――

火麻《ひゅうま》や大河《たいが》に対しての〝じじい〟は、ただの憎まれ口だ。しかし、雷牙《らいが》にとっては、その言葉はただの事実でしかない。そのため、適切な形容詞を加えることが必要だ。声に出さない罵詈雑言の羅列は、延々と止まらなかった。

「なぁ、俺たち……地球から追放されたんだよな」

「ああ、そうだったな」

「だったら、ずっとこっちの地球で暮らしてもいいんじゃないのかなあ」

（………！）

ルネの心のなかで雷牙を罵る言葉が、途絶えた。

「う～む、まぁ、たしかにみんな疲れてきている。少し休みをとるのも大事なことだな」

「うんうん、僕ちゃんもそろそろ、隠居を考えちゃぉっかなぁ～」

聞いていられなかった。本人が老人扱いされて納得するようでは、〝じじい〟呼ばわりする甲斐がない。

ルネはふぬけ三人組に気づかれぬよう、天井を蹴って、その場を離れた。

メンテナンスルームの勇者ロボ整備台には、固定具が用意されている。勇者たちがエネルギー切れ、超ＡＩの損傷などによって自立できないとき、機体を支えるためのものだ。

氷竜《ひょうりゅう》と炎竜《えんりゅう》もＡＩの自己修復が完了するまでの間、そうした固定具を使用されていた。だが、いま現在、なぜ自分の腕にその固定具が使用されなければならないのか、マイクには理解できなかった。

「ホワッツ・ハプン？」

整備部の後輩である仲井亜紀子《なかいあきこ》に作業手順を指示していた牛山《うしやま》は、マイクの方へ向き直った。

「ああ、フルメンテするんで、君たちのＡＩは一時シャットダウンすることになったんだよ」

「ちょっと待てよ！」

「それでは僕たちは緊急時に起動できなくなってしまいます！」

雷龍《らいりゅう》と風龍《ふうりゅう》の言う通り、シャットダウンとは完全にＡＩへの入出力を断ってしまうことを意味している。

「起動できなくなるって……」

「動けなくなるってこと⁉」

闇竜《あんりゅう》と光竜《こうりゅう》の声に、動揺が表れた。人間であれば、顔色が変わっているところだ。

「機動部隊は、戦いあってこその存在だろ。とにかく今のところ、ここは平和だからねぇ。いざというときまで、パワーを温存しておく作戦なんだ」

「それはGGG《スリージー》の正式な決定なのですか！」

牛山《うしやま》の説明に納得できないボルフォッグが叫んだ。その当然の疑問に答えたのは、GGGの長官である大河《たいが》だ。

「その通りだ……」

ツクヨミの艦橋で通信マイクに語りかける大河の言葉が、メンテナンスルームの壁面スピーカーから出力されてくる。

「我々は今こそ、過去を反省すべき時なのだ。この先、ソール11遊星主が現れたとしても、平和的解決に望むのが理想である。戦いは良くない！　よって武力は封印する。作戦名は……平和が一番！」

大河の言葉は、妙にくぐもっている。諜報活動を主任務とするボルフォッグであったが、その原因を類推することは不可能であった。艦橋にありながら、アメ玉を口にして話しているなど、超AIにも想定は不可能だ。

「待って下さい！」

「こんなのいやだぁ～！」

氷竜《ひょうりゅう》と炎竜《えんりゅう》の抗議に、雷牙《らいが》がジュースを飲みながら応えた。

「もう決まったことなんだよ～ん」

そのかたわらでは、火麻《ひゅうま》が大いびきをかいている。

「マイク、悪いことはしてないもんね～！　赦《ゆる》してプリーズ！」

必死の懇願も、大河の心を動かすことはない。

「牛山く～ん、シャットダウンだ」

「了解～」

牛山は手元の端末から、シャットダウンの指令を入力した。

「待ってくだ――」

「いや――」

「う――」

抗議の言葉を音声出力する途中で、勇者ロボたちのＡＩは次々とシャットダウンされていった。

機動部隊と異なる停止コードを持つ諜報部のボルフォッグは、もっとも信頼する人物の名を呼ぶ。

「猿頭寺《えんとうじ》オペレーター！」

だが、猿頭寺もまた艦橋で力ない笑顔を浮かべ、自分が管理するコードを入力していた。

「ゆっくりおやすみ……ボルフォッグ」

納得できない指令といえど、彼らは入力されたコードに逆らうことはできない。凍り付いたボルフォッグの視線は、もはや何物も映してはいなかった。

（おかしい……いったい、こいつらどうしたんだ⁉）

宇宙センターの通路やディビジョン艦内でルネが見かけたＧＧＧ《スリージー》隊員たちは、みなだらけた表情で遊び惚けていた。地球を旅立ったときの士気の高さは、見る影もない。

（こうなったら、こいつらには頼らない。闇竜《あんりゅう》と光竜《こうりゅう》を連れて、シャッセールだけでソール11遊星主を見つけ出してやる！）

そう考えながらメンテナンスルームにやってきたルネは、信じられない光景を眼にした。シャットダウンされた勇者ロボたちが、意志を失った巨大な鉄塊と化していたのだ。

「いったいどういうこと！　闇竜と光竜はシャッセールの所属なのに、勝手にシャットダウンするなんてっ⁉」

シャットダウン状態からは、すぐにシステムが起動できるわけではない。ＡＩの自己診断機能による再点検が必要なのだ。しかも、牛山《うしやま》たちは正規の手順を行わずに、緊急シャットダウンを行ってしまったようだ。これではまだ幼い光竜や闇竜のＡＩに、トラウマが残ってしまうかもしれない。

「まあまあ……」

しかし、牛山はルネの剣幕にもかかわらず……というより、ルネの怒りを認識していない様子でニコニコしている。

「こんなに平和なんだからムキになるなって～」

言い争いを聞きつけて、艦橋から降りてきた雷牙《らいが》の脳天気な仲裁も、癇に障った。昨夜、口にしていた〝隠居〟とはこういうことなのか！

ルネは雷牙の襟首を締め上げた。

「じじい！　隠居すんならひとりでやってろっ！」

「なははは……」

それでも、雷牙はだらしのない表情で笑っていた。さすがに、ルネも異常を感じ始める。

（これは……じじいは、ただふぬけているわけじゃない？）

――そのとき、ルネの右腕に埋め込まれているＧストーンがうずいた。

「どういうことだ、命《みこと》！」

凱《がい》は思わず声を張り上げてしまった。前夜に続いて、昼食も外で食べることを誘われたのだ。しかも、命はＧＧＧ制服からプライベートのドレスに着替えている。あまりにも、緊張感に欠けている。凱はそう思った。

「だからぁ、もう戦う必要なんてないのよぉ。ねぇ、凱……この服似合う？」

食事を用意する手を止めた命は、服がよく見えるようにと、一回転してみせた。

「いつまた、ソール11遊星主と戦うことになるかもしれないんだぞ！」

深刻な危機感であったはずなのに、命は笑い飛ばした。両手を凱の首に回して、にっこりと微笑む。

「大丈夫よぉ、凱《がい》は心配性なんだからぁ、ふふふ」

「命《みこと》……？」

間近で命の顔を見つめた凱は、唇の紅に気づいた。

勤務中、もしくは待機中に命がルージュをひいていたことは、一度もない。その赤の色が、いまの命の心のなかをもっとも表しているように、凱には思えた。

——そのとき、凱の全身に融合しているGストーンがうずいた。


（Gストーンの導き？　俺を……呼んでいる？）

なにかが、何者かが、彼方から凱に呼びかけていた。

その声はGストーンを通して、凱の意識へ届けられた。もちろん、命には聞こえていない。いや、たとえ音声というかたちを成していたとしても、その耳に届きはしなかっただろう。今の命の耳には。

「凱〜、今日はとびきり美味しい手料理つくってあげるからねぇ」

楽しそうにワインを冷やしている姿に、なぜか凱の心は痛んだ。そして、背中から抱きしめた。

「あん！　凱ったら、邪魔しないで〜」

「命……俺はお前だけには、わかってほしいんだ」

言葉に頼らずとも、伝えられることがある。凱はそのことを信じていた。だから、抱きしめる。

想いの強さだけ、力をこめる。

「わかってるわよぉ、コンニャクは嫌いなのよね～」

「命……」

いったい、命の心のうちになにが起きているのだろう。少なくともいま、自分の想いは、まったく届いていない。

そのことを理解したとき、凱の腕に込められていた力は、どこかへ消え去っていた。命はするりと、凱の腕のなかから逃げ出した。そして、食事の支度を続ける。

「大丈夫～、凱の好きなもの、い～っぱい食べさせてあげるから」

凱は、ただその後ろ姿を見つめていた。

（俺がそうあらなければならない存在であるために……お前が、必要なんだ）

心のなかで、凱はそう考える。だが、伝える手段は失われていた。言葉も、行為も、命の心には届いていない。目の前にいるはずなのに、無限の距離を感じる。

だが、凱は行かねばならなかった。

Ｇストーンが伝えてくる意志。敵意とも好意ともわからない、ただ自分を呼んでいる声。その意志に応える以外、この宇宙にやってきた意味を見つけ出すことはできないだろう。

（そうだ、たとえ誰にも知られない戦いであったとしても、それを理由に負けることはできない。俺の戦いの意味を命が理解してくれなかったとしても、それでも俺は、勇者でなければ……ならない）

無心に食器を並べている命に背を向け、凱は歩き出した。

（行ってくるよ……命《みこと》）

ツクヨミの艦内で、ルネは移動手段を探していた。エヴォリュダーとしてGストーンと一体になった凱ほどに、Gストーンの導きを理解したわけではない。それでも、行かなくてはならない。強い想いが彼女を突き動かしていた。

だが、戦いの場へ向かうまでもなく、戦場の方がルネの前へ現れた。

鋭いムチが、後頭部を狙う。空気が切り裂かれる音に、ルネは振り向いた。頭部をかばった右腕に見覚えのあるムチがからみつく。

「フフフ……」

格納庫の天井近くの暗がりから、聞き覚えのある笑いが降ってくる。間違いなく、京都でルネをあざ笑った耳障りな声であった。

「ソール11遊星主！」

「私の名はピルナス……美しさと快楽の女神。さあ、調教開始よ！」

ピルナスと名乗った遊星主の右腕は、そのままルネにからみついたムチになっている。細い身体に似合わぬ力でルネを振り回し、壁に叩きつける。そして、ピルナスは左腕に生えた針から、火炎を放った。

「可愛い仔猫ちゃ～ん！」

あわれな獲物が炎に包まれる光景を想像した瞬間、ピルナスの全身に電撃のような愉悦が走った。

だが、おとなしく狩りの対象とされる趣味は、ルネにはない。激しい火炎が通路を焦がす半瞬前、獅子の女王《リオン・レーヌ》は宙へ舞っていた。

「イークイップ！」

冷却コートが展開し、サイボーグ・ボディが戦闘形態となった。空中で強引に向きを変えたルネは、鋼鉄の蹴りを繰り出す。しかし、昆虫のような羽根で自在に空を飛ぶピルナスにとって、直線的な攻撃を避けるのは容易なことだった。着地したルネの頭上から、無数の鎖を奔《はし》らせる。

全身にからみつこうとする鎖を素早く避けつつ、ルネはピルナスのふところに飛び込んだ。だが、ピルナスもまた急降下しつつ、ルネに肉薄する。虚を突かれたルネの体表を、巨大な針の先端が撫でていく。

「ぐあああああっ」

肉体を破壊せずに苦痛をもたらす傷つけ方を、熟知している者の攻撃だった。そして、激痛にうめくルネの身体は、ついに鎖に縛り上げられた。宙吊りにされたサイボーグ・ボディを、鎖はギリギリと締め上げる。普通の人間であれば、五体をバラバラに引きちぎられていただろう。

全身を苛む痛覚に失われそうになったルネの意識は、顔面を這いずる軟体動物の感触の気色悪さに、現実へ引き戻された。熱い息が、ルネの首筋に吹きかけられる。頬に張り付く軟体動物と思えたのは、ピルナスの舌であった。

「う……やめろ……」

執拗にルネの皮膚を舐めまわしつつ、ピルナスは囁いた。

「――苦痛と快楽は紙一重」

体中を締め上げる鎖の責め苦に失神しそうになりながらも、異様な感触が無意識への逃亡を許さない。ルネは必死に、ピルナスを睨みつけた。

「なにが……目的だ……」

「ンフフ…あなたを悪い子にしてあげちゃうこと」

ピルナスはルネの身体から離れると、尻を向けた。そこには、左腕のものよりさらに巨大な針があり、異様な振動に震えている。

(まさか……あれで貫くつもりか！)

蜂の胴体にも酷似したピルナスの尻が、ルネの視界を覆い尽くす。

――絶叫が、無人の格納庫に響いた。

# 6

アメリカGGG《スリージー》宇宙センターがあるヒューストンから北西へ一〇〇〇キロあまり、ファントムガオーはニューメキシコ州上空に差しかかっていた。人間が存在しないこのレプリジン・地球において、州などに意味があるとは思えないのだが、現在位置を感覚的に把握するための一助にはなる。

Ｇストーンは、目的地へと確実に近づいていることを教えてくれている。凱《がい》はファントムガオーの高度を落としながら、出発直後にパピヨンとかわした会話を思い出していた。

「……じゃあ、やっぱり他のみんなも、命《みこと》と同じ状態になっているのか」

「ええ、自然現象ということはありえないでしょう」

「何かが起きていることは、間違いないんだな、パピヨン」

「はい、私のセンシングマインドでも、それが何なのかはまだわかりません……」

この後、パピヨンは言葉を続けるか否か、迷ったようだった。

「……ただ、感じます。あなたが信じてきたものを信じられなくなったとき……始まるのです。あなた自身の戦いが――」

「俺自身の戦い？」

パピヨンの言葉は、おそらくとても重要なことを示唆しているのだろう。だが、このときの凱には、その意味を理解することはできなかった。

「ええ……忘れてはいけません。あなたが信じる、勇気ある誓いを――」

「わかった」

「急いでください……嫌な予感がします」

凱との通信を終えたパピヨンは、中断していた作業に戻った。それはファイナルフュージョン・プログラムの設定を変更する作業だ。ガオファーから要請シグナルが届いた際、オートでプログラムが起動するようセットしておけば、迅速にファイナルフュージョンが可能となる。

もちろん、承認を経ないファイナルフュージョンはGGG《スリージー》内規への重大な違反となる。だが、地球圏を追放されたいま、ルールに縛られる必要はないと思えた。

作業を続けつつも、パピヨンの脳裏によぎるのは、アメリカGGG宇宙センター周囲に植生する草花の分析結果だった。それはパピヨンに、自分の細胞を分析した時と同じ結論をうながしたのだ。

(間違いない、私は……レプリジンは、光学異性体なのですね……)

オリジンと対照的な分子構造を持つ鏡像――それこそがレプリジンの本質であった。奇しくも、地球ではソムニウムがそうであるように。だからこそ、ラミアは遥かな次元を超えて、語りかけてきたのだろうか。

アニムスの花がL型アミノ酸をD型アミノ酸に変換するように、パスキューマシンがオリジンをレプリジンに変換した。ならば、ラミアが〝命の宝石〟と呼んだGストーンも、なにかを変換するものなのだろうか?

この複製された地球は、L型アミノ酸の人類にとって、生命の息吹が感じられない光学異性体の聖地。そして、ソール11遊星主も、人類とは違う生体構造を持つ存在のはず。彼らはいま、いずこに――

そこまで考えたとき、パピヨンは背中に気配を感じた。

「耕助《こうすけ》、このプログラムのオートセットは……」

部屋の隅に寝かされている猿頭寺《えんとうじ》が起きあがったのだと勘違いしたパピヨンは、問いかけつつ、振り向く。だが、そこにいたのは、黒く大きな鎌を振り上げた異形の存在であった。ピア・デケムというその者の名を、彼女はまだ知らない。

「……死神！」

非人間的なまでに細く異様な身体に、赤く輝く双眸《そうぼう》。その姿は、まさに死神以外のなにものでもなかった。

振るわれた鎌を避けられたのは、奇跡に近い。実際、ＧＧＧ隊員服は無惨に切り裂かれ、その直下の皮膚は薄い血の筋を浮かべている。

第一撃を避けた時点で床に横たわってしまったパピヨンには、もう第二撃をかわすことはできないだろう。

（ああ……耕助！）

ふたたび振り上げられた鎌を前に、パピヨンは死を覚悟した。

ファントムガオーを着陸させた凱《がい》は、目と鼻の先にあると感じた目的地へ向かって、森林のなかを駆け抜けた。

（俺が信じてきたものを、信じられなくなったとき、か。いったいそれは……）

やがて、森が途切れ、凱の目の前にコロシアムの遺跡が現れた。それは十世紀から十二世紀頃にかけて建設された文化遺産である。もっとも、十数日前に誕生した鏡像異性体ではあるのだが……。

凱を招く声は、ここから投げかけられたものだった。とはいえ、ソール11遊星主が文化的価値を考慮して、この地に凱《がい》を招いたわけではないだろう。

凱はコロシアムの威容を見上げながら、決意する。

(たとえ、この先になにが待っていようと……俺は見失わない。いままでの戦いで俺を勝利させてくれた、勇気ある誓いを！)

まだこのとき、凱は知らなかった。

ルネがピルナスの針に貫かれていることを。パピヨンが死神に襲われていたことを。そして、凱自身を待ち受けている、衝撃的な運命を。


コロシアムの中心に進んだ凱は、正面の外壁に立つ十一体の影を見上げた。

「俺を呼んだのは、やはりお前たちか……ソール11遊星主！」

「よく来た、獅子王《ししおう》凱。あらためて挨拶しよう。我が名はパルパレーパ！」

影の中心でそう名乗った男は、ピルナスとともに京都に現れた遊星主だった。パルパレーパは周囲の影の名を呼んでいく。

「――そして、ピサ・ソール、ペルクリオ、プラヌス、ポルタン、ペチュルオン、ピーヴァータ、ピルナス、ピア・デケム……」

「もういい！」

凱は遊星主たちの紹介を遮った。

「答えろ、お前たちの真の目的を！」

「目的？」

いまさら、なにを聞いている。そんな侮蔑を込めて、パルパレーパは凱を見下ろした。

「私たちの目的は三重連太陽系の復活、それだけです」

代わって答えたのは、もっとも小柄な遊星主であった。パルパレーパに名前を呼ばれなかったふたりの一方だが、少女のような声が、凱の意表を突いた。フードに覆われて、その顔ははっきりと見えない。そして、彼女が戒道《かいどう》を襲撃した遊星主であることも、凱は知らなかった。

「パスキューマシンで地球を複製した理由は⁉」

「たんなる事故、偶然です」

「宇宙収縮現象との関係は！」

「パスキューマシンは、あなたがたの太陽系にあふれる暗黒物質のみを回収して再生活動を行っているだけです」

少なくとも、遊星主は真実を語っている。凱にもそのことは感じられた。そして、いま宇宙に起きている出来事を理解した。

「そういうことか……。暗黒物質は宇宙全体を支える、いわば風船のなかの空気。失われれば、当然宇宙は収縮する！」

「私たちの宇宙を再生するためには、仕方のないことでしょう」

「俺たちを犠牲にしてもか！」

「私たちにも生きる権利があります」

その論理は、たしかに理解できた。凱《がい》たちは……いや、地球人類も己が存亡をかけて、これまで戦い続けてきたのだ。

彼らは機界昇華によって、故郷である三重連太陽系を失った。ならば、機界昇華と戦い抜いた地球人類にとって、同志のはずだ。そもそも、凱たちの力は……Gストーンは、三重連太陽系からもたらされたものなのだ。

「共存することだってできるはずだ！」

強い想いを込めて、凱は叫んだ。

「機界昇華にもおとろえず、活動を続けてきたのです。もう後へは引けません」

「なぜだ⁉」

だが、遊星主は少女のような口元に、冷笑を浮かべた。

「Zマスターの抗体……ラティオも同じことを言ってましたっけ」

「護《まもる》は、どこにいる！」

傲岸不遜に、パルパレーパが答える。

「……さあな」


ここに至り、凱は悟らざるを得なかった。京都で問答無用に襲いかかってきたように、この地でも、彼らは対話に応じるつもりがない。

「ファントムガオーッ‼」

コロシアムの上空に、ファントムガオーが出現する。凱は左手にGの紋章を浮かべながら、宣言した。

「なにが正義なのか、俺にもわからない。だが、護るべきもののために！　信じたもののために！　そして、勇気ある誓いのために！　俺は……お前たちと戦う!!」

「よく言った、青の星の勇者よ！」

無表情なパルパレーパの口元が、かすかに歪んだ。それは、凱の言葉がまさに望んだものであったが故か。

「では、このパルパレーパが相手をしよう！」

パルパレーパが、巨大な球状の物体を無数に召還する。ファントムガオーのなかへ飛び込んだ凱は、機体を変形させた。

「ガオファーッ！」

地球科学の粋を結集したメカノイドが、コロシアムに降り立つ。だが、その眼前に異星の技術を体現する巨体が現れた。

「パルパレーパ・プラス！」

ガオファーの前に立つパルパレーパ・プラスは、圧倒的な存在感を誇示しながら、ガオファーを嘲笑した。

「これでは勝負にならん。さっさとファイナルフュージョンするがいい！」

その言葉に、凱は引っかかるものを覚えた。

（奴はなぜ、ファイナルフュージョンのことも知っている？　しかも、わざわざガオファイガーと戦おうというのか！）

どちらにしても、ガオファーで勝てる見込みは少ないだろう。

「……ガオーマシンッ！」

凱《がい》はガオーマシンを呼び出した。コロシアムの壁を突き破り、飛び越え、三機のマシンが姿を現す。凱はファイナルフュージョン要請シグナルを、ツクヨミへ送った。

「パピヨン、プログラムドライブを！」

だが、パピヨンからの応答はない。

「どうしたんだ、パピヨン！……命《みこと》！……長官！　誰かいないのか!?」

起動されたFFプログラムが送信されてこなければ、ガオファイガーを完成させることはできない。ガオーマシン群は、虚しくガオファーの周囲を旋回している。

「……人はあまりにも弱すぎる。ひとりでは何もできない、力を合わせる協調性もない。悲しき生命体――お前たちには生き残る資格すらない！」

パルパレーパの侮蔑の言葉も、凱には聞こえていなかった。

「どうしてなんだ！　なぜ誰も……」

凱からの通信は、ディビジョン艦の艦内にも流れている。

「ルネ、どこだ！　みんな……頼む！　地球を追放されようと、俺たちは迷わずここまで来た！　俺たちは勇者だろ？　戦うことをやめちまったら、俺たちのやってきたことが無駄になっちまう！」

ルネとパピヨンに訪れた運命を、凱はまだ知らない。命や大河《たいが》やスワンたちはみなだらけきって眠り込み、本来の持ち場についているＧＧＧ《スリージー》隊員は、誰もいなかった。いや、いないはずだった。

「……だからお願いだ！　俺に力を貸してくれ！」

ツクヨミ艦橋、卯都木《うつぎ》命のデスクに、ＦＦプログラムを起動させる専用端末がある。デスクの通信機からも、凱の声は流れていた。そして、その声を聞く者がいる。

「頼む！」

凱の声を聞き、その瞳には涙がにじんだ。だが、彼はいま最優先でやるべきことを、誰よりもよく知っている。

「プログラムドラーイブッ！」

小さな拳《こぶし》が保護プラスチックを叩き割り、ＦＦプログラムを起動させた。

絶望的な想いに囚われかけていた凱は、一〇〇〇キロを越えて転送されてきたプログラムに気づいた。

（まだ、俺の仲間はいなくなったわけじゃないっ！）

ガオファーはコロシアムの上空に飛び、プログラムリングを投射した。

「よっしゃあ、ファイナルフュージョンッ!!」

パルパレーパ・プラスや、遊星主たちは無言でガオファイガーが完成していく光景を見上げていた。もともと、ガオガイガーは三重連太陽系に存在したであろうシステムを、地球の技術で再現したものだ。さらにガオファイガーは、ガオガイガーを独自に進化させたファイティング・メカノイドである。

三重連太陽系の者たちにとって、ガオファイガーはいかなる存在に見えたのか。彼らの表情から、それを読みとることはできない。

「ガオッファイッガーッ！」

「そうだ、それでいい」

少なくとも、パルパレーパ・プラスは、ガオファイガーにある程度の評価を与えていたのかもしれない。

「だが、貴様の命運もここまでだ。ゴッド・アンド・デビル！」

最大の必殺技が、間髪入れずに放たれる。背部のシリンダー群が分解され、両腕部に装着され、鉗子のような武器となった。

敵を打ち倒さんという強い意志を込めて、パルパレーパ・プラスは突進してきた。凱《がい》も即座に決意を強いられる。

「ならばこっちも！　ヘル・アンド・ヘブンッ！」

ガオファイガーの両腕から放たれた膨大なエネルギーが、組み合わされた拳《こぶし》に集約される。そして、ガオファイガーの両拳は、パルパレーパ・プラスの鉗子を、正面から受け止めた！　いや、正面から打ち砕きに行った！

「はあああああっ！」

「おおおおおおっ！」

　両者の必殺技は、その破壊力において拮抗していた。膨大なエネルギーの奔流を余波としてまき散らしながら、ガオファイガーもパルパレーパ・プラスも、身動きひとつできずにいる。おそらく不用意に動いた方が、両者の必殺技のエネルギーをまともに受けてしまうだろう。

　エネルギーの余波を平然と受け流しながら、少女のような遊星主はつぶやいた。

「力は互角、か……」

　その言葉を耳にした途端、彼女のかたわらにいた影が大地を蹴った。その影もまた、名前を呼ばれなかった遊星主である。

（なんだ、あいつは……！）

　凱は目を見張った。力と力、エネルギーとエネルギーがぶつかりあう空間に飛び込んできた影は、パルパレーパ・プラスの肩に平然と飛び乗ったのだ。そして、全身を覆っていたフードを取り去った。

「……凱」

　その遊星主は、凱の名を知っていた。そして凱もまた、彼の容姿に見覚えがあった。

「カイン……！」

　いくつもの記憶が甦る。

（――凱、君には感謝している）

（――いいえ、感謝するのは、俺の方です）

（――君の勇気を信じている）

カインのかたわらに、パルパレーパ・プラスの頭部がある。そして、そこには緑の光が輝いていた。

「なぜ……」

なぜ、凱《がい》に生命や力を与えてくれたカインが、敵として現れたのか。

「なぜ……」

なぜ、地球を狙う遊星主の額に、緑の光が輝くのか。

「なぜ………」

均衡は、破れた。

パルパレーパ・プラスの鉗子が、ガオファイガーの拳《こぶし》を、胸部を打ち砕く。

地球を護るために新生した勇者王の機体が、砕けていく。

だがその瞬間、凱は手放しかけていた意志を取り戻した。

（まだだ、まだ俺の信じた勇気は……失われていない！）

エヴォリュダー能力が、千切れ欠けていた制御系統を再構築する。ガオファイガーの両腕は失われたが、凱の闘志は右膝のドリルに宿って、パルパレーパ・プラスに叩きつけられた！

「うおおおっ！」

NAKATANI

しかし、パルパレーパ・プラスの左腕がさらに鋭いドリルとなって、ガオファイガーの右脚を粉砕した。

「お互いを否定しなければ、存在しえない。勝者は神となり、敗者は悪となる。それが物質世界の掟だっ！」

続いて、右腕がメス状に変形した。すでにガオファイガーには、防御姿勢をとるべき両腕も、胸部装甲も存在しない。剥きだしの凱《がい》は、それでも自分の左腕を掲げた。

（このGストーンの輝きがある限り……俺は負けない！　負けるわけにはいかないっ！）

凱の決意をあざ笑うように、パルパレーパ・プラスのメスはガオファイガーを、凱の肉体を貫いた。Gストーンが放つ、緑の輝きに包まれながら。

（俺は……俺の勇気は、砕かれた……のか……）

獅子王《ししおう》凱。彼が信じたものが失われたそのとき、彼自身の戦いがはじまる。

いままさに、その刻が訪れていた――

# 第五章　白き箱舟ふたたび　―西暦二〇〇七年七月―

## 1

――天海護《あまみまもる》の戦いがはじまって、一年あまりが過ぎた頃。

彼はGクリスタルを拠点として、ソール11遊星主と戦い続けていた。ジェネシックオーラがあるため、遊星主はGクリスタルに決定的な攻撃をしかけることができない。だが、戦闘力に劣る護もまた、遊星主に打撃を与える力がない。

ジェネシックマシンの修理は終わったものの、ギャレオンの改修はいまだ果たせずにいる。EI－01との接触、それに続く原種大戦によるダメージの蓄積はあまりにも大きかった。その上、遊星主との小競り合いにも出撃せねばならず、作業は遅々として進まなかったのである。

GGG《スリージー》がギャレオリア彗星を越えて、やってくる様子もなかった。ソール11遊星主による次元ゲートの警戒も厳しくなり、太陽系へ連絡をとることもできずにいる。さらに、ジェイアークの行方も杳《よう》として知れず、護の焦りも深まっていった。

唯一の望みは、いまだパスキューマシンが遊星主たちの手に戻っていないことだ。復元装置の中枢システムがなければ、暗黒物質を回収しても三重連太陽系の再生はかなわない。向こうの宇宙の危機は、ひとまず小康状態にあると言えただろう。

この膠着状態の原因は、青の星・地球の側に存在した。パスキューマシンがQパーツとして分解され、エネルギーレベルが著しく低下したため、発見されなかったこと。戒道幾巳《かいどういくみ》が記憶喪失となり、護《まもる》と遊星主の交戦を忘れてしまったこと。それら、ふたつの偶発事が重なったことによるものだ。

いずれにせよ、護も遊星主たちも、その事実を知る由もない。双方ともに、決め手を欠いたまま、事態の進展を待つしかなかった。

だが、それは予想だにしない形で顕れる。

「うわあああっ！」

Gクリスタルが激しい衝撃と振動に見舞われ、護の身体は床面に投げ出された。本来なら、ほぼ無重力に等しいGクリスタル内で、わずかながら重力が発生している。

いや、重力ではなく、加速かもしれない。ごく自然に、護はそう考えた。

「ねえ、もしかして、Gクリスタルは移動しはじめたの⁉」

「いいえ、定位置に定まったままです」

結局、〝声〟は自らの素性を、護に明かさなかった。だが、護もそのことを追求する気持ちはなくなっていた。互いに信頼関係が存在し、目の前の事態に対応するにあたって、最高の助力者となってくれる。

（それでいいよね……）

ただ、呼び名すらないのは困ることがある。女性的な声と、豊かな包容力から、護は声を〝マザー〟と呼ぶようになっていた。マザーの方も、どうやらその呼ばれ方を気に入っているようだ。

「じゃあ、なにが起きたの、マザー？」

「信じられないことですが、このGクリスタルが小天体と激突しました。現在体感できる重力は、その小天体によるものです」

「ええっ、そんなのどこから来たの⁉」

「やってきたわけではありません、出現したのです。この小天体は、レプリジンです」

すでに、パスキューマシンが複製するレプリジンと、その複製元であるオリジンのことは、マザーから聞かされている。それにしても、天体サイズのレプリジンを誕生させるとは……パスキューマシンの能力に、護は驚いた。

（でも、三重連太陽系を再生する力を持ってるんだから、そのくらい当然か……）

マザーはさらに、驚くべき事実を報せた。護の眼前に、外部映像を投影する。そこに映し出されたものに、護は見覚えがあった。

「これは、地球⁉」

「そうですか、やはりこれは青の星……」

「もしかして、この地球もレプリジン！　じゃあ、Gクリスタルと激突したのは、月⁉」

いったい、地球側ではなにがあったのだろうか？　GGG《スリージー》に、戒道《かいどう》に、レプリジンの自分に、なにが起きたのだろう？

「ラティオ、いまがレプリジン・地球を調査する好機です。ピア・デケムが、ギャレオリア彗星を通過しました」

おそらく遊星主の側も、この異常事態の調査に向かったに違いない。ピア・デケム・ピットに、他にも遊星主が乗り込んでいるとしたら、たしかにこちらは手薄になっているはずだ。

「わかった、僕……レプリジン・地球に行ってくる！」

この時、マザーが予測した通り、パスキューマシンが再生したことを知ったパルパレーパとピルナスがピア・デケムとともに地球へ向かっている。そして京都にて、消滅するレプリジン・護《まもる》が遺したパスキューマシンを回収することに成功していた……。

「うわっはぁ！　ほんとに地球だ！」

そこは、水と緑の惑星であった。色素の低下が見受けられるとはいえ、護は久しぶりに地球の自然を楽しんだ。

だがそこは、生命の惑星ではなかった。わずかな小動物を見つけたものの、それがすべてである。空には鳥の、海には魚の、大地には人々の姿が失われていた。

（どうして？　ここが地球のレプリジンなら、人間のレプリジンがいるはず！）

まさか、この一年で地球人類が滅びてしまったとでもいうのだろうか。いや、パスキューマシンになにかトラブルが起きたに違いない。自分にそう言い聞かせながら、護は探索を続けた。そして、発見する。

――モンサンミシェル、フランス北西部の小島である。潮の満ち引きによって、本土と陸続きになったり離れたりする特殊な地形。そして、百年戦争時はイギリス軍の攻撃に耐える要塞ともなった、ベネディクト会修道院の存在で知られている。

この島の地中に、ソール11遊星主の巨大なファクトリーキューブが埋まっているのだ。いや、埋まっているというよりは、後から発生したレプリジン・地球に包まれてしまったのだ。Gクリスタルが半身を月に覆われたように。

パスキューマシンが観測した太陽系にあるオリジン――その複製を、三重連太陽系のピサ・ソールが作り出したということになるのだろう。

このファクトリーキューブこそ、ソルダートJが囚われている場所であった。ピア・デケムが出撃する際の映像を、マザーが観測していなければ、見つけ出すことはできなかったはずだ。

即座に潜入した護は、修道院の礼拝堂で、巨大な鎖につながれているソルダートJを発見した。

「待ってて、J！　いま助けてあげるから！」

「私はよい。それよりも、ジェイアークを頼む」

「ジェイアークも、ここにあるの！」

「ああ、地下のファクトリーキューブだ。つい先刻まで、私もそこにいた」

わざわざ礼拝堂へ連れてきて縛り上げるとは、よい趣味だ。Ｊは心中で笑った。

「ジェイアークはいま、遊星主が自分たちのものとするべく、ファクトリーキューブに改造させている。ラティオ、貴様のＧストーンなら、改造を止めることができるはずだ」

「わかった！　ジェイアークの次は、きっとＪを助けるからね！」

緑色の翼を閃かせ、護《まもる》はＪの前から去っていった。

（勇敢な子だ……）

いくらピア・デケムらが不在で手薄になっているとはいえ、敵地まで乗り込んでくる勇気。そして、自分の言葉を信じて、ジェイアークのもとへ向かった勇気。

（これが……勇者というものなのだな）

長い拘束によって、Ｊの体力もかなり低下してきている。だが、いよいよ事態は動き始めているはずだ。傷ついた肉体と反対に、Ｊの闘志は灼熱化しつつあった……。

## 2

「ぐあああ、あ……」

戒道幾巳《かいどういくみ》の全身は、アベルの攻撃でズタズタにされつつあった。だが、意識が闇のそこに沈みかけた瞬間、目の前に自分を護る背中を見た。

「アベル、これ以上、戒道をやらせないよ！」

戒道自身と同じくらい、小さな背中……それは、天海《あまみ》護のものである。

（ラティオ、君も……無事だったんだ……）

喜びと希望が、戒道の意志に力を与えた。

だが、喜びを覚えているのは、アベルもまた同様であった。

「ほう、しばらくいろいろと隠れて動き回ったようですが、ようやく姿を現しましたね」

「戒道がGGG《スリージー》を導いてきてくれた！　今度は僕らの反撃する番だ‼」


そう、レプリジン・地球の誕生からさほどの間を置かず、ギャレオリア彗星からGGG艦隊がやってきたのだ。

（信じてた、僕の代わりに……戒道がGGGのみんなを導いてきてくれるって！）

ジェイアークの改造を停止させた護は、GGGとの合流に向かった。その途上、アベルに襲われている戒道を、発見したのだ。

「青の星の力が加わった程度で、反撃ですか？　やってみなければ、無力を悟ることもできないのでしょうね」

そして、唇の両端を吊り上げつつ、アベルは語った。

「せっかくだから教えてあげましょう。青の星の者たちが確保していたパスキューマシン、我々が回収しました。造作もないことでしたよ。これで、三重連太陽系の再生も、いよいよ再開することができます」

その言葉は、護《まもる》を打ちのめした。向こうの宇宙を脅かす再生活動が、ふたたびはじまるのだ。もう、猶予はない。

（はやく、凱《がい》兄ちゃんたちと会って、Ｊを助けなきゃ！）

護は右手に、攻撃エネルギーを集中させた。アベルもまた、冷笑を浮かべつつ、防御姿勢をとる。

だが、護の狙いはアベルではなかった。互いの中間点、海面に向けて、護はエネルギーを放った。

一瞬にして蒸発した水蒸気が、アベルの視界を塞ぐ。

「くっ、小賢しい！」

アベルは水蒸気の壁の向こうに、攻撃を放った。だが、手応えはない。完全に水蒸気が晴れたとき、すでにラティオとアルマの姿はなかった。

「逃がしませんよ、ラティオ、アルマ……」

戒道《かいどう》を連れた護は、海中へ逃れていた。できる限り、遠くへ泳いでから浮上し、近くに見えた小島に上陸する。

「戒道、しっかりして！」

「よかった、君が無事で……ラティオ」

「それは、僕が言いたいことだよ！」

護は必死に、左手から癒しの力を放った。戒道の傷が、ゆっくりと癒えていく。完治にはほど遠いが、生命の危機は去ったと言えるだろう。

自分が青の星・地球へたどりついてからのことを、苦しい息で戒道は語った。護は冷静に聞いていたが、レプリジン・護の運命については、涙を浮かべずにいられなかった。

(ごめんね、僕の代わりに君だけが……)

そして、戒道の話は終わり、護の番だった。彼もまた、自分が経験したこと、知り得たことを順序立てて、説明する。Ｊがいまだ健在であることに、戒道は深く安堵した。

また、護自身もマザーから聞かされた事実を、いくつか告げた。アベルの正体、三重連太陽系と太陽系の関係。いずれも驚くべき話であった。

だから、気づかなかった。ふたりの背後に、アベルが迫っていることを！

「ソールウェーブ！」

護の背に向けて放たれた攻撃を、先に気づいた戒道が、自分の身体で受けとめる。

「うわああっ！」

「戒道！」

「我々も急がねばなりません。今日のところは、アルマだけで満足するとしましょう」

意識を失って倒れた戒道の身体を、アベルは軽々と持ち抱えた。

「戒道を返せ！」

「妙なことを言いますね。これはもともと、私が開発した生体兵器。私たちのモノなのですよ」

宙へ飛ぶアベルの頭上に、漆黒の巨体が出現した。

「ピア・デケム！」

護《まもる》は必死に、アベルに追いすがった。だが、ピア・デケム・ピットの艦砲射撃が、その行く手を阻む。なす術もない護の眼前で、アベルと戒道《かいどう》の姿は、巨艦のなかへ消えていった。

「ちくしょぉぉぉっ！」

護は絶叫した。レプリジンの自分に続いて、またもや大切な仲間を奪われてしまった。自分の無力さへの怒りが、叫びとなって、吐き出される。

（必ず……必ず助け出すからね、戒道！）

なおも続く艦砲射撃を避けながら、護は東へと向かった。この海を越えた向こうには、レプリジン・北米大陸がある。

そこに、待っているはずだった。心強い仲間たちが――！

## 3

アメリカGGG《スリージー》宇宙センターへやってきた護は、我が目を疑った。そこにいるGGG隊員たちは、レプリジンではなく、紛れもないオリジンたちばかりだ。

だが、彼らは遊戯や暴飲暴食に耽った跡を片づけようともせず、眠り惚けていた。

大河《たいが》や雷牙《らいが》、牛山《うしやま》といった見知った顔の隊員たちを、護は揺り起こそうとする。そこには、再会の喜びも感動もない。隊員たちの口から漏れるのは、いびきと寝言だけだ。

「くかぁ」

「もう食べられないよ〜」

「平和がいちばン〜」

無邪気な言葉の数々を、護は聞きたくなかった。

（みんな、どうしちゃったの⁉）

ＧＧＧ隊員たちの無気力が、パルパレーパのケミカル攻撃によるものであることを、護は知らない。

（あそこなら、きっといつもの誰かが！）

護は、駐機スペースに並ぶディビジョン艦隊へと向かった。いずれも、護には見覚えのない新型艦ばかりだ。護はそのうちの一艦……ツクヨミの艦内に入っていった。

その艦橋で護が直面したのは、面識のない女性隊員に向かって、遊星主のひとりが大鎌を振り下ろしている光景だった。

「はあああっ！」

必死に放ったサイコキネシスが、ピア・デケムの大鎌を弾き飛ばす。

「………」

なにを思ったか、ピア・デケムは鎌を拾い、その場を立ち去っていった。護は後を追おうかと躊《ちゅう》躇《ちょ》したが、その背から女性隊員――レプリジン・パピヨンの声がかけられた。

「あなたは……天海《あまみ》護《まもる》特別隊員」

「僕のこと、知ってるんですか」

不思議な縁だった。オリジンの護とパピヨンは、面識もなければ、対面したこともない。だが、レプリジン・護がオリジン・パピヨンの生命を奪い、オリジン・護がレプリジン・パピヨンの生命を救ったのだ。

「教えてください、GGG《スリージー》のみんなはどうなってしまったんですか！　みんな……こんな遠くまで、三重連太陽系まで来てくれたのに、勇気を失ってしまったみたいだ！」

「おそらく、なんらかの攻撃によるものでしょう。ソール11遊星主の……」

「！　凱《がい》兄ちゃんは？」

「彼は遊星主との戦いの場へ向かいました。ですが、私の特殊能力センシングマインドが告げています。彼は敗北する、と……」

「敗北……負けるの、凱兄ちゃんが⁉」

「ええ、ですが、本当の戦いはそこから始まるのです」

パピヨンは傷ついた身体を起こした。激痛が全身を貫く。だが、痛みを感じているうちは、大丈夫だ。

「どこへ行くの、じっとしてないと……」

「――医務室ですよ」

「あ……」

　パピヨンはくすりと笑った。

「でも、自分の傷は後回しです。まずは、みなさんを元に戻さないと……」

「できるんですね、それが！」

「ええ、まかせてください。それが……私の戦いなのですから」

　パピヨンの言葉の意味を、護は噛みしめた。

（自分の戦い……そうだ、僕もそれを続けるために――！）

　そのとき、艦橋に警報音が鳴り響いた。原種大戦時に聞き慣れた緊急を告げるコール。

「ファイナルフュージョン要請シグナル！」

　シグナルを発信している端末を、護は探した。

（ギャレオンはGクリスタルにいるはずなのに、なぜ？）

　ガオファーを知らない護にはそんな疑問も浮かんだが、気にしている場合ではない。

『パピヨン、プログラムドライブを！』

　通信端末から、凱の必死の呼びかけが聞こえてくる。

（凱兄ちゃん、来てくれたんだね！　そして、遊星主と戦ってる！）

　護の胸は、感激で熱くなった。だが、護には新型ディビジョン艦の通信端末を操作することはできなかった。

『どうしたんだ、パピヨン！……命《みこと》！……長官！　誰かいないのか⁉』

凱《がい》の呼びかけに、応えたかった。

(凱兄ちゃん、僕がいる！　天海護《あまみまもる》が、ここにいるよっ！)

そして、言葉の他にも、送らなければならないものがあった。

起動したファイナルフュージョン・プログラムである。これが送信されなければ、ファイナルフュージョンは実行できない。

『どうしてなんだ！　なぜ誰も……』

護は必死に、プログラムドライブシステムを探した。

『ルネ、どこだ！　みんな……頼む！　地球を追放されようと、俺たちは迷わずここまで来た！　俺たちは勇者だろ？　戦うことをやめちまったら、俺たちのやってきたことが無駄になっちまう！』

ようやく護は、卯都木命《うつぎみこと》の席を見つけた。

(ここだ、ここにドライブキーがある！)

幸いにも、パピヨンが先ほどまで行っていた設定によって、後はキーを叩くだけの状態まで、オートセットが進行していた。

『……だからお願いだ！　俺に力を貸してくれ！　頼む！』

悲痛なまでの凱の叫びに、護の目には涙がにじむ。だが、彼はいま最優先でやるべきことを、誰よりもよく知っていた。

「プログラムドラーイブッ！」

小さな拳《こぶし》が保護プラスチックを叩き割り、ＦＦプログラムを起動させた。

# 4

思い出の木の下で、命は凱に語りかけている。

「凱、私ね……凱と出会えてよかった。私の居場所は凱のそばなんだって、自信を持って言えるよ、だって……」

幸せな瞬間だった。いや、幸せな幻覚だった。

強固な自己修復機能が再生を開始し、偽りの幸せを、幻覚を遮断する。

「……は！」


偽りの幸せから帰還した命を待っているのは、残酷な現実だった。

ここはアメリカGGG《スリージー》宇宙センター近くにある、キャンプ場だ。思い出の丘ではない。自分で広げたパーティーセットにつっぷしていた命は、ゆるやかに意識を取り戻し、立ち上がる。だが、こめかみが激しく痛み、嘔吐感が襲ってきた。

「う……私……」

自分がなぜここにいるのか、なぜドレスなど着ているのか、わからなかった。

「自分を取り戻しましたね……」

困惑する命に声をかけたのは、パピヨンであった。隊員服を切り裂かれている異様な姿に驚き、命は地面に座り込んでいるパピヨンに駆け寄った。

「パピヨン！」

「センシングマインドの導きどおりでした」

命《みこと》に抱き起こされながら、パピヨンは命の肉体に起きている現象に関する推測を、語り出した。

「機界新種により、無敵の生命体と化したかつての経験が、功を奏したのでしょう。浄解された命さんはセミ・エヴォリュダーとして生まれかわった。一度はパレッス粒子に冒されはしたものの、その神経細胞は自己修復する能力を備えていたのです」

「パレッス粒子って？」

「神経細胞を極度にリラックスさせるケミカル物質です……」

そこまで語って、パピヨンは苦しそうに傷口を押さえた。

「パピヨン……何があったの？」

「この地域一帯に充満したパレッス粒子が、GGG《スリージー》の戦意を喪失させたのです。ソール11遊星主、おそらくは彼らのなかにケミカル攻撃を得意とする者がいたのでしょう」

護《まもる》に救われた後、パピヨンは生体医工学研究室へ向かった。そこで、自分の身体にも付着しているであろう未知の物質を検出したのだ。センシングマインドでパレッス粒子という名を知ったその物質の効果は、いま命に語った通りだ。

「私は学生の頃、幻覚性物質の実験により、センシングマインドを身につけました そのため、特殊化した神経ネットワークは、パレッス粒子の影響を受けずに済んだようです。敵はそんな私の存在が目障りだったのでしょう」

　ピア・デケムに襲われた経緯を、パピヨンは語った。

「でも、私は救われました。Ｇストーンの使者によって」

「それって……」

　命の推測を、パピヨンはうなずいて肯定した。だが、護のことを語っている暇はない。パピヨンは夜空を見上げた。そこには、異様な光景が広がっていた。

「……次元ゲートであるギャレオリア彗星が無数に出現したいま、躊躇《ちゅうちょ》している暇はありません。私はここで、パレッス粒子の分解作業を試みます。ＧＧＧが目覚めなければ、機動部隊の封印解除も不可能ですから……」

　一度は閉ざされたはずの次元ゲートが無数に出現したことは、遊星主の勝利宣言にも等しかっただろう。命は、もっとも気になっていた疑問を口にした。

「……凱《がい》は？」

「勇者王は、敗れました」

　命は息を呑んだ。物理的な苦痛に匹敵するほど、胸がギリギリと締め上げられる。

「でも、まだ……希望はあります」

　パピヨンは命を奮い立たせようとした。だが、その言葉はまったく届いていない。

「前にもこんなことがあった……」

　それは、ＥＩ‐18が出現したときのことだ。マイクロサイズのゾンダーに体を支配され、命は我が手で凱を殺そうとしてしまったのだ。

(あのときと同じだ。凱《がい》は必死に戦ってたのに、私は敵に操られ、なにもできなかった)

命《みこと》の両目から、滂沱《ぼうだ》の涙があふれた。

「凱を殺したのは私だ……私が凱を殺しちゃったぁぁぁっ！」

パピヨンは必死に、命の目を見た。

「命さん……いま動けるのは、命さんだけなんです。センシングマインドが、Ｇストーンの導きが、そして……勇気ある誓いが、あなたの進むべき道を、照らしてくれるはずです！」

「私の……」

流れる涙を拭おうともせず、命は決然と立ち上がった。

「ありがとう、パピヨン。私、凱のためにも……戦わなくちゃ！」

もともと感情を表に出すことの少ないパピヨンが、このときばかりは嬉しそうにうなずいていた。


パピヨンを生体医工学研究室に送り届けた命は、メタルロッカールームからガンマシン〈ガンドーベル〉を持ち出した。自律型ＡＩで起動する可変ロボであるが、勇者たちのような意志を持つ超ＡＩではなかったため、シャットダウンをまぬがれていたのだ。

ホバーモード・バイクに変形させたガンドーベルにまたがり、命は目的地へ向かおうとした。だが、発進カタパルトの一角に、異様な光景を発見する。

(あれは……ルネ⁉)

いまや地上最強のＧストーンサイボーグである身体が、ボロボロに傷つき、鎖にからめとられ、宙吊りにされていた。どうやら、意識もないようだが、何事か、口のなかでつぶやいている様子が見てとれる。

命はガンドーベルの機銃を、鎖に向けた。

（ルネに当たらないように……慎重に狙って！）

猛犬の咆吼のように、ドーベルガンが吠えた。銃弾は狙い過《あやま》たず、鎖のみを切断して、ルネの身体を支える力は失われた。

落下の衝撃で、ルネは目覚めたようだ。ガンドーベルを全速で飛び込ませ、命は左腕を伸ばし、ルネの右腕をつかむ。

衝撃が命の肩を襲った。かつての凱よりは小柄とはいえ、ルネのサイボーグ・ボディには七十キログラムあまりの重量がある。その全体重が勢いをつけたうえ、命の腕一本に支えられたのだ。しかも、戦闘の余剰熱で、ルネの手は危険なほど熱を発していた。

苦痛に歪んでいる命の表情は、重量によるものか、手を焼かれる苦痛によるものか。

それでも、命は笑ってみせた。凱なら、こういうときに必ず笑うはずだからだ。

「よかった！　ルネ、生きてて……」

命はゆっくりと、ガンドーベルを降下させた。

「待ってて、いま降ろすから……」

ルネの身体が床に降ろされ、ガンドーベルも着床すると、命は満身創痍のルネに駆け寄った。

「ルネ、大丈夫！」

「触るな！」

ルネの拒絶に、命《みこと》は差し出そうとした手を引っ込めた。だが、拒絶の理由は、命が考えたものとは違っている。ぎこちない口調で、視線をそらしながら、獅子の女王《リオン・レーヌ》はつぶやく。

「火傷……するから」

命の顔が、嬉しそうに輝いた。普段のルネなら、そんな表情に苛立ちを感じることが多い。だが、この時ばかりはそうはならなかったようだ。

（私のこの身体の重さと熱さ……ようやく理解したようだからな——）


「ルネ、パピヨンが生医研究室にいるけど、そこまでは歩ける？」

「当たり前だ！　私を誰だと思ってる！」

「ごめん、じゃあ私は行くね」

命はふたたび、ガンドーベルにまたがった。

「おい、どこへ行くんだ！　凱《がい》はもう……」

鎖につながれた状態で、ルネは凱からの通信をすべて聞いていた。パルパレーパに撃破される凱、その断末魔の叫び声はいまも耳に残っている。

だが、命はルネの言葉に、心動かされることもなく、ガンドーベルを浮上させた。

「ルネ、私は最後の希望を追いかけてみる。凱の意志を受け継ぎたいから——」

一〇〇〇キロあまりを移動する間に、天候は急変していった。にわかに暗雲が立ちこめ、大粒の水滴が空から降ってくる。

ガオファイガーからの通信が途切れた地点へ、命はガンドーベルを到達させた。そこで目撃したのは、我が目を疑う凄惨な光景であった。

全長三十メートルあまりの巨体が、完膚無きまでに破壊され、辺り一面に破片が散乱している。ガオファイガーの下肢は比較的原型を留めているものの、上半身は文字通り粉砕されたとしか思えない。

「凱……凱ぃっ！」

命は全身がずぶ濡れになるのもかまわず、凱の姿を捜し求めた。散らばった無数の破片のなかに、傷ついた凱が倒れているかもしれない。やがて、命が見つけたのは、折れ砕けたウィルナイフであった。凱が常に装備していたものが、これほどまでに破壊される衝撃。その意味するところに、疑いの余地はない。

膝をついて、ウィルナイフを手にとった命の両目に、涙があふれてくる。もう流しつくしたつもりだったのに。

「凱……あなたは、もう……？」

喉の奥から、嗚咽が込みあげてくる。戦わなければ……そう決意したはずなのに、心が砕けそうになる。

そのとき、命の全身を緑の輝きが照らし出した。見上げた空に、全身から淡い光を放ち、翼を持つ少年の姿があった。

「護《まもる》……くん？……本物の護くん？」

「……命《みこと》姉ちゃん」

地上に降り立った護に駆け寄り、命は両手でその手をつかんだ。

「護くん！　もう、今までどこにいたの！　みんな心配してたんだからね！」

「ごめんなさい」

しかし、再会の喜びにひたるには、悲しみはあまりにも深すぎた。

「護くん……凱《がい》が、凱が……」

護もまた、ガオファイガーの敗北は知っていた。ツクヨミの艦橋で、凱からの通信を一方的に聞かされていたのだから。どうやら凱は、ペイ・ラ・カインのことを本物のカインだと思いながら、倒されたらしい。通信端末を操作できれば、カインの正体を、遊星主の悪辣なたくらみを、凱に伝えることができたはずなのに……。

ひとり、またひとりと、仲間たちが倒されていく。

「凱兄ちゃんだけじゃない、戒道《かいどう》も……」

だが、まだすべて終わったわけではない。反撃は、ここから始まる。護の瞳に浮かぶ、そんな強い意志の光を、命ははっきりと見た。

## 5

ツクヨミの生体医工学研究室にて、パピヨンはルネの損傷を、修復し終えていた。

「GSジェネレーター、稼働効率六十八・二パーセント。よかった……サイボーグじゃなかったら、ここまで軽傷では済みませんでしたよ」

「……ありがとう」

ルネは小さな声でつぶやいた。かつてのルネであれば、「機械仕掛けの身体で生き続けるくらいなら、その方がマシだったのにね」くらいは言っていただろう――パピヨンはそう思った。シャッセールやGGG《スリージー》の仲間たちとの触れあいのなかで、彼女にも少しずつ変化は生じているのだ。

（エスカルゴのような歩みでも、前を向いてさえいれば……）

自分と耕助《こうすけ》のように――そう考えて、パピヨンは部屋の隅で眠っている猿頭寺《えんとうじ》を見た。いまだ、パレッス粒子の分解には成功していない。

「急がなければ……」

パレッス粒子から解放されれば、彼らはまた戦いへ赴くだろう。それでも、パピヨンは猿頭寺たちに、もとに戻ってもらいたかった。戦うにせよ、平和を求めるにせよ、それは自分の意志によるものであるべきだ。他人から強制された選択で、よいはずがない。

一瞬、猿頭寺を見ただけであったのだが、パピヨンが正面に向き直ったとき、メンテナンスベッドの上から、ルネの姿は消えていた。

ガツーン、ガツーン。

通路の方から、重い金属を打ち付けるような足音が、聞こえてくる。パピヨンは研究室の出入り口に駆け寄り、ルネの後ろ姿を見つけた。

「ルネ！　まだ動いては……」

「私は負けちゃいない」

パピヨンの方を振り返ることもなく、ルネは歩を進めた。脳裏にあるのは、あのピルナスとかいう遊星主と戦ったときのことだ。たしかに、自分は鎖で拘束され、手も足も出なかった。だが、一瞬の隙をつき、ピルナスの首輪には小型ボムを撃ち込んである。あの切り札がある限り、まだ勝負が決まったわけではない。

「あの不発ボムのリモートシグナルが、ずっと頭に響いてる……」

いまだメンテナンスは終了していなかった。一歩ごとに、機械のパーツが発熱し、生身の部位を燃え上がらせていくような気がする。

「私は、私は……熱い……」


ピルナスは、東の空へ飛び去っていった。

その方位を追って、ルネはフランスまでやってきていた。GGG《スリージー》にはまだガンマシン〈ガングルー〉が残されている。ルネはヘリコプターに模したガンマシンモードのガングルーを、リモートシグナルのもとへ飛行させせた。

旋回するガングルーから見える眼下には、円錐型の小島が見えている。フランス人であるルネが、よく知っている場所だ。

「モンサンミシェル……聖なる城塞」

鏡像異性体のレプリジンとはいえ、わずかな色素の低下以外に差異はない。オリジンと変わらず、壮麗な修道院が見える。この島の地下には、レプリジン・地球が発生した際の事故によりファクトリーキューブが埋まっているのだが、ルネはまだ知らない。

修道院のなかは広大な上に音が反響しやすく、強化されたルネの聴覚を持ってしても、リモートシグナルの発信源を特定することは、難しかった。

礼拝堂へ潜入したルネは、天井近くに宙吊りにされている人影に、既視感を覚えた。すぐにその感覚の正体に気づき、苦笑する。

（……なんだ、ついさっきまでの私と、同じ状態じゃないか）

「むぅ……女か？」

人影がつぶやいた。ルネは、その姿に記憶がある。実際に対面した記憶ではなく、ＧＧＧのデータバンクで資料を見た記憶だ。

「あんた……ソルダートＪ？」

Ｊは、ルネの右腕に目を奪われた。

「おまえは……Ｇストーンのサイボーグ？　女、何者かは知らんが頼みを聞いてほしい」

「頼み？」

「そうだ、そこにあるキイを、Ｇストーンを使って解除してくれ」

Ｊの直下には、ラウドＧストーンによる封印があった。ルネは深く考えずに、右手で封印に触れる。

「キイだって？　これが……？」

ソルダートＪが他者に頼み事をするのも、ルネが人の頼みをあっさりと聞き入れるのも、彼らをよく知る者からすれば、信じられない光景であっただろう。

いずれにせよ、ラウドＧストーンは、ルネに埋め込まれたＧストーンに反応し、封印を解除した。

Ｊの四肢を拘束していた鎖が、あっさりと砕け散る。

「はあっ！」

つむじ風のようにルネのかたわらを吹き抜けて、Ｊは礼拝堂の床に降り立った。

「礼を言う、女。お前は青の星の者か？」

「私の名はルネ・カーディフ・獅子王《ししおう》。覚えておきな」

「獅子王？……そうか」

Ｊにとって、獅子王の名は因縁深いものであった。

（――この女は、凱《がい》の血縁の者か。なるほど、よく似た目をしている）

ルネにしてみれば、余計な寄り道をしたようなものだ。せめて情報ぐらいは提供してもらわねば、割にあわない。

「……ソール11遊星主はどこだ？」

「知ってどうする？　奴らは不完全なプログラム……それを止めるのは、アベルの戦士である私の役目だ」

「止める？　どうやって……」

言いかけた瞬間、探し求めていたリモートシグナル音が、至近距離で聞こえてきた。いや、高速で接近してきている。半瞬後、小型ボムはルネとJの中間地点に、正確に着弾した。しかし、すでにふたりとも、爆圧の届く範囲からは離脱している。

「イークイップッ！」

ルネはサイボーグ・ボディを戦闘モードに変換し、壁際に降り立った。その頭上には、蜂の羽音のような異音を発生させながら、ピルナスが遊弋《ゆうよく》している。

「んふふふ……嬉しいわぁ、仔猫ちゃん。わざわざ会いに来てくれるなんて、もっともっと悪い子にしてほしいのねぇ？　しょうのない子」

「私を殺さなかったことを地獄で後悔しな！」

「地獄？　それで仔猫ちゃんの隣に死神がいるのねぇ？」

かたわら数センチの位置に、ルネは呼吸音を聞いた。巨大な鎌を手にした死神が、いつの間にか触れあわんばかりの距離に立っている。

「いつの間に!?」

「そいつの相手は私だ！　ラディアントリッパー!!」

光の刃で、Ｊはピア・デケムに斬りかかった。応戦する鎌と刃が弾けあい、斬り結ぶ。二合、三合、両者の力は互角に見えた。

一方、ピア・デケムをＪにまかせたルネは、ピルナスに殴りかかっていた。だが、ピルナスは無数の鎖を繰り出した。またも、ルネの全身がからめとられていく。

「お馬鹿さぁん」

「ふっ」

ルネの冷笑に、ピルナスは自らの間違いを悟った。鎖をからめとったのは、とっさにルネが手にした、礼拝堂の燭台だったのだ。

「鎖の花束なんて素敵ね。でも悪いけど、いらないわ！」

ルネは鎖の束を蹴り返した。避ける間もなく、ピルナスは直撃を喰らう。そして、次の瞬間、鎖は大爆発を起こしていた。燭台にセットされていた小型ボムが、束の中心で炸裂したのだ。破片が散弾となって、ピルナスに浴びせかかる。

「あうっ！」

そして、Ｊもまた、ピア・デケムを追い詰めていた。ラディアントリッパーが、死神の鎌を両断する。

並んで柱に叩きつけられたピルナスとピア・デケムにとどめを刺そうと、ルネとＪが迫る。だが、ふたりの前に、小柄な影が割り込んできた。

「はぁぁっ！」

影はふたりのＧストーンとＪジュエルに干渉を加える。

「うおっ！」

「動けない⁉」

動力源を封印されたふたりのサイボーグを前に、影は呆れたような声を出す。

「やはりあなたは、不良品のようですね、Ｊ－００２」

「不良品は貴様らだ……ソール11遊星主・アベル‼」

「あなたたちも、アルマのようにしてさしあげましょう」

その言葉に、挑発とわかっていながらも、Ｊの血液は逆流した。

「アルマになにをしたっ！」

「すぐにわかります」

微笑んだアベルは、戒道《かいどう》を倒した時のように、無数の砲塔を体内から出現させた。一斉射撃を喰らえば、ルネとＪとて、無事ではすまないだろう。かけらも躊躇《ちゅうちょ》することなく、アベルは攻撃を開始した。

だが、一瞬早くアベルに小さなエネルギーが直撃していた。ダメージが与えられなくとも、身体の向きをわずかに変えることに成功する。

アベルの攻撃は、礼拝堂から外壁まで貫通し、修道院の屋根に巨大な空洞を出現させた。

アベルの狙いを挫いた伏兵は、天海護《あまみまもる》と卯都木命《うつぎみこと》だった。ふたりとともに窓から突入してきたガンドーベルとガングルーに、命が指令する。

「攻撃！」

二体は機銃掃射を開始した。だが、アベルのバリアーに阻まれ、まったくダメージは与えられていない。

「まだこんな隠し球があったのですね」

感心するというよりも、呆れた口調で、アベルはつぶやいた。たしかに、この程度の攻撃ではかすり傷さえ、与えられていない。

しかし、弾幕の影で、命と護はルネとJに接触していた。

「ルネ！」

「大丈夫だ、このくらい」

「J、急いで！　準備はできてるよ！」

「……うむ！」

ガンドーベルとガングルーに後背をまかせ、四人は地下への階段へ飛び込んだ。

## 6

「いったい、なにがあるって言うんだ、こんなところに！」

一同のなかで、ルネだけが地下に眠るものを知らずにいる。階段を駆け下りながら、護は語った。

「Jジュエルを持つ者を……待ってるよ！　地下深く隠された、白き箱船が！」

「ジェイアーク……」

感慨深く、Jはつぶやいた。

階段が尽きるところ、そこはファクトリーキューブの表面だった。その内部では、遊星主による
ジェイアーク改造が行われていた。それを停止させた護《まもる》は、生体コンピュータ〈トモロ0117〉

を起動させたのである。

四人が乗艦すると、トモロが現状を報告する。

「J、出港準備はすべて完了している」

「よし、ジェイアーク……発進！」

ソルダートJが、艦橋で高らかに宣言する。


ジェイアークの目覚めとともに、モンサンミシェルは激しく揺れ動き始めた。やがて地底のファクトリーキューブが上昇をはじめ、モンサンミシェルを乗せたまま、空中へと浮上する。いや、破格の出力を誇る超弩級戦艦が、ファクトリーキューブとモンサンミシェルもろともに飛翔したのだ。

「反中間子砲、全斉射！」

「了解！」

内部から反中間子砲の砲撃を受け、ファクトリーキューブが砕け散っていく。モンサンミシェルとともに爆発飛散、パリ西北の海上に激しい爆煙が吹き荒れた。

そして、そのなかから、白く輝く巨艦が姿を現す。

「ジュエルジェネレーター、正常稼働中」

一年ぶりの飛翔、そしていきなりの主砲斉射、無理を重ねたにもかかわらず、ジェイアークの力は一片たりとも失われてはいなかった。

「これがジェイアーク……。でも、たしか敵にやられちまったって聞いたけど……」

「ジェイアークが沈めば、この私も生きてはいない」

ルネの言葉に、Ｊが婉曲的に応える。

「そう、僕もいっしょに敵のＥＳ兵器で三重連太陽系に転送されただけなんだ」

もう少し詳しい事情を、護がＪに代わって説明した。その言葉の主を、ルネは無遠慮に見つめる。

「……」

ルネにとって、その少年はオリジン・パピヨンの仇にしか見えない。だが、仇の正体がレプリジンであると判明し、パピヨンのレプリジンまでが現れたいま、割り切るしかなかった。

「ふぅん、どうやら本物みたいね、ぼうや」

「ぼうや……」

護が目を丸くした。彼にとっても、ルネとは初対面である。

「凱《がい》の従妹《いとこ》……ルネよ」

「ああ、雷牙《らいが》博士の……」

初対面と言っても、話程度は聞いたことがある。だが、ルネにとってはそういう認識のされ方は、不本意でしかなかった。

「あんな爺、親だなんて思ってないけどね」

「親……」

何気ない単語によって、これまでの経過を護《まもる》は思い出させられた。親のもとから、もうひとりの親のために、彼は旅立ってきた。しかし、その親は彼自身を呼び出すためのエサでしかなかった。

(でも、ウソをついてまで三重連太陽系へやってきたこと、無駄なんかじゃない。こうして、宇宙収縮現象を止めるために、戦うことができるんだから——!)


レプリジン・地球の空を、ジェイアークが飛翔する。澱んだ空気のなかであろうと、翼を鎖につながれているより、遙かに素晴らしい。

「空はいい……」

空を駆ける醍醐味を十分に味わいながら、Jは問いかけた。

「ラティオ、アルマはどうした?」

「それが……」

表情を曇らせた護を力づけようと、命《みこと》は精一杯明るい声を出す。

「大丈夫、凱《がい》も戒道《かいどう》くんも、きっとどこかで……」

だが、落ち着いていられる余裕は、ここまでだった。

ジェイアーク自身が飛び出した爆煙のなかから、宿敵が出現する。艦尾下方からの急激な体当たりに避ける間もなく、ジェイアークの艦体は激しく揺さぶられた。

激突後、距離をとっていく敵艦を、護が視認する。

「ピア・デケム！」

「く……反中間子砲、全砲門開け！」

「了解！」

「目標……前方、空母ピア・デケム！」

反中間子砲塔群が、一斉に狙点をさだめていく。

「貴様の艦載機は、発進に時間を要する。悪いが先手を打たせてもらうぞ！　主砲斉射！」

だが、Ｊの指令を遮るかのように、敵艦から通信が飛び込んできた。

「お待ちなさい！　そんなことをしたら、こちらの生体コンピューターが傷つくことになりますが、よろしいのですか？」

アベルは声に続いて、映像を送り込んできた。それも、異形の光景を――

「戒道！」

愕然としながら、護は叫んだ。ジェイアークならば、トモロが設置されている艦体中枢ブロック。その位置に、戒道幾巳が埋め込まれている。無数のケーブルが、小さな身体の血管や神経に接続されていた。

「くっ……なぜだ⁉」

Ｊは艦橋の端末を、殴りつけた。このままでは、アルマとジェイアーク、いずれかを失う二択を強いられる。

「ジェイアークは無傷で取り返します、ピア・デケム！」

アベルの指揮に従い、空母ピア・デケム・ピットは、無数の艦載機群を発進させた。

「あんなにたくさん……」

「おい、このまま何もしないつもりか！」

直上から、機雷艦載機群が接近する。だが、ほんの数秒のうちに、Ｊは決断していた。

「垂直降下！」

上部スラスターを全開にして、ジェイアークが急降下した。一瞬前まで白き箱船が存在していた空間に突っ込んだ機雷艦載機は、次々と激突、誘爆を繰り返していく。

そして、艦が海中に突入すると、Ｊは次の手を打つ。

「メガフュージョンッ!!」

巨艦の構造が組み替えられ、一体の巨大ロボとなっていく。艦橋部にフュージョンしたソルダートＪの意のままに動く、白きジャイアントメカノイド。その名も——

「キングジェイダーッ!!」

メガフュージョンを終えたキングジェイダーは、海中から一気に、ピア・デケム・ピットの正面に躍り出た。

「五連メーザー砲！」

至近距離から砲撃戦をしかける。だが、常にエネルギーフィールドを装甲表面に展開しているジェネレーティングアーマーの前に、まったく効果はなかった。

(ならば、物理的にしとめるのみ！)

決断もはやく、キングジェイダーはピア・デケム・ピットの飛行甲板を巨腕で抱え込んだ。甲板をつぶしてしまえば、艦載機群の発進は不可能となる。

「うおおおおっ、艦載機を放つ前に……アルマを返してもらうぞ！」

第一甲板が歪み始めた。だが、アベルはみじんも動じない。先刻のJと、あえて正反対の指令を発した。

「垂直上昇!!」

キングジェイダーに抱えられたまま、ピア・デケム・ピットは急上昇を開始した。信じられないほどの加速度が、一艦と一体をレプリジン・地球の重力から離脱させていく。

「それほど抵抗するのなら仕方ありません、粉々にしてさしあげましょう」

わずか数分のうちに、彼らは衛星軌道上まで到達していた。

(愚かな、宇宙とて私には旧知の戦場だ！)

キングジェイダーは、ピア・デケム・ピットから離れると、攻撃態勢をとろうとした。だが、アベルの狙いは単に戦場を移動するだけではなかった。

そこに、キングジェイダーへの包囲網が完成していた。いや、衛星軌道上に展開されていた包囲網へ、地上から押し込まれたのだ。

そして、その包囲網を構成しているのは、GGG《スリージー》の最強勇者ロボ軍団であった。

「敵、キングジェイダー、破壊せよ……」

「破壊せよ、破壊せよ……」

「破壊せよ、破壊せよ……」

さらに、ソルダートJの最大の宿敵が、この重包囲の中心に待っていた――

# 第六章　我が名はジェネシック　―西暦二〇〇七年七月―

## 1

それぞれは、互いに独立した無関係の事象であった。

太陽系の中央部からは、少し外れた地点。惑星の公転軌道を基準にするなら、火星軌道と木星軌道の間に、次元ゲートが発生した。

すでに語られた通り、それはパスキューマシンが暗黒物質を取り込むために作られたものである。だが、パスキューマシンがQパーツとして地球に落ちていた間、三重連太陽系の再生活動は停止していた。そのため、パスキューマシンを奪回、活動を再開した後は停止期間の遅れを取り戻すべく、次元ゲートの増強が計られた。

その結果、地球から見える夜空には、無数のギャレオリア彗星が出現している。

国連による宇宙エネルギー開発計画。それは、木星の未知なる力〈ザ・パワー〉を利用しようというものであった。

かつての木星探査船ジュピロス・ファイヴの乗員が、ザ・パワーによって精神生命体[※32]となった事例が確認されている。そのため、ザ・パワーが人の意志に反応することが確実視された。開発計画の一環として、特殊なコンタクト能力〝リミピッドチャンネル〟を有する者が木星に派遣されたのは、そのためである。

また、超竜神《ちょうりゅうじん》やキングジェイダーを時空間の彼方へ弾き飛ばしたのが、一種の防衛本能に近いものではないかという推測もある。その確認のため、木星への大質量弾の投下が、予定されていた。リミピッドチャンネル能力者が、これに対するザ・パワーの反応を観測しようというのだ。日本や中国の猛烈な反対を押し切り、計画の第一次スタッフは、すでに木星へ出発していた。すでにザ・パワーはこれらの動きに覚醒し、外界への関心を深め、警戒心とも言うべき反応を示し始めている。地球人類は、いまだそのことを知らずにいた。

それぞれが、互いに独立した無関係の事象であったとしても、空間と時間のずれがごく微少なものであった場合、それは連動したひとつの事象となりえる。

地球人類の活動に目覚めさせられたザ・パワーは、次元ゲートの発生と暗黒物質の吸引に反応し、過大な反応を示しはじめていた。巨大なエネルギーのわずかな揺れが、太陽系中の電磁波の海に大波を引き起こし、星々を波間にただよう舟のように揺さぶる。

地球という小舟もまた、例外ではない。

「ようするに過去最大の太陽黒点から、磁場エネルギーが地球にガンガンふりそそいでいるってこと！」

「どうしてそれで電気が使えなくなるの？」

「世界中がオーロラまみれなのよ！　そんだけ強力な電磁波なら電気回路なんかダメになるっしょ！」

蝋燭の灯りのみに照らされたキッチンＨＡＮＡのテラス席。初野《はつの》あやめの表情が、異様な迫力を持って華《はな》に迫る。どうやらインターネットが使用不可能になる直前、怪しげなサイトで得た知識を披露しているようだ。

「それとこの前いっぱいうちあげられちゃったイルカさんたちとは、どう結びつくの？」

「磁場がくるうと、生き物は方向オンチになるのよ！」

「それってヤバイよね」

「ヤバイから、宇宙開発公団への避難勧告がでてるんだってば！」

「そうかぁ……」

緊急事態には間違いないのだが、不思議と怖さは感じなかった。戒道幾巳《かいどういくみ》が旅立つ前、残していった言葉のおかげだ。

（僕と天海《あまみ》はこの世界とは違う宇宙から来たんだ。でも、僕たちはこの宇宙を護るために戦っている。だから、約束するよ。戦いが終わったら、僕は帰ってくる。天海と一緒に）

きっと、この異変をなんとかするために、ふたりは戦っている。そして、無事に帰ってくる。

（だから、怖くなんかないよね……）

一方、オービットベースもまた、強烈な電磁波の嵐にさらされていた。大気という防壁がない分、宇宙基地はより異常事態の影響を受けやすい。もちろん、その分は計算のうえで対策が施されてはいる。だが、今回の事態は、すでに想定される異常値の上限ギリギリにまで、迫りつつあった。

しかし、指揮をとる首脳部には動揺はなかった。

「あわてない、あわてない」と、八木沼《やぎぬま》長官。

「信じて待ちましょ」と、高之橋《たかのはし》博士。

上部組織への反逆という、もっとも心理的負担の大きい事態を乗り越えた以上、彼らが怖れるものは、もうなにもない。

上に立つ者の心理的安定は、全体に伝播《でんぱ》する。GGG《スリージー》隊員たちの士気は高かった。

だが、叛乱者の逮捕拘束と事情聴取という名目のもと、オービットベースに逗留している楊《ヤン》博士にとっては、大きな後悔が存在した。

本来の任務を果たしつつも、衛星回線で宇宙エネルギー開発計画に参加した彼は、ザ・パワーへの干渉をあきらめさせようとした。だが、楊の努力も虚しく、予備調査はすでに実行されてしまっていた。

(大河幸太郎《たいがこうたろう》からの依頼を果たせぬとは……不甲斐ない)

それでも、現状でできることを探して、楊は事態の把握に全力を注いでいた。

地球各所でシェルター等への、民間人の避難がはじまっている。天海《あまみ》夫妻もまた、荷物をまとめ、宇宙開発公団タワーへ向かっていた。

愛《あい》が夫の職場であるタワーを訪れたのは、大河総裁の執務室を訪れて以来である。そのときに総裁から聞かされた言葉が、愛の脳裏に甦る。護《まもる》のことを心配する夫妻に、大河は断言してくれた。

(彼は銀河の彼方で我々を呼んでいます。約束しましょう、必ず護君を連れて帰ることを！)

無数のギャレオリア彗星が輝く不吉な夜空を、愛は見上げた。

(護ちゃん、頑張って！　パパとママも、護ちゃんが帰ってくる日を、ここで待ってる。絶対、負けたりしないんだから！)

それぞれの場所で、人々は戦い続けていた。勇気を砕こうとする恐怖と――！

## 2

巨大な金色の要塞が、見上げた命《みこと》たちの視界の大半を、覆い尽くす。衛星軌道上に浮かぶその巨大な姿は、一同にとって見慣れたものだった。

「複製されたオービットベース!?」

「そうか、人以外はコピーできたってことはロボットも……」

ルネが呆然とつぶやく。レプリジン・地球とレプリジン・月が誕生した際、パスキューマシンはオービットベース内部で発動した。レプリジン・オービットベースやレプリジン・勇者ロボ軍団がここにいても、不思議なことはない。だが、無数のレプリジン・カーペンターズの向こうに出現した一体に、愕然とさせられた。そのレプリジンは、最強ツール・ゴルディオンハンマーを装備していたのだ。

「まさか、ガオファイガーまで⁉」

「誰が……誰が、動かしてる！」

勇者たちと異なり、ガオファイガーには搭乗者がフュージョンしていなければならない。しかも、Gストーンに導かれし者だけがそれを可能とするのだ。

「ゴルディオンハンマーッ‼」

宇宙空間に響いた雄叫びは、Gストーンを通じて、護《まもる》やルネの耳に届いた。いや、Jジュエルを持つ者も、はっきりと聞いている。声の主は明らかだった。

「貴様が相手なら、死力を尽くさねばなるまい！」

ソルダートJの人工血液がたぎる。いつか必ず決着をつけると誓った相手、獅子王凱《ししおうがい》！　いかなる事情で敵対することになったにせよ、ふたたび宿敵と対決できることは、Jにとって至上の喜びであった。躊躇《ちゅうちょ》なく、キングジェイダーの最大攻撃をかまえる。

「ジェイクォースッ‼」

「光になれぇっ!!」

キングジェイダーのジェイクォースと、レプリジン・ガオファイガーのゴルディオンハンマーが正面から激突する！

「うおおおおっ！」

凱の気迫が、グラビティショックウェーブとともに叩きつけられてくる。それは演技や偽りの攻撃ではあり得ない。闘志、いや殺意を持って、キングジェイダーを破壊しようとしている。

「凱……本当に凱なのっ!?」

「なんで凱がっ！」

命《みこと》とルネの疑問に、護が答えた。

「戒道《かいどう》と同じように、遊星主に利用されてるんだ！」

「ひどい……」

「目を覚ませっ！」

「ジュエルジェネレーター限界突破！」

ジェイクォースは、ジュエルジェネレーターから供給されるエネルギーを充填して、敵に叩きつける技だ。その際、余剰エネルギーは火の鳥となって、敵の装甲や防御を粉砕する。だが、幾多の敵を焼き尽くした紅蓮の炎も、重力衝撃波によって光子に変換されてしまっていた。

通常、ジェイクォースはキングジェイダーから撃ち出され、遠距離の敵をも撃破する。だが、いまは右腕部に収まったまま零距離攻撃によって、ゴルディオンハンマーと対峙していた。そのため、炎を消されたとしても、すぐエネルギーを供給することができる。しかし、それもジュエルジェネレーターが稼動している間のことだ。

「いかん、このままではよくて相打ちだ！」

「そうか！　相打ちになっても向こうにはカーペンターズが控えてる」

護《まもる》の指摘に、ルネが舌打ちをする。

「何度でも再生可能ってわけか……」

ギムレット・アンプルーレによる被害から、パリの街を瞬時にして回復させたように、カーペンターズの修復能力は絶大だ。レプリジン・ガオファイガーを倒してもすぐに甦ってくるだろう。しかも、後方ではさらにレプリジン・最強勇者ロボ軍団が、臨戦態勢で控えている。

「たとえこの勝負を制しても、後にひかえた連中を相手にするだけの余力は……ない！」

ソルダートＪの表情にも、焦りが浮かぶ。


戦士たちの焦りも、観戦者にとって興を増すものでしかない。ピア・デケム・ピットの艦橋で、ピルナスが愉悦を隠そうともせず、嬌声をあげる。

「私たちは見ているだけだから、楽ちんでいいわァ～ッ」

ピルナスに比べれば、冷静を保っているように見えるアベルでさえ、声が震える。己の支配を拒んだ被造物に対する怨念は、余人の想像を許さない。

「一〇〇パーセントの確率を超えた敗北……ゆっくりと味わって下さい」

上目遣いにキングジェイダーを睨《ね》め付けるその視線には、口元の笑みや嘲弄する口調と裏腹に、昏《くら》い炎が燃えさかっていた。

そして、ついに均衡が破れるときがきた――

「ジェイクォースが……！」
「光に……される……」

ジュエルジェネレーターからエネルギーが供給される速度を、重力衝撃波が炎を光子に変換する速度が、ついに上回った。限界を超えると同時にジェイクォースは光と化し、虚空へ散っていった。次の瞬間、圧倒的な密度のグラビティショックウェーブは、キングジェイダー本体に襲いかかるだろう。

だが、Jたちにも、遊星主にも、予想外の事実が起こった。

「ううう……」
「おおおおっ！」
「うおおおっ‼」
「ぐ……こんなコマンドに……」
「負けは……しないっ！」

支配しようとするものに抗う、渾身の雄叫び。自らのうちで展開される、激しい戦いに勝利した勇者たちが、次々とキングジェイダーの前に飛び込んできたのだ。

「みんなっ！」

護《まもる》の目に、涙が浮かんだ。そう、彼は知っている。レプリジンといえど、心のうちはオリジンとは変わらない。オリジンが勇者ならば、レプリジンもまた、勇気を持っている！

「複製にすぎない私たちですが――」

ボルフォッグが冷静さの中に熱さを秘めた声で告げる。

「AIを改造されたからって――」

闇竜《あんりゅう》が落ち着いた大人の声で言うと、

「メモリーは残ってるわ！」

光竜《こうりゅう》も精一杯大人びた声で続けた。

「レプリジンだとしても――」

「オレたちは全員――」

風龍《ふうりゅう》と雷龍《らいりゅう》が妹たちの言葉を引き継ぎ、レプリジン・勇者たちは声を揃えて叫んだ。

「勇者っ！」

「どけっ！　バラバラになるぞ！」

Jの制止にも、彼らは決して引こうとはしない。

「覚悟はできてるぜ！」

「この状況を止めるには――」

「私たちが盾になる以外ありません！」

炎竜《えんりゅう》、氷竜《ひょうりゅう》、ボルフォッグは、GGG《スリージー》隊員たちのなかでも先任にあたる。どんな苦境のなかでも、彼らは的確な判断でガオガイガーやガオファイガーを助け、後輩たちを引っ張ってきた。

「敵に利用されるくらいなら」

「光になった方がマシよ！」

「後はお願いします！」

「勝利を信じてるぜ！」

そして、闇竜、光竜、風龍、雷龍たちにも、先輩たちの気持ちは受け継がれている。彼らの想いは、いまひとつになっていた。

「グッバイだっぜ！」

仲間たちを代表して、マイクが別れを告げる。

「やめてぇっ！」

一瞬後の凄惨な光景を想像して、命《みこと》は叫んだ。レプリジン・勇者たちを救うには、凱《がい》がもとに戻るしかない。

「凱兄ちゃん！」

「勇気を取り戻せ!!」

護とルネの声にも、レプリジン・ガオファイガーは反応しない。無情にゴルディオンハンマーを振り下ろしてくる。

だが、彼らの声が届いていないわけではなかった。

「うぁぁぁぁぁぁあっ‼」

ガオファイガーのコクピットで、凱《がい》は絶叫していた。両眼から血涙を流しながら——

(誰か、誰か頼む！　俺を、俺を止めてくれぇっ！)

(このままじゃ、あいつらがっ！　俺を、俺を打ち砕いてくれぇっ！)

(あいつらを光にする前に！　俺を、俺をぉぉぉっ‼)

(止めてくれぇぇぇぇぇっ‼)

だが、想いを口にする自由さえ、いまの凱には与えられてはいなかった。こめかみに埋め込まれた金属の端子が、ギリギリとねじ込まれていく。このケミカルボルトから放出される物質が、脳から随意筋に送られる神経伝達物質に干渉することで、凱の肉体を完全に支配しているのだ。それはかつて、レプリジン・護《まもる》に埋め込まれていたものでもある。彼もパルパレーパに強制された運命に抗えず、パスキューマシン探索という任務を押しつけられ、地球で親しき者たちと戦わされたのだ。まだ半ばまでしか埋まっていないケミカルボルトが、レプリジン・護のように完全に頭部に没入してしまえば、想いすらも自由にならなくなるだろう。

パルパレーパの支配から脱出したレプリジン・勇者ロボたちと、逆らえずにいる凱。彼らの苦しみとあがきを、オービットベース近くに浮くパーツキューブの上に陣取ったパルパレーパが冷静に観察している。そして、それは単に余技の結果を見定める行為でしかなかった。

「ロボットどものＡＩを完全に操作するには、やはり時間が不足していたようだな。だが、エヴォリュダー・ガイ……お前に打ち込んだケミカルボルトは完全！　お前の意志がいかに強くとも、その肉体という物質は、我が手中より逃れる術はない！」

「うわぁぁぁぁっ！」

絶叫する凱の眼前で、次々とレプリジン・勇者たちは、光となっていく。

そして、彼らの生命そのものである楯を失ったキングジェイダーは、グラビティショックウェーブの直撃を受けようとしていた。

「Ｊ！　僕を……凱兄ちゃんのもとへ！」

圧倒的な破壊と死を目前に、護がキングジェイダーから飛び出していく。

「よかろう！」

護の身体をかばうように、巨大な腕がガオファイガーへ向けて、突きを放たんとする。

だが、光とされる運命を前に、それはあまりにも無意味な抵抗だった。いや、抵抗のはずだった。

いまこの瞬間、ようやく勇気ある心を取り戻した者がいる！

（くそっ、俺がノロマだったせいで――！）

パルパレーパの支配から脱したレプリジン・ゴルディーマーグは、ＧＳライドをフル稼動させた。限界を超えるまで。グラビティショックウェーブ発生中のＧＳライド暴走が、ゴルディオンハンマーを爆発させる。しかも、重力衝撃波をまき散らしながら――

突然の大爆発に、周囲にいた者すべてが、退避すらできなかった。かろうじて防御フィールドを発生させた機体以外、みな一瞬のうちに光となっていく。オービットベースやカーペンターズのレプリジンも、例外ではない。

だが、眩い光があふれるなか、キングジェイダーがいかなる最後の一撃を放ったのか、アベルもパルパレーパも、完全に見逃していた。

# 3

――すべては失われた。

GGG《スリージー》の仲間たちは勇気ある誓いを失った。カインと敵対することになった。ガオファイガーも斃《たお》れた。レプリジン・勇者ロボたちを光にしてしまった。

（……終わってしまった。俺の戦いは、ここで……終わった）

獅子王凱《ししおうがい》の心は、深い悲しみと孤独感で埋め尽くされていた。目の前で閃光があふれ、望まない戦いが終わったところまでは、覚えている。だが、その後の記憶は、断続的なものとなっていた。いま、自分の身体が浮遊しているここがどこなのか、それすらもわからない。

だが、心のなかに浮かぶ声に、答える声があった。

「ううん、終わってなんかいない。まだ、凱兄ちゃんには戦ってほしい」

（……なぜだ。なぜ戦う……もう戦う意味も、勇気ある誓いも、すべて失われたのに……）

「なにも失われてはいないよ」

すぐそばに、護《まもる》がいた。

「凱、貴方はひとりじゃない……」

そして、命《みこと》がいた。

（……護、命。俺は――）

「思い出して、凱兄ちゃん」

「そう、みんなで誓いを立てたあの日々を」

いくつもの思い出が、甦る。長く、苦しかった戦いの日々。だが、そのなかで出逢った奴らがいる。かわされた誓いがある。

「凱兄ちゃんの信じた誓いは、みんなと一緒に戦った時間は、無意味なものなんかじゃない……絶対に！」

信じたい！　信じたい！　信じたい！

（でも、あのカインが……オレに生命も力も与えてくれたカインが……）

「……信じて。三重連太陽系が機界昇華されたとき、Ｇストーンはもがきあがく生命の力として、作られたんだ」

護はそっと、凱の左手を握った。

（護……）

「私に生きる希望をくれたひと、凱……」

命もそっと、凱の右手を握った。

（命《みこと》……）

「生命を護るために、僕は産まれた」

（俺は、生命を奪うものと戦うために……生きてきた）

「凱《がい》を助けるために、私も生き続ける」

そう、産まれ、生きて、生き続ける。だが、なんのために——？

「だから戦おう！　本当の勇気を見つけるために！」

護《まもる》の目が輝いている。勇気の力？

（本当の勇気……？）

「いっしょに戦おう！　真実を探しに行こう！」

命の目も輝いている。真実の力？

（俺を……まだ必要としてくれるのか？）

「凱兄ちゃんにしかできないことなんだよ！」

「そう！　だって凱は……」

護と命が、声をあわせた。

「勇者なんだから！」

ふたりに握られている手から、力があふれこんでくる。

〝勇気っていうのは、怖いって気持ちを乗り越えるエネルギーさ〟——いつか誰かが言っていた言葉が、浮かんでくる。

（そうか、いま護と命から流れ込んでくる力……これが勇気）

いま、凱の全身に力がみなぎりつつあった。左の拳《こぶし》に、Ｇの紋章が輝く。

渇ききっていた唇が、言葉をつむぐ。

「……俺をまだ、勇者と呼んで……くれるのか。複製とはいえ、仲間たちを救えなかった……この俺を……」

「みんなが自分の生命を犠牲にしてでも、護ろうと思ったもの！」

「凱……それは貴方が、みんなに教えてあげたものなのよ！」

言葉が、凍てついていた心を溶かしだす。想いが迸《ほとばし》り、瞳からあふれる。頬を伝う熱さが、この生命がまだ尽きていないことを、教えてくれる。

「帰りたい……俺のいるべき場所へ！　取り返したい……勇気ある誓いを！」

視界全体を覆った涙滴の向こうで、護が微笑む。

「勇気さえあれば……奇跡だっておこせるよ！」

そして、護と命が、空いている方の手をつなぐ。三人は、小さな小さな輪を作った。そして、生命の言葉を唱える。

「クーラティオー・テネリタース・セクティオー・サルース……」

それは、歪んだ呪縛から、偽りの身体から、生命を奪い返す呪文。幾度も幾度も、不幸な人々を救ってきた奇跡。そしていま、自分たちのために唱える。

「……コクトゥーラ！」

柔らかな光が、凱《がい》のこめかみのケミカルボルトを消滅させていく。

——奇跡は起こった。いや、起こされた。


成層圏の高々度を周回するジェイアークの甲板上に、残骸の一歩寸前に留まっているレプリジン・ガオファイガーが横たわっている。その機体内部から、あたたかい緑の光が漏れだしたとき、艦橋からじっと見守っていたルネは、勝利を知った。

ゴルディーマーグの自爆により、グラビティショックウェーブが撒き散らされた瞬間、キングジェイダーはジェネレーティングアーマーで耐えつつ、ガオファイガーに突きを繰り出していた。そして、その指先のメーザー砲口には、護《まもる》と命《みこと》が身を隠していたのだ。ふたりが直接乗り込み、凱の心と肉体を救出する。唯一の勝機ではあったが、成功する確率など、ほぼゼロに等しかった。

だが、彼らはやりとげた。

（……やるじゃないか。そうでなくちゃ、あんな無茶なヤツのそばにはいられないよな）

自分が他人からどう評価されているかを忘れたまま、ルネは微笑を浮かべる。そして振り向き、自分の持ちものを確かめるかのように、問いかけた。

「で……ジェイアークは動けるんだろうなぁ？」

「いま、メインコンピューターを修復中だ」

親友の自己修復を手伝いながら、Ｊが応える。

「のんびりしてると、遊星主どもが戻ってくる……はっ」

言いかけて、ルネの強化聴覚は、ある音を捉えた。ごく薄い成層圏の大気に伝播《でんぱ》してくる、かすかな振動。

（間違いない、無数の小型物体が接近してくる、超高速で！）

ルネが警告する間もなく、飛行物体は次々とジェイアークの右舷に体当たりを敢行してきた。無敵の超弩級戦艦とは信じられぬほど、その装甲が破られていく。

「ピア・デケムの機雷艦載機か！」

ジェイアークの後方、低軌道にピア・デケム・ピットはいた。この漆黒の三段飛行甲板空母もまた、ジェイアークと同様にジェネレーティングアーマーで、重力衝撃波に耐えていたのである。

だが、ジェネレーティングアーマーも無限の装甲ではない。連続して発生する防御フィールドが、艦本体の代わりに光にされ続けていただけのことだ。そして、ピア・デケム・ピットよりも長く、ジェネレーティングアーマーを使っていたジェイアークは、すでにフィールドを支え続けるだけのエネルギーを残していなかった。

アベルは、もちろんそのことに気づいている。

「……さすがはソルダート師団の生き残り。ですが、ジェネレーティングアーマーは消失したようですね。こちらは無傷、遠慮なくとどめを刺してさしあげましょう」

右舷から上甲板、左舷へと回り込んだ機雷艦載機が、間断なく特攻を繰り返す。

たまらずに、ルネは叫んだ。

「……このノロマ！　はやく何とかしろ!!」

神速の行動を信条とするソルダートJがこのような言われようをしたのは、ゾンダリアン時代を含めてでさえ、一度もない。もしかしたら、不愉快そうに眉をひそめたのかもしれないが、巨大な頭部アーマーに隠されて、その表情は見えない。少なくとも態度に出すことはなく、Jは艦橋後壁へ飛び上がった。

「フュージョン！」

Jが融合するとともに、ジェイアークの艦橋部分・ジェイバードが分離、飛翔した。そして、プラズマの翼を拡げた戦士の姿に変形する。

「ジェイダーッ！」

身長二十メートルほどのジェイダーは、戦闘力においてキングジェイダーにはるかに劣る。だが、機動性においては、GGG《スリージー》の最強勇者ロボ軍団にさえ、追随できる者はいない。

「プラズマソードッ！」

中性イオンの集合体を、両腕から刃のように伸ばし、ジェイダーは機雷艦載機群のなかへ突入した。すれ違うごとに、機雷艦載機が両断されていく。このとき、ジェイアークの艦橋部は、ジェイダーの胸部を構成することになる。あまりにも強烈な加速度に、ルネの身体は壁や天井を跳ねまわる鞠のように弄ばれた。

（へっ、ノロマ呼ばわりの礼がこの仕打ちか、いい根性してるよ！）

ときに激痛に見舞われながらも、ルネはソルダートJのことを見直していた。この速さと力ならば、戦力の一部に数えてやってもよい。

ジェイダーは進路を強引にねじ曲げつつ、ジェイキャリアー[※33]の周囲を飛び回った。そして、両腕のプラズマソードを収め、静止する。そして次の瞬間、すべての機雷艦載機は、光の数珠と化していた。まるで、ジェイキャリアーの周囲に光の玉の首飾りが出現したようにも見える。

それでも、アベルの口元にはりついた薄笑みが消える様子はない。

「アルマよ……Jジュエル凍結コマンドを！」

アベルの命に従い、ピア・デケム・ピットの中枢部に接続された戒道幾巳《かいどういくみ》へ、電気的信号が送られる。パルスは彼の神経を奔《はし》り、本人にさえも意識させぬうち、凍結コマンドを発信させた。

「うおっ！　まさかっ!?」

凍結コマンドは、ソルダート及びジェイアークの叛乱を想定して用意された、セーフティコマンドである。一対一で守護の盟約を結んだソルダートが、自分のアルマにだけ、そのコマンドを託すのだ。

彼らの産みの親であるアベルの手に戒道が渡った時点で、勝利への扉はすべて閉ざされたといってもよい。背のプラズマウィングが消え、ジェイダーは不自然な姿勢となり、虚空にその機体を硬直させた。

「Jジュエルの……パワーが、失われて……」

そして、ジェイキャリアーもまた、すべての活動を静止した。そこへ艦首衝角を剥きだしにして、ピア・デケム・ピットが襲いかかる。ソルダートJはその強暴な攻撃を知覚していたが、反応することはできない。

「ぐ……動けん……！」

衝角はそのまま、ジェイダーの胴体を貫いた。

「ぐおおおっ！」

フュージョン中、ジェイダーの機体はソルダートJの肉体として、知覚されている。ジェイダーを貫いた衝撃は、激痛となってJを苦しめた。さらに、ピア・デケム・ピットは前進を止めることなく、ジェイキャリアーへ突貫する。ジェイキャリアーを操舵するトモロにもまた、その攻撃を回避する手段はない。激しい激突に艦体を震わせながら、ピア・デケム・ピットはジェイダーとジェイキャリアーをもろとも串刺しにした。巨艦同士の激突のなか、甲板に横たわっていたレプリジン・ガオファイガーの残骸も押しつぶされた。衝撃の激しさを物語るように、破片のいくつかは月面まで飛ばされていく。

こうして、ジェイアークは敗れた。


フュージョンが解除されたJは、ジェイダー内部・艦橋の床に叩きつけられた。

「ぐはああっ！」

「おい、しっかりしろ！」

駆け寄ったルネの呼びかけに、Jはわずかに意識を取り戻す。

「Jジュエルが、力を……失った……」

さらに揺り動かそうとして、ルネは気づいた。

（来る……何者かがここへ！）

かすかな振動音が、確実に近づきつつあった。右か、左か、前後か……いや！

（上！）

天井をぶち抜いて、ピルナスが現れる。振動音はピルナスの羽音だったのだ。右腕から繰り出される素早い鞭の一撃を、ルネは蹴り上げてかわした。同時に、全速力で駆け出す。しかし、横移動は上空をとったピルナスからは丸見えである。左腕からの火炎放射が床面を焼き払い、ついに駆けるルネを捉えた。

「うぐっ、うわぁぁ！」

だが、彼女の移動の意味は、Jにもピルナスにも理解できていた。

「私を……かばうために？」

「けなげな子猫ちゃん！　もっともっと悪い子に調教してあ・げ・る」

しかし、ルネは炎の直撃を受けたにも関わらず、平然と立ち上がった。体中を覆う冷却コートを楯のように広げ、炎を防いだのだ。そして、反撃に転じる。

「イークイーップ!!」

天井近くに浮遊するピルナスに、戦闘モードとなったルネが飛び蹴りを放つ。だが、攻撃に転じた隙は、巨大なものだ。いきなり現れたピア・デケムが、無防備なルネの背中に強烈なキックを放った。

「ぐわっ！」

ルネは、Ｊと並ぶように倒れ込んだ。ピア・デケムとピルナスが、死神と地獄の天使のように、ふたりの前に降り立つ。

「さあ、お仕置きよぉ」

傷ついた身体で、ルネは眼前のふたりをにらみ返す。だが、その瞳に気力がこもらない。

（私……ここで、死ぬのか？）


だが、Ｊとルネの危地ですら、アベルにとっては陽動作戦に過ぎなかった。

ジェイキャリアー側に単身潜入したアベルは、ジェイアークのメインコンピュータルームに到達していた。

「……赤の星の主である私に、本気で勝てると思っていたのですか？　トモロ０１１７」

トモロは黙して語らない。いや、動力源を絶たれたため、語ることすらできないのだ。それを承知で、アベルは宣言した。

「アルマの調整に時間を要しましたが、Ｊジュエルを制御したことでプロテクトも解除できました。やっとあなたを改造することが出来ます」

護《まもる》によって中断されていた、ジェイアークの制御を掌握する改造が、ついに再開された。

# 4

（危ないところだった……）

破片と見えた物体——ライナーガオーⅡの内部で、護は安堵のため息をついた。

ピア・デケム・ピットの突貫を察知した瞬間、護は凱《がい》に導かれ、レプリジン・ガオファイガーの胴体部から、右肩部へ移動した。ガオファイガーの両肩部は、それぞれライナーガオーⅡの半身であるが、独自に航宙能力を有している。そのため、ガオファイガーの脱出ポッドとしての機能を持たされていたのだ。

（咄嗟にあんな判断ができるなんて……凱兄ちゃん、完全に昔の凱兄ちゃんに戻ったんだね！）

「なにか言ったか、護？」

「ううん、なんでもない。それより、命《みこと》姉ちゃんは？」

「気絶してるな、無理もない。どこか安全なところで介抱してやりたいんだが……」

「じゃあ、凱兄ちゃん、月へ行って！」

「月？　もしかして、あの緑色の光のところへ行くのか⁉」

ライナーガオーⅡの前方には、月面に半分埋もれたGクリスタルが見えている。だが、現在の軌道なら、その上空を通過してしまうことは確実だ。せっかくソール11遊星主たちに気づかれぬよう爆発を利用して脱出したのに、軌道を変更したら、すべてが水の泡となる。それでも、凱は頭のなかで素早く軌道計算を終えていた。エヴォリュダーとしての力ではない、宇宙飛行士時代の訓練と経験によるものだ。

(八番から十二番の姿勢制御用バーニアを自爆させれば、その反動で目的地へ突っ込むはずだ……)

凱《がい》は的確に計算通りのコマンドを入力しながら、護《まもる》に語りかけた。

「――護」

「なに、凱兄ちゃん」

「遅くなって、すまなかったな」

「ううん、遅くなんてないよ。約束、護ってくれたもん!」

狭い機内で、ふたりはお互いの手を握りあった。同時にバーニアの爆発が起こり、ライナーガオーⅡは軌道修正を完了する。

「なんだか、すごく懐かしいな」

原種大戦時、凱と護は幾度も手を取り合って、危機を乗りこえてきた。そして今、一年以上の時を経て、ふたりはふたたび互いの存在を感じあっている。この感触があれば、どんな事態も乗りこえられる――凱はそう思った。そんな凱に、護が微笑みかける。

「凱兄ちゃん、これからもっと懐かしい相手が待ってるよ!」

再会の感動にひたるふたりと、意識のない命を乗せ、ライナーガオーⅡはGクリスタルのなかへ、吸い込まれていった。

冷たい空気だが、硬質で嫌な感じはしない。むしろ、一呼吸ごとに身を清められていくようで、心地よかった。だが、若く回復力の高い肉体は、いつまでも意識を闇に沈み込ませてはおかない。ゆっくりと、だが確実に覚醒していく。

「……まだ……生きてる？」

自分の鼓動を確認して、命《みこと》は立ち上がった。そして、その眼前にあったのは、懐かしい鋼鉄の獅子の姿である。

「ギャレオン⁉」

「気がついた？　命姉ちゃん」

命の方へ向き直る余裕もなく、護は声をかけた。いま、Gクリスタルに委ねていたギャレオンの改修が終わろうとしている。護は両の腕の力を最大限に使って、最終段階の作業を終わらせようとしているのだ。

「護くん⁉」

なにやってるの？……という言葉は、発しないうちに呑み込まれた。背中越しにも、護の真剣さが伝わってきたからだ。

（すごい……たった一年で、こんなにも変われるものなの？　たしかに本物の護くんなんだけど、昔よりずっと頼もしくなってる！）

遊星主と戦い続けた過酷な一年が、護を肉体的にも精神的にも、大きく成長させていたのだ。経緯は知らずとも、命にもそれが感じ取れた。

「もうすぐ終わるから……待ってて」

うなずきつつも、命《みこと》は問いかけずにいられなかった。

「他のみんなはまだジェイアークに？」

「急がないと……手遅れになる前に！」

「ここは……？」

「Gクリスタル」

護《まもる》は、自分がGクリスタルから与えられた知識を語った。そして、いま専念している作業のことも。

「ギャレオンは、対遊星主用のアンチプログラム。Zマスターの侵攻が激しかったから、本来の目的とは違う使い方をしてたんだ」

遊星主の目的、Gクリスタルの担う使命、護の決断、すべてを知って、命の胸に感動が押し寄せてくる。

「ずっとここで……遊星主たちと戦い続けてたのね」

「ギャレオンをもとのプログラムに戻すために、僕もここから動けなくて……今までごめんなさい」

「ううん、やっぱり護くんを信じて来た私たちは、間違ってなかった！」

小さな仲間を命が誇らしく思ったとき、それを否定する言葉が投げかけられた。

「いや、間違いだ！」

「ソール11遊星主!?」

声は疑いなく、遊星主パルパレーパのものであった。そして、護と命の周囲は、すでに遊星主たちに包囲されてしまっていた。護は愕然とした。

（どうして……、Ｇクリスタルに侵入すると、彼らは情報破壊されてしまうはずだったのに！）

そう自問して、護は気づいた。

「僕を自由にしておいたのは、この一瞬のためだったんだね……」

「そうだ……我らの原動力は、貴様らのＧストーンを超えたラウドＧストーン！　だが唯一、Ｇクリスタルが放つジェネシックオーラの前ではその力を失ってしまう」

途中、いくつもアクシデントがあったものの、一年あまりをかけて、ギャレオンの改修は終わらんとしていた。だが、ＧＧＧ《スリージー》の来援以来、妙に妨害が減っていた。巧妙にタイミングを計っていたということか。

「Ｇクリスタルのエネルギーがギャレオンに充填される瞬間だけ、ジェネシックオーラの放出は止まる。だから……」

この瞬間だけ、Ｇクリスタルに侵入することも、ソールウェーブでダメージを与えることも、可能となる。すでに、無数のパーツキューブによる包囲も、完成していた。

「まさにいまがＧクリスタル陥落のときだ！」

パルパレーパは、傲岸なまでに勝利を確信した雄叫びをあげた。

## 5

首にからみついた鎖が、ルネの身体を軽々と振り回す。

「うわあああっ」

「折檻、折檻～♪」

苦痛の悲鳴すらも、美しさと快楽の女神には至上の愉悦だ。華奢な外見に似合わぬ膂力《りょりょく》をもって、ピルナスはルネを弄び続けた。

「はあっ！」

だが、半ばほどを正確に狙い、ソルダートJのつま先が鎖を打ち砕いた。床に放り出されながらも、ルネはようやく得た呼吸の自由に、失いかけていた意識を取り戻す。しかし、ルネの無事を確認した一瞬が、Jの隙となった。気配も感じさせず至近に迫ったピア・デケムの大鎌が、Jの頭部に強烈な打撃を加える。

「ぐおおおおっ」

装甲が割れ砕け、Jの細い身体は艦橋の壁に吹き飛ばされた。だが、激突の半瞬前、さらに細い身体が割り込んできた。

「あうっ！」

自分の身体をクッションとしたルネとともに、Jは床に転げ落ちた。ふたりの姿を、ピルナスが嘲笑う。

浮かぶ。

だが、Jにもルネにも、不思議と悔しさも敗北感もなかった。だから、彼らの口元には、微笑が

「んふふふふ……」

「あんたもタフだね、J」

「お前もな……女。いや、ルネ……」

砕けた頭部装甲の隙間から、薄緑色の瞳が興味深げに、ルネを見返していた。

（……こいつ、こんな目をしてたんだ）

かつて、ゾンダリアンであった頃のJは、凱《がい》のことをただ〝サイボーグ〟と呼び続け、その名を口にするようになったのは、様々な経過の後である。ルネ当人は知る由もないが、この孤高の戦士にとって、名を呼ぶということは、小さからぬ意味を持つ行為なのであった。

「う、く……」

連戦で受けた激しい苦痛に、ソルダートJの表情が歪む。よろけた身体を、ルネは右手で支える。だが、それは優しく寝かせてやるための手ではない。自分の脚で立つまでの数瞬、強制的に立たせておくための手だ。空いている左手でカタパルトランチャーをかまえつつ、視線は上空に浮かぶ敵を見据える。そして、言葉はかたわらの戦士を叱咤する。

「しっかりしな！　私たちはまだ、負けちゃいない!!」

そう、彼らはいまだ、悔しさも敗北感も感じてはいない。生命絶えるその瞬間まで、そこは戦いの途中経過でしかないからだ。

「さあ、神の裁きを受けよ！」

パルパレーパに率いられた遊星主たちは、Ｇクリスタルから離脱し、パーツキューブに飛び乗った。

「ソールウェーブ発射!!」

凝縮された、ラウドＧストーンのエネルギーが一斉に放たれる。無数のパーツキューブから放たれたソールウェーブが、レプリジン・月面を破砕していく。岩盤が砕けていくなか、強烈なエネルギーに耐え続けていたＧクリスタルも、ついにその負荷に敗北した！

（ああ、Ｇクリスタルが……！）

護《まもる》にとっては、短からぬときを過ごした場所であり、ついに正体を教えてもらえなかったマザーに様々なことを教わった地である。その終焉に、胸の奥を切り刻まれるかのような痛みを感じずにはいられなかった。

（ダメだ！　まだ戦いの最中なのに……こんなことを考えてちゃいけない！）

崩壊していくＧクリスタルのなかで、命《みこと》もショックを受けていた。

「ああ、壊れていく……何もかも……」

かたわらに立った護は、左手の力で防壁を張った。

「命姉ちゃん……僕からはなれちゃダメだよ！」

「あっ、ギャレオンが!!」

回収作業が終わったギャレオンは、岩盤とGクリスタルの欠片が散らばるなか、破壊の余波に揺さぶられながら、虚空へと流されていった。だが、危険をかえりみることなく、そのギャレオンに生身でとりついていく者がいる。

「あれは⁉」

命はカインの容姿を知る機会がなかった。そのため、壮年の男性に見える翼あるその人物が何者なのか、なにをしようとしているのか、わからなかった。

（ペイ・ラ・カイン——！）

実父の姿を模した遊星主を、護はにらんだ。木星での対話を凱に聞かされていたため、護にはわかる。彼の狙いが！

ギャレオンの両眼の前に到達したペイ・ラ・カインは、Gクリスタルの結晶にも似た瞳を静かに見つめた。

「その力、我らのものに！　フュージョンだっ！」

パルパレーパがうながす。本来、ギャレオンはカインがフュージョンするシステムとして、開発されている。我が身の複製を一員とする遊星主に対する抑止力として、自らが立つつもりであったのだ。

果たして、複製たるペイ・ラ・カインが、カインの代わりを務めることができるのか？

（ううん、そんなことできないよ！　だって、ギャレオンは……）

ペイ・ラ・カインを受け入れるかのように、ギャレオンは顎門《あぎと》を開いていく。だが、そこには

――獅子王凱《ししおうがい》がいた！

「ギャレオンは知ってる、本当の勇者を!!」

護とともにGクリスタルにやってきた凱は、Gストーンを通じて、ギャレオンと語り合っていたのだ。遊星主と戦う理由、三重連太陽系よりも自分たちの宇宙を選ぶその気持ち、これまで……そしてこれからも信じていく勇気ある誓い。すべてを正直に語り、ギャレオンの選択にまかせたのだ。

そして、答えは明らかだった。

「むぅ……」

攻撃的な眼で自分を見るギャレオンに、ペイ・ラ・カインはたじろいだ。彼のオリジナルは――ギャレオンのうちに眠るカインは、獅子王凱を選んだのだ。おのが力を託す相手として。

そして、その光景を見守っていたパルパレーパも愕然とする。

「ケミカルボルトから解放される肉体など……ありえない！」

「勇気ある誓いが肉体の常識を超えたんだ！」

凱は決然と言い放った。護《まもる》も、命《みこと》も、万感の思いで復活した凱を見上げている。

「ありがとう、護、命。もう大丈夫だ……！」

だが、ペイ・ラ・カインは、目の前の事実を受け入れることができなかった。与えられた指令を果たせぬプログラムなどに、なんの価値があるというのか！

「ふん！」

ギャレオンに選ばれなかった男が、ラウドGストーンの力を、右手から放つ。

「ジェネシックオーラ！」

選ばれた男の叫びに、ギャレオンは応えた。巨大なGクリスタルから凝集されたジェネシックオーラは、すべてギャレオンのうちに充填されている。ジェネシックオーラの逆襲を受け、ペイ・ラ・カインは弾き飛ばされた。

「ぬおおっ！」

凱は左拳《こぶし》に浮かぶ、Gの紋章に誓う。

「……俺はもう迷わない。敵がなんであろうと、俺がエヴォリュダーであることが……勇気そのものの証だから！」

静かなる闘志を秘めて、パルパレーパもつぶやく。

「やはり我ら創造主と破壊神は相容れぬ運命か」

たとえ破壊神と呼ばれようと、凱は創造主と戦う。だが、かたわらにはいつもギャレオンが、いや本来の力を取り戻した〈ジェネシック・ギャレオン〉がいてくれる。

「ギャレオンッ、フュージョーンッ！」

凱の身体がギャレオンの口蓋に呑み込まれていく。凱とひとつになったギャレオンは、全身のシステムを組み替え、人型になっていった。

「ガイガーッ!!」

一見したところ、姿そのものはかつてのガイガーと変わらない。だが――

「すごいエネルギーが、体中にみなぎるぜ！」

全身からあふれ出んばかりのエネルギーと、ジェイダーにも匹敵する機動性。たしかに、原種大戦を戦い抜いたガイガーとは、性能が段違いであった。

「新しいガイガー⁉」

「ううん、あれが本当の姿なんだ！」

砕けたGクリスタルの破片の上で、命《みこと》の疑問に護《まもる》が答えた。そして、ふたりの前にガイガーが進み出る。

「護！」

「凱《がい》兄ちゃん！」

「命をたのんだぞ！」

「うん！」

ガイガーは護の隣にいる、命を見た。

「よかった……凱！」

「命！　あとでゆっくり話がしたい……待っててくれ！」

「うん！」

命の眼に、大粒の涙が浮かぶ。だがそれは、パレッス粒子から解放されて以来、ずっと流し続けていた涙とは違う。喜びの涙であった。

高い……というよりも、高すぎる機動性で全方位からのソールウェーブを軽々とかわし、ガイガーはパーツキューブに迫った。

「よっしゃあ、ジェネシッククローッ！」

腕部に装備されているクローを頭上に差し出し、そのまま突撃していく。高密度のジェネシックオーラを放ちながら突っ込むジェネシック・ガイガーに、遊星主たちも為す術がなかった。次々と貫かれたパーツキューブが消滅していく。

「うおおおおっ！」

「強い！」

「全部やっつけちゃえっ！」

ガイガーの活躍にあわせて、護と命も拳《こぶし》を握りしめる。

そして、その様子はジェイアークの艦橋からも、目撃されていた。

「ガイガー⁉」

ルネがガイガーを目撃したのはレプリジンを除いて、パリにGギガテスクが出現した一件以来である。窮地の連続に追い詰められていた心が、頼もしい味方の出現に熱くなる。

余りにも圧倒的な破壊の力に、不敵なピルナスの頬にも恐怖の汗が浮かんだ。強者の座から転落することに慣れていないのだろう。そんな遊星主たちの様子を、Ｊは不敵に笑い飛ばした。

「甦ったようだな……貴様らの天敵が」

「熱い……熱いね、体も、心も！」

うちから込みあげてくるものが、ルネのサイボーグ・ボディを発熱させる。体表から蒸気を発生させながらも、苦になってはいない。身体以上に、心が暴走しているからだ。戦闘のとき、ルネはいつも先頭を走っていなければ気がすまない。だが、誰かが自分よりも前方で戦っているというのも、悪くはない。

追いついていって、先頭を奪い取る愉しみがある。

一方、遊星主たちにとっては、愉しみどころではなくなっていた。トモロの改造を一時あきらめ、ジェイアークの艦外に出たアベルが、指揮をとる。

「ソールウェーブを集中させなさい！　出力はこちらの方が上です！」

その言葉に、遊星主たちは体勢を立て直した。八体の遊星主がパーツキューブでガイガーを包囲、一斉にソールウェーブを発射してきた。

エネルギーの余波は、命《みこと》と護《まもる》の至近にまで弾けてくる。

「きゃあっ！」

「大丈夫！　凱《がい》兄ちゃんに頼まれてるからね！　命姉ちゃんは絶対護るよ！」

護の左手が作り出す防壁は、頑強にソールウェーブの余波を跳ね返す。

そして、さしものガイガーも数の上で押し切られては、分が悪い。ついにソールウェーブが集中するポイントに追い込まれてしまった。幾筋ものソールウェーブが、ガイガーに直撃する。

「ぐわああっ！」

あまりの苦痛に、凱は絶叫した。だが、遊星主たちもその程度で、ガイガーを倒せるとは思っていない。

「いまです、パルパレーパ！」

「ケミカルフュージョン！」

レプリジン・地球の遺跡でガオファーと対したときのように、パルパレーパは球状物体を召還していた。そして、物体と融合し、ひとつになっていく。

「パルパレーパ・プラス！」

創造主たるパルパレーパ・プラスは、右腕にメスをセットし、動けないガイガーを切り裂かんと突進する。

「破壊神は創造主によって滅ぼされる運命！」

「うおおおっ！」

ガイガーは必死に、離脱しようと出力を振り絞る。だが、超密度のソールウェーブに全身が硬直し、動けない。

「凱っ！」

悲痛な声をあげた瞬間、命は聞き慣れぬ女性の声を聞いた。

「再生の力を止める者、それは破壊の力……」

「誰⁉」

命は辺りを見渡した。真空を越えて、音が伝わってくることはありえない。だが、Ｇストーンを通した声でもないらしい。現に、かたわらで必死に防壁を張っている護には聞こえていない。

「破壊は新たなゼロへの希望、無限なる可能性への挑戦……」

それは、場に存在する意識……とでもいうものであった。パレッス粒子との抗争において、命《みこと》の神経系は新たな力を獲得したのである。

〈リミピッドチャンネル〉──その力は、護《まもる》に様々な知識を与えたマザーの意識を読みとっていた。そして、愛する夫や息子と暮らしていた、平和だった日々の記憶も。

(そう、そういうことだったの。あなたは……護くんの……)

命はためらうことなく、護の防壁から飛び出した。真空空間では、セミ・エヴォリュダーの能力程度で生き延びることはできない。だが、やらなければならない。命はそう確信していた。

(お願い、凱を！　護くんを！　みんなを……助けて！)

宇宙空間に浮かぶ岸壁の向こう、Gクリスタルのかけらが浮遊するなかに、それはあった。Gストーンシステムの制御卓！

暴風のようなエネルギーが荒れくるう真空中を、命は突き進んだ。そして迷わず、拳《こぶし》を制御卓に叩きつける。

「ジェネシック……ドラーイブッッ！」


封印は、解かれた。

虚空に浮かぶGストーンシステムから、五つの光が飛び出していく。光は、ガイガーとパーツキューブが相争う戦場に飛び込んでいき、自らの機体を楯にソールウェーブを遮っていった。

機体の自由を得たガイガーは、機動性の限界まで現在地点から飛び退いた。その空間を、パルパレーパのメスが貫いていく。

「ソールウェーブが遮断された⁉」

五つの光は、そのまま、ガイガーを護るように、周囲を旋回している。

「これが、本当の……」

「ジェネシックマシン‼」

かつて、護《まもる》がピサ・ソールからパスキューマシンを奪取する際、陽動を務めて深く傷ついたジェネシックマシンたち。プロテクトガオー、スパイラルガオー、ブロウクンガオー、ストレイトガオー、ガジェットガオー。

五機のマシンたちは、ジェネシック・ガイガーの周囲を翔びまわった。これこそ、彼らに与えられた本来のフォーメーションである。その機動には、喜びに浮かれているかのように、生命が感じられた。

凱《がい》の心にも、ジェネシック・ガイガーからの情報がフィードバックされる。彼らジェネシックマシンが、ガオーマシンの原型であるとすれば、することはただひとつ！

「よっしゃああ！　ファイナルフュージョンッ‼」

スパイラルガオーが右脚部に、ストレイトガオーが左脚部に、それぞれ合体していく。そして、ブロウクンガオーが右肩部を、プロテクトガオーが左肩部を構成し、ガジェットガオーから展開してきた前腕部と接合、巨大な両腕部が完成した。ガジェットガオーは逆さに後背部へとりつき、前脚が両肩を掴みこんで固定された。黒鳥の頸部は、長大な尾のようだった。そして、エネルギーアキュメーターの長髪をなびかせながら、頭部が完成する。

「ガオッガイッガーッ」

ガオガイガーの面持ちを残しながらも、数倍、いや数十倍するパワーを秘めた最強の破壊神！それが完成勇者王〈ジェネシック・ガオガイガー〉だ。

「うおおおおおっ！　ブロウクンマグナムッ！」

ジェネシックが撃ち出した拳《こぶし》は再生の間も与えず、パーツキューブを粉砕していった。

「うおおおっ」

パルパレーパ・プラスでさえも、その攻撃の余波に弾き飛ばされる。なかには、ソールウェーブで反撃した遊星主もいたようだ。だが——

「プロテクトシェードッ！」

ジェネシックの防御フィールドは、ジェネシックオーラそのもので構成されている。完璧な防御と同時に、展開拡散したジェネシックオーラが、パーツキューブを分解していく。

あまりにも、超絶の力の発動であった。だが、エネルギー荒れくるう戦場の片隅で、凱《がい》は命《みこと》の肉体が限界を超えようとしていることを知らなかった。

「勝利を、信じて……」

宇宙空間を、生身の肉体が彷徨っている。そのことに気づいたのは、護《まもる》ただひとりであった。

NAKATANI

「命姉《みこと》ちゃぁんっ！」

「ソール11遊星主、俺は貴様らを……破壊するっ」

破壊神と化した凱《がい》は、ジェネシックの指先を、ジェイキャリアーの舳先《へさき》に立っている遊星主に向けた。だが、アベルは遊星主の指導者として、破壊神を前にしても、一歩も引かなかった。

「……暗黒物質の回収に使っていたパスキューマシンの力を使って戦わなければ、止められないようですね……」

平静を装うのは、そこまでが限界であった。もともと、感情がなかったわけではなく、理性の制御下に完璧に置いていただけだ。だが、その努力も終わろうとしている。怨嗟の念を込めて、アベルは憎々しげにその名を叫んだ。

「ジェネシックゥゥッッ!!」

# 第七章　ただ存在のみを賭けて

## ―西暦二〇〇七年七月―

### 1

「素粒子Ｚ０《ゼットゼロ》～～」

　かたわらのベッドから聞こえた声に、パピヨンの作業の手が止まった。振り返ったパピヨンは、猿頭寺耕助《えんとうじこうすけ》のその声がただの寝言でしかないことを知り、軽い失望の表情を浮かべた。

　この時、パピヨンはたったひとりで、ＧＧＧ《スリージー》全隊員の治療を続けていた。彼らはパレッス粒子という未知の物質に、神経を冒されている。だが、正体さえわかれば、対処は可能だ。自分自身の血液を採取し、パレッス粒子の実態を解析する。ＤＮＡ合成酵素連鎖反応法により、人体の内部に吸引されたパレッス粒子が、特殊な酵素を生成していることが判明した。光学異性体であるレプリジンに効果がなかったのも、もっともだ。

　パレッス粒子の仕組みさえわかれば、後は活性中心とは異なる場所で、基質以外の物質と結合させてしまえばよい。それだけで、活性を低下させられるはずだ。

　ツクヨミの生体医工学研究室は、高度に専門的な医療機器を多数、モーディワープという国連直轄の組織から導入していた。すべて、パピヨンがオービットベース着任直後に行ったことだ。八木《やぎ》沼《ぬま》ではなく、まだ大河《たいが》が長官であった頃だった故、承認してもらうことができた。まさか、こんな形で役に立つとは、誰も予想していなかっただろう。

（私のセンシングマインドを除いては……）

しかし、いくら優れた設備があっても、使いこなすのは人である。たったひとりで作業を続け、自分の血液をワクチン生成の参考にしたパピヨンは、疲労の極みにあった。

「いけない、水分の補給だけでもしないと……」

食事さえも忘れていたパピヨンは、冷蔵庫のなかに薬品や各種サンプルと肩身が狭そうに同居している飲料のボトルをとろうと、デスクから立ち上がった。

そして、足下が崩れた。

「パピヨンッ！」

倒れかかったパピヨンの身体を支えたのは、猿頭寺《えんとうじ》である。恋人の危機に、動かない身体を無理に動かし、飛び出してきたのだ。

「……耕助《こうすけ》、意識が戻っていたのですね」

「ああ、パピヨン、すまないことをした。すまない……」

支えていたパピヨンの身体を抱きしめ、猿頭寺は嗚咽した。

「耕助、あなた記憶が……」

パレッス粒子の影響下にあった自分の行動を、猿頭寺は覚えているらしい。だが、パピヨンはそれでよい……と思った。

（たとえどんなつらい経験でも、人はそれを糧に、成長できるはずです。少なくとも、耕助にはそ

れができる。私は信じています）

「う、ん……」

猿頭寺が寝ていたベッドの隣で、巨体が動いた。どうやら、整備班の牛山一男《うしやまかずお》も覚醒しつつあるらしい。

「耕助、牛山さんが目覚めます」

パピヨンが最初に治療を施したのが猿頭寺と牛山であったことには、理由がある。

「ああ、急いで勇者たちを復活させなければ……」

彼らふたりがいれば、勇者たちをシャットダウン状態から再起動することができるからだ。

「ボルフォッグ、すまないことをした。待っててくれよ」

「耕助、きっとあなたたちを待っていますよ。他の皆さんたちももう治療済みですから、直に目覚めるでしょう。それまで私がついていますから、行ってください」

「ああ！」

強くうなずいたものの、猿頭寺の細腕では覚醒前の牛山を引っ張っていくことはできない。結果、牛山が目覚めるまでの数分間だけ、猿頭寺とパピヨンは恋人同士らしい時間を持つことができたのだった。

――静かなメンテナンスルームに、キータイプの音が響く。整備台に拘束された勇者たちは指一本さえ動かすことができず、人間でさえも猿頭寺と牛山のふたりしかいない。

「ボルフォッグの作業は終わった、そっちはどうだい」

「光竜《こうりゅう》、闇竜《あんりゅう》、マイクが手つかずです、猿頭寺《えんとうじ》チーフ」

「わかった、彼らはわしが引き受けよう。氷竜《ひょうりゅう》たちに専念してくれ」

「はい！」

そしてまた、キータイプの音のみが静寂に抵抗する。やがて、牛山《うしやま》が沈黙に耐えかねたようにつぶやいた。

「チーフ、正直言って私は怖いです」

「今回の経緯が、勇者たちのＡＩにどんな影響を残しているか……かい？」

「はい、きっと彼らは、自分たちが見捨てられたと思っているはずです」

そのことを考えると、手が止まりがちな牛山に対して、猿頭寺は視線をモニターから一瞬放すことさえなく、作業を続けた。

「牛山くん、君は『フツヌシ事件』のこと、知っているよね」

「ええ、起動したばかりの光竜が連れ去られて、バイオネットが幻のディビジョンＶ〈フツヌシ〉に組み込んだ事件ですよね」

それは、ルネが光竜たちと出逢い、凱《がい》とともにフツヌシが創世した巨大ロボ〈Ｇギガテスク〉を撃破した事件でもある。

「あのとき、光竜が強奪される原因を作ってしまった闇竜は、心に深い傷を負ってしまった。まだ産まれたばかりなのにね。パピヨンはシステム調整の際、その記憶をデリートしようかとさえ、考えたそうだよ。でも、やらなかった」

「ひょっとして、猿頭寺チーフのアドバイスですか？」

「いやぁ、相談は受けたけど、話を聞いたときには、もうパピヨンの気持ちは固まっていたよ。起動したばかりの超ＡＩは、まだ赤子も同然だ。それを〝勇者の心〟に育てていくには、様々な経験と人間的な情動を覚えなくちゃならない。たとえ、どんなつらい経験だろうと、人間との信頼関係が揺るぎかねない記憶だろうと、そこから逃げてしまってはいけないんだ」

「勇気とは……恐怖を乗り越えるエネルギー、護《まもる》くんと凱がそう話していたそうですね」

「ああ、勇気ある誓いってヤツだな」

ふたたび、牛山も遅れを取り戻さんと、猛然と作業を再開した。

「すみません、猿頭寺チーフ。私は、勇気を忘れるところでした」

「それでいいのさ、要は最後に勝っていればいい。これが、わしらの戦いだ」

「はい！……それにしても、羨ましいな」

「なにがだい？」

「チーフとパピヨンさん、すごく信頼しあってる感じで素敵です。さっきだって……」

「あ、あれはだね！」

猿頭寺は少年のような純朴さで、顔を真っ赤にした。先ほど、生体医工学研究室の仮設ベッドで目覚めた牛山は、かたわらで展開されている猿頭寺とパピヨンのささやかなラブシーンを目撃してしまったのである。

「う、うううう牛山《うしやま》くん、君だって最近、整備部の後輩と……」

「な、なんでご存じなんですか⁉」

「ふふふ、パピヨンのセンシングマインドをなめてはいけない」

「お、おそれいりました！」

実のところ、単に女性隊員同士のネットワークで、話を聞きつけてきたというだけにすぎない。しかし、牛山にはパピヨンと猿頭寺《えんとうじ》が、超能力者とその黒幕のカップルのようにも思えていた……。


猿頭寺と牛山の不休の作業により、勇者ロボたちの再起動は順調に完了した。だが、正規の手順を踏まない緊急シャットダウンからの再起動の場合、超ＡＩ自身による自己診断プログラムをドライブさせる必要がある。その間にも、治療が終わった隊員たちが駆けつけてくる。大河《たいが》が、火麻《ひゅうま》が、雷牙《らいが》が、スワンが、スタリオンが、みな固唾を呑んで勇者ロボたちを見守っていた。

「う……猿頭寺……オペレーター……」

最初に再起動したのは、ボルフォッグであった。彼にとって、強制シャットダウンされたところで、メモリーは中断されている。つまり、認識としてはシャットダウンの直後に再起動されたような状態になっているはずだ。だが、現在時刻を把握することで、シャットダウン状態に置かれていたのが五〇時間余りであったことも、再起動と同時に理解しただろう。

「ボルフォッグ、すまない……！」

猿頭寺は、ボロボロと涙を流していた。パレッス粒子による神経系の異常、そしてそこから起こった不幸な出来事。それらをすべて語った上、猿頭寺は再度謝った。

「すまない、わしはお前たちを、意志のないただの道具として扱ってしまった……」

「猿頭寺オペレーター、私たちを人間と同じように扱っていただく必要はありません」

「ボルフォッグ……」

「私たちはGGG《スリージー》に配備された装備ではなく、隊員です。そのことを誇りに思っています。ですが、そのことで自分を人間と同一視したことはありません。私たちは過酷な環境でも活動でき、機体を破損してもパーツ交換や修理で元の状態に復帰できます。バックアップが存在していれば、完全に破壊されてさえ、もうひとりの自分を残すことができます」

「人間なら取り返しのつかないことでも、お前たちにはできる。だが、価値ってものは、リスクの大小で決まるものじゃないぞ！」

「生存リスクが小さい自分たちを軽視しているわけではありません。私たちは、尊敬し、敬愛しているのです。生存リスクが大きくとも、危険のなかへ身をさらし、戦うことをいとわない、勇気ある人々を！」

「おい、ひとりでいいトコを全部持ってくつもりかい！」

「誰が言おうと、それは私たち全員の気持ちであることに変わりない、いいじゃないか、炎竜《えんりゅう》」

いつの間にか、他の勇者ロボたちも再起動を終えていた。先任たちの言葉に、風龍《ふうりゅう》や雷龍《らいりゅう》、光竜《こうりゅう》、闇竜《あんりゅう》、マイクらもうなずく。

「そして、今回の危機はソール11遊星主の策略によるものと推測されます。彼らを赦《ゆる》すつもりはありませんが、あなたがたに恨みを持つプログラムも、ありません」

ボルフォッグが締めくくった言葉に、猿頭寺《えんとうじ》は涙をさらにこぼしていた。かたわらのパピヨンが、そっとぬぐう。

「じゃあ、もう一度、わしらとともに戦って……くれるかい？」

「もちろんです、猿頭寺オペレーター！」

「俺もだぜ！」

「マイクももっと頑張っちゃうもんね〜！」

ボルフォッグの言葉に、周囲の勇者ロボたちが口々に同意した。

鋼鉄の仲間たちの言葉をかみしめながら、人間の隊員たちも深くうなずく。そして、大河《たいが》が一同に語りかけた。

「いま、凱《がい》と卯都木《うつぎ》くん、ルネ、そして護《まもる》くんが衛星軌道上でキングジェイダーとともに、ソール11遊星主と交戦状態にあるようだ」

彼らの様子は、センシングマインドで状況を把握したパピヨンが逐一、大河たちへ伝えていた。

「戦いだけがすべてではない。パレッス粒子の影響下にあったとはいえ、我々がひとたび選んだ結論、それはまったくの間違いと否定してしまえるものではない。だが、それでも我々は行かねばならない。宇宙収縮現象による危機から、地球を救うために。そのためにいかなる困難や恐怖が待っていようと、我々は乗り越えねばならない、勇気とともに！」

「おおっ！」

大河の宣言に、GGG《スリージー》隊員たちは拳《こぶし》を振り上げ、応えた。そこに人間の隊員も鋼鉄の隊員も区別はなかった。

「GGG総員、発進準備にかかれっ！」

## 2

冷徹と嘲弄という仮面を打ち砕かれたいま、アベルは本性を表していた。ジェイキャリアーの舳《へ》先《さき》に立ち、遊星主のひとりに命令する。その声は、焦りと怒りの色を濃く浮かべていた。

「やむをえません……ピサ・ソール！　その力を私たちのために解放しなさい！　フュージョンするのですっ！」

ピサ・ソールと呼ばれた人間体はベールをはぎ、その姿を現した。白く光る眼に、口のない異様な顔。この場にパピヨンがいてその姿を見れば、かつてアマゾンで遭遇した人を超える生命体[※34]のことを思い出したかもしれない。

だが、ピサ・ソールもまたプログラムである以上、人間離れした容姿と能力を持っていて当然である。ピサ・ソールの能力の一端は、速度として誇示された。レプリジン・地球の衛星軌道上から、光り輝く恒星まで一億五千万キロメートルを、わずか一〇分程度で駆け抜ける。その速度は亜光速にまで達していた。

そして、ピサ・ソールは光のなかへフュージョンしていく。

レプリジン・地球を照らし出していた光のかたまりは、無数のパーツキューブの群に分解され、さらに幾何学的な立方体へと再構成されていく。

その様子を、ピルナスとの戦いの手を休めたルネが目撃する。

「太陽が……」

「太陽ではない、あれこそ再生マシン……ピサ・ソールの本体だ！」

同じくピア・デケムと交戦中のＪが、ルネの認識を正した。

「再生マシン⁉」

その名の通り、ピサ・ソールは戦闘空域を再生波動で照らし出した。波動を浴び、折れ砕けたはずの、ピア・デケムの大鎌が再生する。そして、小型ボムに破砕されたはずの、ピルナスの鎖もまた、健在な姿を取り戻していた。投げつけられた大鎌を避けつつ、カタパルトランチャーをかまえるルネ。

だが、横合いからピルナスが放った鎖に、Ｊもろとも、まとめてからめとられた。

「くっ！　ぐわあああっ」

鎖に全身を締め付けられ、苦痛の叫びをもらすふたりを、ピルナスが愉悦を浮かべつつ、楽しそうに見つめる。

「そう、ピサ・ソールの光ある限りあたしたちは死なない！」

そして、再生されたのは、ジェネシックに破壊されたはずのパーツキューブ群も同様であった。無数のパーツキューブに取り囲まれた中心で、凱《がい》は闘志を失わずに叫ぶ。

「貴様らが無限に再生されるなら、俺はそれを破壊し続けるだけだ！　ガジェットフェザーッ！」

ジェネシック後背のガジェットガオー部が、八枚の羽根を展開させる。

「ソールウェーブ！」

パーツキューブ群から一斉放射されるソールウェーブ。だが、ジェネシックは緑の羽根を羽ばたかせ、超高速でその攻撃をかわしていった。無数のソールウェーブは追尾を続けるものの、ジェネシックの高機動にかすりもしない。

「ガジェットツールッ！」

ジェネシックは反撃に転じた。ガジェットガオーの頸部であった尾が分解され、ジェネシックの左腕に装着される。パーツは瞬時に形態を組み替え、ガジェットツールとなった。

「ボルティングドライバー！」

ボルティングドライバー、それがこのガジェットツールの名である。

「ジェネシックボルト！」

ギャレオンの顎門《あぎと》から発射された光のボルトが、ボルティングドライバーの先端部に装着される。ボルトはドライバーによって空間にねじこまれた。そして、Gクリスタルから充填されたジェネシッククオーラの波動を、戦闘空域一帯に放射した。

濃密なジェネシックオーラに、パーツキューブ群は次々と分解されていく。

「くっ、ピサ・ソール！」

ピサ・ソールの再生波動がさらに照射される。だが、ジェネシックオーラの破壊活動が、再生されるそばからパーツキューブ群を分解していった。破壊の速度は、明らかに再生を凌駕している。

アベルでさえ、自分の身を護るために、バリアを張ることに専念せねばならなかった。

「ジェネシックオーラの無限波動は、貴様らの存在を許さない！」

凱《がい》の叫びに、さらにアベルは憎しみを増し、表情を歪めていった。


再生と破壊の波動が入り乱れる戦闘空域の片隅――

あるGクリスタルの破片の上で、護《まもる》もまた、孤独な戦いを続けていた。

（ダメだ、息をしてくれない、このままじゃ……）

生身で真空に飛び出し、膨大なエネルギーの奔流に身をさらした卯都木命《うつぎみこと》を、必死に救おうとしているのだ。左手の癒しの力が、青ざめた肌に吸い込まれていく。だが、命の胸はぴくりとも動こうとはしなかった。

「凱兄ちゃんと約束したのに……命姉ちゃん、お願い！　息をして!!」

そんな命の窮状にも気づかず、凱はなおも戦闘のただなかにあった。

「はあああっ！」

ジェネシックの背後から急襲したパルパレーパ・プラスが右腕のメスで、ボルティングドライバーを両断する。

「パルパレーパッ！」

いや、両断されたかに見えたボルティングドライバーは、ガジェットツールに分解され、尾部に再合体をする。忌々しげに睨《ね》め付けたパルパレーパは、さらにジェネシックへ斬りつける。

「破壊神！　いや、滅びを呼ぶ悪魔よ！　去れえぇっ‼」

だが、ジェネシックを直撃したメスは、瞬時に刃先を分解されてしまう。

「ジェネシックアーマー⁉」

パルパレーパは恐怖した。ジェネシック・ガオガイガーは、装甲表面にジェネシックオーラそのものをまとっているのだ。エネルギーレベルの低い直接攻撃では、かえってダメージを受けてしまう。

(ようやく怯みを見せたな、パルパレーパ！　見逃さないぜっ！)

さらに尾部の別の部位が、ガジェットツールとして右腕に装着されていく。

「ウィルナイフッ！」

「うおおおお！」

凱の意志の力で切断力を増すウィルナイフが、再生されたパルパレーパのメスと正面から激突する。メスが分解され、また再生された。永遠の反復が、膠着状態を演出する。

「うおおおっ」

ジェネシックは空いた左腕の爪を、パルパレーパ・プラスに突き立てようとした。グラビティ・ショックウェーブ[※35]を放つゴルディオンネイル！　だが、パルパレーパ・プラスもまた、光にされることもいとわず左腕で受け止め、さらに再生を繰り返す。

「弱者は滅びる……それが物質世界の掟だ！　ポイズンオーラ！」

密着状態で、パルパレーパは胸部から毒性の強いケミカル物質を放った。全身を毒に包み込まれたジェネシックが、たまらずに離れる。

ジェネシックにとって、それは児戯に等しい攻撃だ。だが、ケミカル物質を振り払う一瞬に、アベルは反撃の体勢を整えていた。

「今こそフュージョンです！」

これまでパーツキューブの制御のみに専念していた五体の遊星主が、パルパレーパと同じく、パーツキューブにフュージョンしていく。

ジェネシックが左腕から防御フィールドであるプロテクトシェードを発生させ、ポイズンオーラを振り払う。だが、すでに遊星主たちはパルパレーパ・プラスと同じ巨大ロボとなり、ジェネシックを完全に包囲していた。

「いま一度紹介しよう、ペルクリオ！　ピーヴァータ！　ポルタン！　プラヌス！　ペチュルオン！　限りある命しか持たぬ者よ。不死身の我らとどう戦う？」

パルパレーパ・プラス一体に苦戦させられていたというのに、同等と思われる敵がさらに五体。

だが、圧倒的な戦力比を突きつけられようと、凱《がい》の闘志は揺るがない。

「勝利をこの手に掴むまで……俺の勇気は死なない！」

「ふ……悲しき破壊神、ひとりでは何もできまい」

凱の勇気は、パルパレーパにとって唾棄《だき》すべき無謀としか思えなかった。しかし、その侮蔑を否定したのは、凱ではない。

「ひとりではない!!」

力強き宣言が、全周波数帯の通信波にのせて、戦闘空域に響き渡った――。

## 3

成層圏低軌道から、重力を振り切った艦隊が上昇してくる。

「――こちら超翼射出司令艦《ちょうよくしゃしゅつしれいかん》〈ツクヨミ〉。間に合いましたね、勇者王！」

先頭の艦から、パピヨンの通信が入った。

「最撃多元燃導艦《さいげきたげんねんどうかん》〈タケハヤ〉。リフレクタービーム起動！」

二列目右翼の艦では、ボルフォックが戦闘準備を整える。

「プロジェクションコンベックス形成！　リフレクターエネルギー充填開始！」

かつての百式司令部多次元艦〈スサノオ〉の主兵装リフレクタービームを発展させた、リフレクタービームⅡが、砲撃戦の切り札となる。

「極輝覚醒複胴艦《きょくきかくせいふくどうかん》〈ヒルメ〉、機動部隊総員配備完了！」

二列目左翼の艦から、氷竜《ひょうりゅう》が報告した。

完全に戦闘態勢を整えているGGG《スリージー》艦隊の威容に、パルパレーパは愕然とした。

「我がパレッス粒子の呪縛から逃れた⁉」


「みんな……」

熱い想いが胸に満ちあふれ、かえって凱《がい》にそれ以上の言葉を失わせた。

「待たせて悪かったな、凱！」

通信モニターに向かって、火麻《ひゅうま》が親指を立ててみせる。その言葉と仕草が、十分に彼らGGG隊員たちの気持ちを物語っていた。

そして、大河幸太郎《たいがこうたろう》はGGG長官として、ソール11遊星主に宣言する。

「我々は、君たちソール11遊星主によって、その勇気を試された。パレッス粒子で神経を冒され、平和を望む心を利用された。戦うことだけが、勇気ではない。だが、戦わざることも、勇気とはいえない！　いま、ここに宣言しよう！　我々は戦う！　それが、我々が信じてきた〝勇気ある誓い〟である以上！　我々は戦う……生命ある限り‼」


（あなたが信じてきたものを信じられなくなったとき……始まるのです。あなた自身の戦いが──）

凱の脳裏に、パピヨンの言葉が響いていた。

（そうだ……俺はすべてを失ったと思っていた。だが、護《まもる》と命《みこと》が思い出させてくれた、なにも失ってはいない、と。俺はひとりじゃない。勇気ある誓いに結ばれた仲間が、ここにいる。たとえ離れていても、みんなは俺と同じ心を持っている）

（やっと、そのことがわかった。だから、ここから始まるんだ——俺自身の戦いが！）


「ソールウェーブ！」

「リフレクタービーム！」

遊星主とGGG艦隊の攻撃が、同時にはじまった。

「プロジェクションカンケイヴ！　リフレクタービーム……照射！」

だが、ボルフォッグはピサ・ソールの光エネルギーを利用、ビームを屈折させるカンケイヴフィールドを作り出した。拡散されたビームは、乱数的に遊星主に襲いかかり、牽制の役を果たす。

「最強勇者ロボ軍団、出撃！」

続いて、火麻の怒号に指令され、ヒルメから勇者ロボ軍団が出撃する。

氷竜と炎竜《えんりゅう》は連携して、ピーヴァータの機体に組み付いた。

「隊長殿！　私たちが捕まえている間に……」

「コイツに止めをさしてくれ！」

「よっしゃあ！」

ジェネシックは、動きを封じられたピーヴァァータに、猛然と襲いかかる。だが、横合いからパルパレーパ・プラスが突進してきた。

「そうだ、それでいい！　弱すぎる敵など倒すに値せぬ！」

ガオファーにファイナルフュージョンをうながしたときと同じ心理か、パルパレーパは強敵の存在を悦んだ。左腕をドリルに変形させ、ジェネシックの胴体部に抉り込む。

「ストレイトドリル！」

だが、ジェネシックもまた左膝部のドリルで迎え撃つ！

「ぬおおおおっ！」

ドリルとドリルが激突し、互いの回転力で火花を散らし、弾き跳ばす。先に体勢を立て直し、第二撃を放ったのは、ジェネシックだ。

「スパイラルドリル！」

交差して撃ち込まれた右膝部のドリルが、パルパレーパ・プラスの半身を粉砕する。

「ぐおおおおっ」

爆圧で軌道高度を低下させたパルパレーパ・プラスは、レプリジン・地球の重力に引かれていく。

(逃がすものか！)

ジェネシックもまた、濃密な大気層に身を躍らせながら、パルパレーパ・プラスを追う。

「逃げるのです、早く！」

アベルの指令は、パルパレーパ・プラスだけに向けられたものではなかった。

「逃がしはしない！」

「雷《レイ》ーッ！」

風龍《ふうりゅう》と雷龍《らいりゅう》の追撃を受けたペチュルオンが、地上へ逃亡をはかる。

「待て！」

「赦《ゆる》さないいんだから！」

光竜《こうりゅう》と闇竜《あんりゅう》から逃れたプラヌスも、大気圏に突入した。

「離すもんか！」

「絶対に！」

炎竜《えんりゅう》と氷竜《ひょうりゅう》は、組み付いたピーヴァータとともに落下していった。

「ヘイ・ユー！　ギッタンギッタンにしちゃうもんね！」

マイクは、ペルクリオの露骨な逃亡に、明らかな深追いをさせられていた。


あまりにも見え透いた行動に疑問を抱いたのは、タケハヤ艦橋のボルフォッグである。

「敵のこの行動パターンは……む！」

だが、勇者ロボたちに警告を発する間もなく、タケハヤにも緊急事態が迫っていた。

電子的な警戒の隙間に潜り込みつつ、遊星主ポルタンがタケハヤの甲板に到達した。

「………」

無言でポルタンは、二本の刀を投じる。狙い過《あやま》たず、刀はふたつのエンジンブロックに命中した。

しかも、その二箇所は装甲板の直下にリフレクタービームへエネルギーを供給するディストリビューターが存在したのだ。正確な攻撃で、タケハヤの主兵装は沈黙した。次なる攻撃目標を選定しようとしたポルタンに、闇から放たれた光が迫る。

「……！」

ポルタンは艦の上方へ跳び、ボルフォッグの奇襲をかわした。しかも、二刀を回収することも忘れていない。ホログラフィックカモフラージュを解除し、ポルタンと対峙するボルフォッグ。そのうちには、静かなる闘志が満ちている。

「霧よりも密かにタケハヤに近づき、リフレクタービームを最小限の力で止めるその能力、敵ながら見事です。しかし、私の怒りは止められません！」

そう、彼ら遊星主の暗躍によって、ボルフォッグはもっとも信頼する人々との絆を断ち切られそうになった。

（猿頭寺《えんとうじ》隊員にあのような表情をさせたこと……赦《ゆる》せません！）

だが、怒りに攻撃の正確さを揺るがせるようなボルフォッグではない。

「シルバームーン！」

ブーメランの二段攻撃が、ポルタンを急襲する。しかし、ポルタンもまた、いかなる技術によるものか、姿を消して離脱する。

（その計算の甘さが、命とりです！）

光学的に沈黙してしまえば、慣性移動しかできない。姿を消す瞬間のベクトル解析から、現在位置の予測は可能だ。

「ロケットワッパーッ！！」

虚空へ放たれたボルフォッグの特殊装備は、ポルタンの脚部を捕縛した。

「逃がしはしません！」

「……………」

しかし、ポルタンの真の狙いもまた、他の遊星主たちと同様であった。タケハヤから引きずり出すことに成功したボルフォッグとともに、ポルタンは重力井戸の底へ飛び込んだ。

「ぬおおっ！」

二体はロケットワッパーの超硬質ワイヤーに結ばれたまま、レプリジン・地球に落下していく。


ツクヨミの艦橋で、パピヨンは隣に座っている猿頭寺を見た。猿頭寺もすぐにその視線に気づき、パピヨンの瞳を見つめる。

（やはり……そうなのかい？）

（ええ、間違いありません）

それはセンシングマインドでも、リミピッドチャンネルでもない。心が通い合った者同士に特有の意思疎通だ。いずれにせよ、パピヨンの支持を得たことで、いつものように猿頭寺は自説に自信を持った。

「してやられたようです、こちらの戦力を分断する作戦に！」

「なんだと!?」

たしかに指摘されてみれば、遊星主たちの引き際には、明白な意図が隠されているようだ。作戦参謀である火麻《ひゅうま》にとって、敵の作戦を見破ることができなかったのは、重大な痛恨事だった。

「ノォーッ！」

スワンの悲鳴が響く。ツクヨミ艦橋の窓の外、真空の空間に男が立っている。パーツキューブの上に屹立《きつりつ》するその人物が、カインを模したペイ・ラ・カインであることに気づく者はいない。だが、恐るべき敵が眼前に現れたことだけは、たしかだった。

「機動部隊を呼び戻せ！」

「――待ってください！」

自分の指令を遮った声の方に、大河《たいが》は振り向いた。そこに立っていたのは、仮死状態にある卯都木命《うつぎみこと》をともなった、天海護《あまみまもる》であった。


「……護くん！」

一同が、口々に少年の名前を呼ぶ。

護は懐かしさを込めて、人々を見渡した。

(長官さん、雷牙《らいが》博士も、火麻参謀も……みんな、みんな変わらないいや！)

だが、人々の視線には懐かしさや喜び以上に、戸惑いの成分が含まれている。戒道《かいどう》に聞いたレプリジン・護の運命を、護は思い出した。

（……無理もないよね、僕のレプリジンがやった……ううん、やられたことを考えたら）

しかし、再会の喜びに浸っている場合でも、身の証をたてている場合でもなかった。

「命姉ちゃんを頼みます」

スワンやパピヨンに命を託すと、護は窓外《そうがい》のペイ・ラ・カインをにらんだ。

「――僕が戦います！」

## 4

自らの作戦が成功しつつあることで、ふたたびアベルは余裕を取り戻しつつあった。

「トモロの改造は後回しですね。先にGGG《スリージー》を叩きましょう」

ジェネシック・ガオガイガーから放たれるジェネシックオーラが失われたことで、ピア・デケムとピルナスも優位を取り戻していた。これもまた、アベルの狙いの一部だ。

ルネとJはまとめて鎖に縛り上げられ、ジェイダーの胸部……ジェイアークの艦橋に転がされている。

「さあ、甘えた声で鳴きなさい」

ピルナスはルネの頬を、槍のように尖ったカカトで踏みにじった。

「うあぁぁっ」

「そうそう……あなたは獅子なんかじゃなくて、仔猫ちゃんなんだから」

「ぐぅ……」

「なんでも言うことを聞くとおっしゃい！」

だが、ルネに代わり、隣で縛られていたJが叫ぶ。

「戦士として誇りを捨てるくらいなら……私は戦って死ぬ！」

その言葉は、ルネの記憶の奥底を貫いた。それは──かつて、ルネがバイオネットに服従を強いられたとき、死をも覚悟して叫んだ言葉と同じだったのだ。

「暗い迷宮を彷徨い続け……やっと、私は戦士として大空のもとへ羽ばたくことができた。だから、死ぬのは……貴様ら害虫を駆除してからだ！」

その言葉もまた、ルネがバイオネットのエージェントを倒すたびに口にしていたものだ。

（こいつ……どこか、私に似ているのかもしれない……）

Jにしてみれば、虚弱なサイボーグがいたぶり殺されそうに見えたので、自分へ狙いを向けさせようと思っての言葉だった。だが、ピルナスはふたりもろともに弄ぶことにしたようだ。

「駆除って……こうすることかしらぁ！」

鎖をつかみ、上空へ放り投げる。

「死神さん！」

ピルナスの視線に応えたピア・デケムが、大鎌を投げつける。ふたりの服を巧みに貫いて、大鎌はルネとJを壁に磔にした。

だが、アベルの声が彼らにいつまでも、余興に興じていることを許さない。

「ピルナス！　ピア・デケム！　いつまで遊んでいるのです、早く戻りなさい！」

ピア・デケムは躊躇《ちゅうちょ》することなく、艦橋を飛び出していった。ピルナスは名残惜しそうに、熱い息を吹きかけながら、ルネの耳たぶをひと嘗めする。

「地獄で会いましょう」

そして、左腕から炎を放った。紅蓮の炎が一瞬にしてルネとJを包み込む。全身を焼かれていくふたりにもはや関心を失ったように、ピルナスもアベルのもとへ帰還していった。

「冷却コートが……開けないっ」

ルネの過剰放熱を抑制するコートは、鎖で縛り付けられ、びくともしない。

「Jジュエルの力さえあれば……こんな鎖など！」

アルマによるJジュエル凍結コマンドもまた、解除されてはいない。

すべては、絶望の淵に沈みつつあった。だが、それでもルネの闘志は失われてはいない。

「熱い……熱い……なんでだろう？　もう何も感じちゃいないのに」

「ふ……私にとっては、いつものことだ」

たとえ敵の手に落ちようと、宇宙の彼方へ跳ばされようと、それでもJは復活してきた。いや、甦るたびに新たな力を手に入れ、より高みへと飛ぶ力を手に入れてきたのではなかったか。

勝利への確信、そんな響きをルネはJの言葉のなかに感じた。

「J……どうして？」

「わかっているのはひとつだけだ」

ルネの右腕が、次第に力を失い、落ちていく。そして、指先が触れた。もうひとりの指先に。指と指がからみあい、生命の宝石が重ねられていく。

「不死鳥は……炎の中から甦るっ!!」

――そして、奇跡は起きた。

Jジュエルが凍結コマンドから解除されたのだ。いや、それどころか、通常時に数倍するパワーを放っていた。

「Gストーンのハイパーモードが、Jジュエルを復活させたのか！」

ルネのGストーンは、怒りによってその眠る力を引き出され、ハイパーモードとなったことがある。もともとルネ自身にも制御できるものではなかったのだが、炎の熱と生命の危機に瀕してもあきらめないルネの勇気が、Gストーンを活性化させたらしい。

Gストーンの力で甦ったJジュエルの巨大なパワー！　Jは倍加された力で、あっさりと鎖を引きちぎった。

「共鳴することでお互いがパワーアップしてる？」

翼のように開かれた冷却コートが炎を吹き飛ばし、ふたりの身体を冷やしていく。だが、共鳴は収まろうとしない。

「こんな現象は初めてだ……」

ルネはGストーンとJジュエルをより強く重ね合わせながら、つぶやいた。

「手を放せば、また消えちまいそうだね」

　ふたりは、互いの瞳を見つめ合った。どこか凱《がい》にも似た瞳の輝きが、Jの眼前にある。

（他者の眼をこんなにも、間近に見たことはなかったな。……頭部装甲を破壊されて、良いことがひとつだけあった、ということか）

　そして、ふたりは艦橋の後部を見た。そこは普段、Jがフュージョンしていく空間だ。

　どちらともなく、ふたりは声をあわせた。

「フュージョン！」

　手を握り合わせたまま、Jとルネはジェイダーを飛翔させた。

「……ルネ」

「わかってる。死ぬのは、害虫駆除が終わってからだ」

　ふたりはGストーンの力と、Jジュエルの力を縒り合わせ、ジェイアークに送り込んだ。あまりにも強烈な情報の入力に、トモロ０１１７は飛び起きた。

「凍結プログラム解除！」

　ジェイアークの復活、そしてジェイダーの飛翔は、ピア・デケム・ピットの艦橋におさまったアベルの知るところとなった。

「ジェイアークが……なぜです⁉」

　JジュエルとGストーンが共振し、新たな力を産み出すなど……赤の星でも、緑の星でも想定していなかった。こんな事態が起こりうるわけがない！

「大丈夫か、ルネ？」

「ああ、すごい衝撃だけどな」

「いくぞ！」

ふたたび、ふたりは声を重ねた。

「メガフュージョンッッ!!」

いや、声だけではない、ふたりの生命が重ねられたのだ。

ジェイダーはGとJの紋章を交互に輝かせながら、ジェイアークと合体していく。そして誕生した。ふたつの星の力を併せ持つ、まさに至上最強のジャイアントメカノイドが！

「キングジェイダー！」


「ありえない……」

いまや、アベルは完全に茫然自失し、つぶやくのみだった。目の前に迫ってくる巨体がなにものなのか、理解できない。

キングジェイダーは指先のメーザー砲を十門、ピア・デケム・ピットに向け、宣言した。

「ソール11遊星主、今度こそ……アルマを返してもらうぞ！」

十連メーザー砲の斉射直前、アベルは決断した。

（ならば、この決着もまた、レプリジンの大地でつけることとしましょう）

「大気圏に突入するのです！」

キングジェイダーを艦首にまきこみ、ピア・デケム・ピットは降下を開始した。

「ルネ、墜落の衝撃がくるぞ！」

「わかってる、心配するより敵を叩けっ！」

## 5

勇者ロボたちと遊星主たち——

彼らはあるいはもつれあい、あるいは遊星主が引きずり込む形で、レプリジン・地球の各所に墜落していった。

日本・新宿に、ジェネシック・ガオガイガーとパルパレーパ・プラス。

インド・タージマハルに、氷竜《ひょうりゅう》・炎竜《えんりゅう》とピーヴァータ。

中国・三峡《さんきょう》に、風龍《ふうりゅう》・雷龍《らいりゅう》とペチュルオン。

英国・ロンドンに、マイク・サウンダース13世とペルクリオ。

ロシア・ウラジオストクに、ボルフォッグとポルタン。

ギリシャ・アテネに、光竜《こうりゅう》・闇竜《あんりゅう》とプラヌス。

そして——

キングジェイダーとピア・デケム・ピットはアルゼンチン、ロス・グラシアレスへ、それぞれ墜落した。氷山の海が、巨艦と巨艦の戦いの舞台に選ばれたようだ。アベルはこれを好機として、ピア・デケムに指令する。

「いまです……ギガフュージョンッ！」

黒い三段飛行甲板空母は、システムを組み替え、百二十メートルに達する巨大ロボに変形していった。

「ピア・デケム・ピーク！」

分厚い氷を打ち破り、キングジェイダーは空中に躍り出た。だが、白き戦艦ロボの前に、黒き空母ロボが立ちはだかる。

「向こうも変形したのか⁉」

「むんっ！」

Jは裂帛《れっぱく》の気合いとともに、キングジェイダーをピア・デケム・ピークのふところに飛び込ませた。ジェネシック本体よりも巨大なキングジェイダーの片脚が、遠心力をつけて打ち込まれる。だが、ピア・デケム・ピークは右腕一本で、軽々とその攻撃を受け止めた。

「まだまだ、お仕置きが足りないようねえ」

ピア・デケム・ピークの艦橋に乗り込んでいるピルナスが、余裕もあらわにつぶやく。その意志に反応したかのように黒い空母ロボが、白い戦艦ロボの片脚を抱えたまま、旋回を開始する。

キングジェイダーは軽々と振り回され、直下の海面に浮かぶ氷山に叩きつけられた。

NAKATANI

「うわあああ！」

ピア・デケム・ピークはすかさず、機雷艦載機群を発進させる。

舞い散る氷片のなかから、キングジェイダーは反中間子砲で艦載機を迎撃した。そして、十連メーザー砲で、ピア・デケム・ピークに逆撃をかける。

しかし——

「うわあああっ！」

戦場に轟いたのは少年の、戒道幾巳《かいどういくみ》の悲鳴であった。彼はいま、ピア・デケム・ピークの中枢部に生体コンピュータとして組み込まれている。

アベルは涼しげな顔で言ってのけた。

「こちらのダメージは、直接アルマに伝わるように調整しておきました。お好きなだけ攻撃して下さい」

さすがにJも、攻撃を躊躇《ためら》った。ルネが悔しげにつぶやく。

「近づけば馬鹿力で、離れれば艦載機で……その上こちらからは、攻撃できない！」

「さらにキングジェイダー最強の武器、ジェイクォースもすでにありません」

アベルの言うとおり、ジェイクォースはレプリジン・ガオファイガーとの激突時に失われたままだ。

打つ手をなくしたところへ、ピア・デケム・ピークが突進してくる。アルマへのダメージを案じて、Jは反撃できない。そこへ格闘戦がしかけられた。

キングジェイダーはいま初めて、自分よりも強大な腕に殴られ、脚に蹴倒され、蹂躙されつつあった。

ギリシャ・アテネ――

光竜《こうりゅう》と闇竜《あんりゅう》は、自ら放った攻撃をプラヌスの巨大シールドに反射され、装甲表面を灼かれていた。

「……恥ずかしい」

「私も！　お肌が焼け焦げちゃった……！」

だが、プラヌスへの敵意が、ふたりの心をひとつにしていく。

「あっ！　シンパレート[※36]が……」

「上がってる！」

かつて、〝フツヌシ事件〟の際、ふたりはシンメトリカルドッキングに失敗したことがある。その記憶が超ＡＩにトラウマとして残り、たとえ厳しい戦闘のなかでも、ふたりのシンパレートはなかなか上がらずにいたのだ。

「あいつ赦《ゆる》さない、絶対に！」

闇竜が宣言した。

「やっつけちゃおう！」

光竜も同意した。

「シンメトリカルドッキングッ！」

白と黒の勇者はアテネの空に舞い、ひとつの機体へとドッキングしていく。原種大戦以来、ついに再誕した合体ビークルロボが宣言した。

「天竜神《てんりゅうじん》!!　アテネの女神は……あなたじゃないわ!!」


勇者たちは、レプリジン・地球の各所で遊星主との決戦に臨んでいく。

インド・タージマハル――青と赤の勇者が、超竜神《ちょうりゅうじん》となり、中国・三峡《さんきょう》――緑と黄の勇者が、撃龍神《げきりゅうじん》となった。

マイクが、ボルフォッグが、死力を尽くして戦っている。

だが、それは正義のための戦いではない。

三重連太陽系の再生と、地球人類が存続していくための戦い。どちらもゆずることのできない、ただ互いの存在のみを賭けた戦いであった。


そして、日本・新宿――ジェネシックの前に、さらなる修羅の決意をする者がいた。

「ドーピングシリンダーッ!」

パルパレーパ・プラスは、背部に設置されていた六基のシリンダーから、ケミカルナノマシンを自らの機体に注入した。そして、禍々しい姿へと変貌していく。

「パルパレーパ・プラジュナーッッ!!」

「さらにパワーアップしたのか!?」

凱《がい》が見抜いた通り、パルパレーパはさらなる強化を果たしていた。ラウドGストーンに限界を超えさせ、短時間ながら大出力を誇る、究極の姿。だが、それは自ら燃え尽き、永遠の機能停止を招きかねない諸刃の刃だ。

そのことを知っているプラジュナーは、即座に決戦の技を繰り出す。

「教えてやろう、貴様らには生きる資格などないことを！　ゴッド・アンド・デビル！」

凱もまた、ジェネシックの両腕にガジェットツールを装着させ、迎え撃った。

「生きる資格、それはもがきあがくことで……勝ちとるものだ！　ヘル・アンド・ヘブン！」

攻撃と防御、ふたつの力が両の掌《てのひら》から放出された。

「ゲム・ギル・ガン・ゴー・グフォ……はあっ！」

ヘル・アンド・ヘブン対ゴッド・アンド・デビル！

だが、凱にはプラジュナーを超える勝算があった。

(護《まもる》！　いまこそ俺も使ってみせるぜ、真のヘル・アンド・ヘブンをっ！)

激突の直前、ジェネシックが吠えた――

「ウィータァアッッッ!!」

それはかつて木星で護が唱えた、完全なる呪文。レプリジン・護が使った真のヘル・アンド・ヘブン。いま初めて、凱が唱え、使う――ヘル・アンド・ヘブン・アンリミテッド！

# 第八章　星と時の彼方に

―西暦二〇〇七年七月―

## 1

（木星から地球へ帰還する三か月の旅の間、凱《がい》兄ちゃんが何度も何度も話してくれた。カインがどんなに、僕のことを想っていてくれたか。そして、どんなに星々の平和を願う優しい人だったのか……）

（だから、僕はカインに会ってみたいと思った。お父さんとお母さんを、悲しませたくはなかった。でも、カインと話してみたかった。僕になぜ〝護《まもる》〟という名前をつけてくれたのか、お父さんは話してくれた。だから、カインにも聞いてみたかった。〝ラティオ〟という名前には、どんな意味が込められてるんだろう……）

（そして、僕を産んでくれた人が、どんな人だったのか。知りたかった。カインの口から、話してほしかった）

（でも、僕を呼び出したカインは……）

ふたつの宇宙を巡る攻防は、終局を迎えつつあった。GGG《スリージー》とソール11遊星主。この消耗戦を生き抜いた方の属する宇宙が、存続し続けるのだ。

いま、少年はラティオではなく天海《あまみ》護として、その攻防の渦中にあった。

「緑の星の守護神……僕はあなたを赦《ゆる》さない、絶対に！」

「ふ……」

ペイ・ラ・カインが微笑む。護が右手から放つサイコキネシスを、やはり右手の力で相殺している。だが、その笑顔には、まだまだ力に余裕があることをうかがわせる。

（カインの顔をして……プログラムが、笑うなぁっ！）

護とカインの死闘を、大河《たいが》や火麻《ひゅうま》たちは、ツクヨミ艦橋から見守っていることしかできなかった。

「くそっ、せっかく本物の護に会えたってのによぉ。助けてやることもできないのか！」

「落ち着け、火麻くん。勝機は必ず来る」

「んなこと言ったってよぉ！」

そのとき、艦橋に巨大な医療用具が運び込まれてきた。

「雷牙《らいが》博士、マニージマシンです！」

「おーう、やっと来たか！　手伝ってくれ、パピヨンちゃん！」

「はい！」

雷牙とパピヨンは、護に運び込まれた卯都木命《うつぎみこと》の身体を、マニージマシンと呼ばれた器具に座らせはじめた。

「博士、それはいったい……」

大河《たいが》の疑問に、雷牙《らいが》とパピヨンが交互に答える。

「本当は凱《がい》のために使えるかと思って、持ち込んだんだがのう」

「このマニージマシンは、投薬や生命維持を総合的に行う治療機器なのです」

「それだけじゃないぞ！　特殊な神経ネットワークの持ち主を、外界の過敏な情報から護る一種のバリアーにもなっとるんだよーん」

命《みこと》に懸命の治療を行いつつも、口調からはふざけているようにしか聞こえない。獅子王《ししおう》雷牙という老人の得なところでもあり、損なところでもあるだろう。

パピヨンはGGG《スリージー》に加わる前から、研究者として雷牙とは面識があった。そのため、ふたりは息のあった分担で、命の様態を安定させていった。

（よかった、これならもう大丈夫。完治まで時間はかかるけど……深刻な危機は乗り越えました。

――え、これは？）

命の額に、小さな光が点滅している。パピヨンは、その光に見覚えがあった。

「これは……リミピッドチャンネル！」


レプリジン・地球の各所と衛星軌道上に拡大している各戦線。それらをすべて把握しながら、ピア・デケム・ピークの艦橋に座すアベルはほくそ笑んだ。

（弱々しい人たち。あなた方がどんな奮闘しようと、私たちにピサ・ソールがある限り、勝者と敗者はさだまっているのです）

アベルの眼前には、ピア・デケム・ピークの猛攻の前に防戦一方のキングジェイダーの姿がある。

「……強力なレプリションエネルギーを放つ、惑星サイズのピサ・ソールには誰であろうと近づくことすらできません。私達の勝ちです。絶対に」

## 2

新宿のビル街を舞台に、ジェネシックとプラジュナーの激突も続いていた。

ヘル・アンド・ヘブン・アンリミテッドを受けたプラジュナーの全身に、ヒビが奔《はし》っていく。

「うぬぅっ、ラウドGストーンのパワーを……プラジュナーの無限出力を上回るはずはない！　なぜだ、貴様のパワーはどこから来る⁉」

「まだわからないのか！　ゾンダーメタルがストレスをエネルギーに変換する物質だったように、Gストーンは勇気をエネルギーに変える生命の宝石だ！」

かつて、Gストーンはラティオの能力をもとに作られた。だが、無限情報サーキットであるGストーンの最大の能力であり、かつ弱点が、動力源たる勇気を必要とすることだった。

勇気ある者が持てば無限の力を発揮し、勇気なき者が持てばただの石ころと化す。かつて滅びゆく宿命にあった緑の星には、勇気ある者は少なかった。そのため、プログラムの出力と連動し、定量のパワーを確実に発揮するよう開発されたのが、ラウドGストーンである。

パルパレーパは、これまで出逢っていなかった。Gストーンにこれほどのパワーを発揮させる、無限の勇気を持つ者と！

ジェネシックの拳《こぶし》が、プラジュナーの持つ鉗子を打ち砕いていく。

「エヴォリュダーは、Gストーンとサイボーグが融合した、超進化動力体！　だから、俺自身に勇気が満ち溢れている限り！　Gストーンの原石・Gクリスタルを受け継ぐジェネシック・ガオガイガーの力は……無限を超えた、絶対勝利の力なんだぁっ!!」

「ぬおおおおっ！」

そして、ついにヘル・アンド・ヘブン・アンリミテッドが、プラジュナー本体を捉える。

パルパレーパ・プラジュナーの姿は、爆炎のなかに消えた。


アテネの遺跡で、ドッキングに成功した天竜神《てんりゅうじん》の反撃がはじまる。

「天竜神、光と闇の舞！」

背部フレキシブル・アームド・コンテナから、無数のジャミング弾が発射された。遊星主プラヌスは右腕部に装備するスピアーからのビームで、これを迎撃する。だが、もともとジャミング弾は、直撃による破壊を狙ったものではない。近接信管で自爆、フリーフライングミラーを含んだジャミング弾幕で、対象物を包囲することを意図したものだ。

自らジャミングの中心に飛び込んだプラヌスは、光学的にも電子的にも、天竜神の姿を見失った。

「私を捜せるかしら？」

声がした方へ、プラヌスはビームを発射した。だが、ジャミング弾幕に屈曲されたビームが、自身を直撃する。大きくよろめいたプラヌスは、ミサイルによる実弾攻撃を敢行した。だが、撃てども撃てども、遺跡の建造物を破壊するのみで、天竜神を捉えることができない。

「残念ね、私のジャミング弾幕はビームを弾くだけじゃなく、センサーも狂わせるのよ」

戸惑うプラヌスの周囲に、天竜神のメーザー攻撃が放たれる。無造作に発射されたかに見える攻撃は複雑に屈曲された上、プラヌスの背部を直撃した。

「ＥＩ－01の攻撃をもとにシステム化した〝光と闇の舞〟！　反射角の計算、とっても大変なのよ」

だが、プラヌスもただ攻撃を受けていただけではない。すでにメーザーの射軸から、天竜神の現在位置を推測し終えていた。そして、予測位置に閃く輝きに、スピアーを突き立てる！　だが、それは切り離された胸部装甲板のみに過ぎなかった。

「トップレスで失礼するわ！」

パージした装甲板を囮に、天竜神はプラヌスの背後へ回り込んでいた。Ｇストーンから抽出されたエネルギーを収束させた二本のソードが、遊星主を斬り裂く！

「ダブル・リム・オングル！」

プラヌスの爆発に照らし出されながら、天竜神が華麗に宙を舞う。

ロス・グラシアレスの氷海の上空で、キングジェイダーは全武装の照準を、ピア・デケム・ピークに固定した。

「五連メーザー砲！　反中間子砲！　全メーザーミサイル……発射ッ‼」

圧倒的火力の前に、ピア・デケム・ピークの巨体が揺らぐ。そして、そのダメージは生体コンピュータとされた、アルマのもとへ集中した。

「あああああっ！」

幼さを残した戒道《かいどう》の顔が、意識のないまま苦痛に歪む。艦橋に同乗しているピルナスにとって、悲鳴はなによりも心地よい。愉悦を隠そうともせずに、嬌声をあげる。

「あぁら、ひっどーい！」

「アルマを殺す気ですか、J？」

アベルの問いに、Jは即答した。

「ああ、殺す気だ」

キングジェイダーは、Jの鉄の意志を反映させたかのように、再度の攻撃姿勢をとる。

「アルマも戦士！　我らが敗北してまでも、生き残りたいとは思わないはずだ！」

驚きの表情を張りつけて見るルネに、Jが小さくつぶやく。

「ルネ、しっかりつかまっていろ」

この男は、なにかをやろうとしている。それがなにかはわからないが、こいつならあっさりと遊星主を倒し、戒道少年も助け出してしまうかもしれない。根拠もなくなぜか、ルネにはそう思えた。

「……あんたを信じてるよ、J」

信頼を込めたルネの笑みに、Jの眼だけが応える。

そして、Ｊはキングジェイダーの全身をエネルギーに包ませた。

「ジェイフェニックスッ！」

炎に包まれたキングジェイダーの姿に、アベルはあっさりとＪの狙いを看破した。

「自らをジェイクォースの代わりに……やっぱり、あなたは不良品ですね」

「貴様らのような不完全なプログラムには理解できまい！　不死鳥は、炎の中から……」

Ｊの言葉に、ルネの叫びも加わった。

「甦るっ！」

いまや全身に炎をまとったキングジェイダーは、自ら火の鳥となって、ピア・デケム・ピークへ特攻する。トモロが必死に、各部の機能をＪの狙いに追随させる。

「ジェネレーティングアーマー最大出力！　全リミッター解除！」

アベルは余裕の笑みを浮かべ、ピア・デケム・ピークのジェネレーティングアーマーをフル稼動させた。だが、キングジェイダーの特攻は、速度もエネルギー量も、Ｊジュエルが発揮し得る限界を軽く凌駕している。アベルは気づいた。

（そうか……これはＪジュエルとＧストーンの共振によるパワー！　まずい！）

退避を開始したピア・デケム・ピークに、火の鳥が襲いかかった。

三峡《さんきょう》に、突如巻き起こった暴風雨。その中心に、撃龍神《げきりゅうじん》はいた。

「ぬおおおっ、動けん！」

電磁竜巻で拘束された撃龍神《げきりゅうじん》の前方には、ペチュルオンがいた。遊星主は巨大な電磁石とスクリューを、高速で回転させ続けている。

「あの磁石とスクリューで、電磁竜巻を起こしているのか……」

ならば、こちらも風と雷の力で攻めるのみ――かつて、幾多のゾンダーロボや原種を打ち砕いた必殺技！

「ぬおおおおっ、唸れ疾風！　轟け雷光！　双頭龍《シャントウロン》‼」

撃龍神の両腕から、風と雷の龍が天へ駈け昇っていく。龍たちは暴風雨の天を平然と駆け抜け、ペチュルオンに襲いかかった。電磁石が砕け、スクリューシャフトがへし折れる。

暴風雨がやみ、ペチュルオンは沈黙した。

タージマハルの砂漠に、轟音が響く。

「ダブルガン！」

超竜神《ちょうりゅうじん》の両腕から放たれる攻撃は、ピーヴァータのチェーンソーアームに完全に防がれていた。

そして、パイルドライバーによる反撃が開始される。

十分に間合いをとったつもりが、超竜神の全身に衝撃波が襲いかかった。

「ぐおおっ！」

ピーヴァータのパイルドライバーは、重力波フィールドで歪めた空間の復元力を利用したものだ。

この衝撃波に、距離による減衰は存在しなかった。

だが、撒き散らされた砂が、ピーヴァータの視界を一瞬だけ遮った。

超竜神は両腰のクレーンとラダーを伸張させ、ピーヴァータの頭上に躍り出る。

「はああっ、ウルテクビーム全斉射！」

チェーンソーアームによる鉄壁の防御も、頭上は死角となる。超竜神はフリージングライフルとメルティンググライフル、フリージングガンとメルティングガンの一斉攻撃を、ピーヴァータの直上から叩き込んだ。


ウラジオストクの市街地上空に、三つの影が舞った。ガンドーベル、ガングルー、ボルフォッグである。

「三身一体！……ビッグボルフォッグ‼」

合体直後の隙をつこうと、ポルタンは二刀を持ったまま、回転攻撃をしかけてきた。だが、ビッグボルフォッグもまた、よく似た技の使い手である。

「大回転魔弾！」

鋼鉄の独楽《こま》と独楽が、激しくぶつかりあう。幾度目か激突の末、右と左に弾けとぶビッグボルフォッグとポルタン。技と技は互角、決着はつかぬと見たか、ポルタンは機動性を活かした突進に打って出た。

（回転から一気に直進へ、その切り返し……見事です！）

ビッグボルフォッグの四〇〇〇マグナムが、かすりもしない。だが、ふところに飛び込んできたポルタンに、攻防一体の攻撃が炸裂する。

「ムラサメソードッ！」

ロータープレードによるシールドは、鉄壁の防御を誇ると同時に鋭い反撃の刃ともなる。思わぬ逆撃に飛び退くポルタン。しかし、ビッグボルフォッグにはこのまま退かせるつもりはなかった。後退にあわせ、神速の踏み込みで飛び込んでいく。

ポルタンの喉元につきつけられる四〇〇〇マグナム。勝負は決した。


ブームロボ形態に変形、ロンドン上空で空中戦を繰り広げていたマイクは、ついに新曲の投入を決意した。

「イエイッ！　ディスクF、セットオン！」

激しいロックに乗って、ソリタリーウェーブが放たれる。この新曲では、ついにブームロボ形態でありながら、コスモロボのデュエットを加えることに成功した。いわば単機デュオとも言うべき新機能だ。同型機をすべて失ったものの、ロックの火を絶やさずにいたい……という、マイクの魂を込めた能力と言ってよい。

そして、ソリタリーウェーブによって分子構造を劣化された遊星主ペルクリオに、最後のフレーズを叩きつけるときが来た！

「ガオファイガーッ!!」

曲の転調と同時に、ウェーブブライザーの機能が一変する。ソリタリーウェーブに代わり、グラビティ・ショックウェーブを放つのだ。つまり、それはディスクXとゴルディオンハンマーの連続攻撃に等しい。ガオファイガーの姿を模した重力衝撃波が、ペルクリオを光子に変換していく。

「ズバァァァアン！　最強だっぜッ！」

最後のフレーズを、マイクは熱く熱くかき鳴らした。

**3**

「やりましたデス！　勇者ロボ軍団アンド、キングジェイダー、ソール11遊星主を撃破したデス！」

スワンの報告に、ツクヨミ艦橋のGGG《スリージー》隊員たちは沸き立った。

「いいえ、まだです！」

勝利の喜びに冷水を浴びせる、パピヨンの声。だが、彼女は恐るべき真実を告げようとしていたのだ。

「見てください、命《みこと》さんがリミピッドチャンネルを開いています！　そして、私のセンシングマインドには、わかるのです。命さんが伝えようとしていることが！　遊星主たちは、まだ倒れていません！」

リミピッドチャンネルは、場に存在する意識の波を読みとる能力である。一種の特殊能力として、その存在は以前から公にも認知されてきた。だが、能力者は過大な情報の波に翻弄され、自我を保てなくなるケースが多い。命《みこと》が座らされているマニージマシンは、リミピッドチャンネルの制御を補助する機能も有している。セミエヴォリュダーの特殊な神経ネットワーク故に開かれたリミピッドチャンネルは、マニージマシンの機能によって安定されていた。

だが、この機能はいわば受信専用のものである。なんらかの形で、命の意識を取り出せねば、対話をすることは不可能だ。そして、この場にはセンシングマインドの持ち主である、パピヨンがいた。

「——命さんが言っています。まだ滅んでいない遊星主が幾人もいる。そして、滅びたはずの遊星主もまた、ピサ・ソールの再生波動で……」

ペルクリオはピサ・ソールの波動により再生され、ソリタリーウェーブ攻撃で反撃した。マイクも同じソリタリーウェーブで相殺をはかる。だが、五つの通常スピーカーに加え、重低波専用スピーカーまで導入した立体音響に、かなうはずもなかった。幾多の敵を撃破してきたソリタリーウェーブが、マイク自身に襲いかかる。

「オウ、マイゴッド！」

ポルタンは強制リンクシステムにより、ガンマシンの制御を奪っていた。つきつけられていたはずの四〇〇〇マグナムが、ビッグボルフォッグの頭部を破壊する。

「ぬおおっ、ガンマシンを……遠隔操作するとはぁっ！」

そして、分離したガンマシンは、主機たるボルフォッグに体当たり、自爆していくのだった。

ピーヴァータも再生され、パイルドライバーで超竜神《ちょうりゅうじん》を吹き飛ばした。そして、チェーンソーアームで超竜神の機体を、中央から分断してしまう。

「うおおおおっ！」

ペチュルオンもまた、再生波動で電磁石とスクリューを復活させていた。さらに出力を上げた電磁竜巻で双頭龍《シャントウロン》を消去する。

「双頭龍が⁉」

いや、双頭龍は消されたわけではない。呑み込まれたのだ。双頭龍の威力を加えた電磁竜巻が、撃龍神の全身を切り刻んだ。

プラヌスは再生されると同時に、スピアーで宙を舞う天竜神《てんりゅうじん》を捉えた。

「あああっ！」

串刺しにした天竜神を頭上にかかげ、さらにビームを掃射する。至近距離からの攻撃に、天竜神の両腕と翼はもがれた。もはや、戦闘兵装は残されていない。

ピア・デケム・ピークは、ジェイフェニックスを喰らう直前、エスケープ空間に逃れていた。

「下方、ＥＳウインドウ確認！」

キングジェイダーの足下に開いたＥＳウインドウから、ピア・デケム・ピークが出現する。右の巨腕から繰り出される殴打に、白き巨体が崩れ落ちていく。

「ぐ……Ｊ！」

「まともに動くエネルギーはもはや……」

純白の装甲はすでに灰色にくすみ、眼の光も失われた。もはや、キングジェイダーには反撃の手だてはまったく残されていない。そう見てとったアベルは、最後の指令を発した。

「反中間子艦載機！　分子レベルまで粉々になりなさい！」

反中間子を満載した艦載機が、次々と飛行甲板から発進していく。すでに動くこともできないキングジェイダーに、反中間子艦載機群が特攻していく。

――閃光があふれた。もはや、そこには塵芥《ちりあくた》ひとつ、残されてはいない。


パルパレーパ・プラジュナーも、爆炎のなかから再生した。そして、ケミカルチューブが、ジェネシック背面の三次元スラスターに突き刺さる。

「攻撃と防御を兼ね備えたヘル・アンド・ヘブンとて、推進システムにはわずかな隙ができる。ジェネシックも所詮は物質！　ケミカルナノマシンの点滴を受けては、勇気どころではあるまい！」

「ぐう……不純物が体の中に……ぐはっ！」

胸のなかをかきむしられ、凱《がい》は鮮血を吐いた。

そして、パルパレーパ・プラジュナーの鉗子が、ジェネシックの胴体にねじ込まれた。そう、あのときと……ガオファイガーが斃《たお》されたときと、同じように！

「まだわからないのか？　貴様の命運はあのとき、すでに決していたのだ。仲間たちはどうした！　力を合わせることもできない弱き者たち。生きていく資格などつかみ取れるものか！　滅びの悪魔よ、去れぇぇっ！」

まさに同じ瞬間を再現するかのように、凱の身体は鉗子に押しつぶされていく。

（体が、勇気が……砕かれる……）

だが、あのときといまは、決して同じではない。決定的に違うことがある。獅子王凱《ししおう》は、それを知っていた――。


大粒の涙を浮かべ、牛山《うしやま》がデスクを叩く。

「ダメです！　機動部隊通信途絶……」

「ボルフォッグも……同じく。波動チェック続けます」

命《みこと》がリミピッドチャンネルで知ったように、ピサ・ソールの再生波動がある限り、遊星主に一瞬の勝利を得ることはできても、本当の意味で勝つことはできない。だが、重い空気に包まれるツクヨミ艦橋のなかで、猿頭寺《えんとうじ》は再生波動の観測を続けていた。それが、彼らにできる最大のバックアップだからだ。

「おい、護《まもる》でさえ戦ってるってぇのに、俺たちゃあ何もできねえのか！」

「待つんだ、勝機は必ず来る」

詰め寄る火麻《ひゅうま》に、大河《たいが》は静かに答えた。

「しかし！」

「必ず来るっ！」

二度目は絶叫で答える。

（そうだ、必ず！　私は天海《あまみ》夫妻に約束したのだから……必ず、護《まもる》くんを連れて帰ると！）

## 4

『命の宝石は、生きとし生ける者の回線をつなぐ。すべての希望なるエネルギーを受け取れ――』

それは、ソムニウムのラミアからのメッセージだった。

そしてパピヨンは感じた。遠く、遠く、果てしなく遠い、星と時の彼方から届けられてくるエネルギーを。

それは地球の人々の〝勇気〟だった。

いまや、オリジンの地球は全宇宙規模の混乱の中心地として、異常気象にさらされている。全世界の人々が、恐怖と不安で押しつぶされそうになっていた。だが、決して押しつぶされてはいない。

彼らは信じていたから。

（GGG《スリージー》の勇者たちが、我々を救ってくれる――！）

凱《がい》や護、多くのGGG《スリージー》隊員たちと交流があった者たち。一度はゾンダーロボにされながら、浄解された者たち。機界31原種によって生命を脅かされながら、救われた者たち。彼らの心のうちにある勇者への信頼は、恐怖を乗りこえようとするエネルギーそのものだった。

ラミアはそれを伝えた。遊星主たちに無限の再生波動が供給されるように、勇者たちにも無限の応援があるのだ、と――

（みんな、私の声を聞いて……ラウドGストーンは、生命なき者の、勇気なき者のためのGストーン。みんなの勇気を込めれば、きっと打ち砕ける！　そして、遊星主が幾度甦ってきても、勝ち続けていれば――）

（そうか、聞こえたよ、命《みこと》姉ちゃん！）

Gストーンを通じて聞こえてくる……勝利へと導くその声を、きっと勇者ロボたちも聞いているはずだ。

（……命姉ちゃん、凱兄ちゃん、わかったよ、僕にも……）

最後の瞬間の勝利へ向けて、護は力を振り絞る。

漆黒の宇宙空間に対峙するペイ・ラ・カインと護。護が倒れたら、その背後のツクヨミも、ペイ・

ラ・カインに沈められてしまうだろう。そうなれば、最後の切り札もまた、失われてしまう。

そのことを知っているのか……遊星主ペイ・ラ・カインもまた、勝負に出た。

「ゲム・ギル・ガン・ゴー・グフォ……」

「クーラティオー！　テネリタース・セクティオー・サルース……」

ふたつの力を縒り合わせ、ヘル・アンド・ヘブンを放とうとするペイ・ラ・カイン。それに対して、護《まもる》は左手の力だけで対抗しようとしている。

（負けない、負けられない！　本物のカインのためにも、Gストーンがラウドゲストーンに負けるわけには……いかないっ！）

――ふたりは同時に叫んだ。

「ウィータッ！」

「コクトゥーラッ！」

ふたつの力が、ふたりの間で激突している。同じ緑の輝きに包まれてはいても、それぞれにまったく違った力である。

（ラウドGストーンの力は一定量、僕の勇気が尽きなければ……必ずGストーンが勝つ！）

次第に、力の均衡はペイ・ラ・カインの側へ押し込まれていく。

「あなたは……いちゃいけないんだ！　カインをもとにして作られたプログラム――ペイ・ラ・カイン！」

ついにペイ・ラ・カインは、ふたつの力を一身に受けた！

「ラティオォォォォオッ！」

プログラムの断末魔を見つめながら、護は深い悲しみを覚えた。

（僕は……本当に、あなたに会ってみたかったんだよ、カイン……）

ピア・デケム・ピークの眼前に、ＥＳウインドウが開く。

「同じ手を使いましたね！　ＥＳ爆雷でエスケープウィンドウを開いて……！」

アベルは悟った。自分たちと同じように、キングジェイダーもエスケープ空間に身を潜めることで、攻撃を回避したのだと。

かつて、ソルダート師団とジェイアーク艦隊は三十一組が建造された。それは、機界31原種を相撃ちで仕留めることにより、確実に殲滅することを企図した計画によるものだ。ソルダートの開発理念に、勝って生き延びることはプログラムされていない。

――されていないはずだった。

（ここまでの戦いで、自己進化をとげたとでもいうのですかっ！）

ソルダートＪの執念に、アベルは慄然《りつぜん》とした。もはや、ここまでの戦闘でピア・デケム・ピークもエネルギーを使い果たしつつある。そして、Ｊもそのことを見抜いていた。

「ジェネレーティングアーマーは消失した！」

「遊星主の動力源を直接叩く！」

Ｊとルネの呼吸は、完全に一致していた。それはＪジュエルとＧストーンの共振が、さらに続くことを意味している。

いまや、完全にピア・デケム・ピークをパワーで圧倒し、キングジェイダーは両手の指を敵の内部に突き刺した。

「十連メーザー砲……零《ゼロ》距離斉射！」

艦にフュージョンしていたピア・デケムの人間体が、不可視の光に灼《や》かれていく。


「ラウドGストーンが遊星主の動力源！」

「僕たちにも聞こえたぜ！」

Gストーンを介して聞こえた声に励まされ、残骸のなかから、氷竜《ひょうりゅう》と炎竜《えんりゅう》が飛び出した。損傷は激しく、もうシンメトリカルドッキングはできない。それでも、彼らは闘志を失っていなかった。

「はあっ！」

右と左から、ピーヴァータの機体中央にあるラウドGストーンを鷲づかみにする。だが、ピーヴァータもまた、密着状態の氷竜と炎竜の背に、チェーンソーアームを押し当てた。そして、彼らをバラバラに解体しようと、無数の歯が高速回転する。

「ぐおおおおっ」

だが、彼らにはまだ最後の技が残されている。

（いくぞ、炎竜！）

（ああ、この技は本当は超竜神のときに使うはずだったけど……）

（もはや、かまっている余裕はない！）

胸のダイアルに、同時に手をかける。そして、ねじ切れるまで、回し込んだ！

「レベル……無限！　スーパーノヴァ！」

限界を超えたチェストスリラーの極低温と、チェストウォーマーの極高温が同時に発生した。そして、ふたつのエネルギーは、氷竜と炎竜が握りしめたラウドGストーンの一点に集中する！

「勇気とともに！」

暴風雨が出現させた濁流のなかに、ペチュルオンは猛スピードで迫る影を発見した。防御姿勢をとるよりも一瞬早く、影は水上に躍り出る。

「遅いぜ！」

撃龍神《げきりゅうじん》は、ペチュルオンに組み付いた。そして、自分の右肩に左腕をねじこむ。

「無限情報サーキット・Gストーンが導いてくれた……」

勝利は、いまこの瞬間につかまねば……意味がない！

左腕が〝科学院航空星際部〟のプレートが刻まれた装置を、えぐり出す。

「楊《ヤン》司令、最終装置使わせてもらいます！」

それはかつて、撃龍神の機密を保持するために埋め込まれた自爆装置であった。原種大戦時、GGG《スリージー》に参加する際に起爆装置は外されている。だが、組み付いたままペチュルオンの内部に押し込み、左腕の雷攻撃をそのまま発動させれば――

「勇気ある限り！」

「シンメトリカルアウト！」

左右に分離することで、光竜《こうりゅう》と闇竜《あんりゅう》は串刺し状態から逃れた。そして、敬愛する氷竜《ひょうりゅう》や炎竜《えんりゅう》のように、ふたりがかりでピルナスに組み付く。

「私たちのすべてをあげる！」

「フランス製だけの……特殊装備！」

二体の内部から、激しい緑の光が輝く。

「内蔵・弾丸X《スリージー》っ！」※37

かつて、GGGが対EI－01戦に投入した究極の決戦ツール。その簡易型が、光竜と闇竜には内蔵されていた。もちろん、テストさえ行ったことはない。一歩間違えれば、そのままGストーンが機能停止する諸刃の剣。だが、鋼鉄の姉妹には、怖れも躊躇《ためら》いも存在しなかった。

「勇気を忘れないで！」

ポルタンが二刀を投じた。倉庫の影に置かれていた小型メカが、その一撃で機能停止する。同時に、ボルフォッグとガンマシンの残骸が消失した。

敵の姿を求めて、ポルタンが視線を飛ばす。だが、ボルフォッグはすでにポルタンの背にいた。離脱する間を与えず、ダブルブーメランを突き立てる！

「キットナンバー08・遠隔プロジェクションビーム〈ウツセミ〉」

それが、いま破壊されたばかりの小型メカの名だ。このウツセミに偽りの立体映像を投影させ、ボルフォッグはポルタンの背後に回り込んだのである。

「私にも理解できました！　すべてのGストーンがリンクすることを！」

そして、ポルタンの意識がウツセミに向く、その瞬間を逃さなかった。

「勇気を信じて……！」


ソリタリーウェーブで全身の分子構造をボロボロにされながらも、マイクもまた倒れてはいなかった。

「イエイ！　解析完了、みんなの勇気がパワーをくれたぜっ！」

ふたたび、ペルクリオが立体音響攻撃をしかけようとする。だが、マイクはいちはやくタワーブリッジにとりついていた。斜張橋《しゃちょうきょう》を支えるケーブルに、四本の腕の二十本の指を走らせる。マイクが奏でるソリタリーウェーブは、巨大な橋全体を楽器として増幅されていった。同じソリタリーウェーブ同士の勝負なら、単純に出力が大きい方が勝つ。

またも、マイクはペルクリオを打ち破った。

「イエーイ！　勇気は不滅だっぜ！」


パルパレーパのケミカル攻撃で倒れ伏したジェネシック・ガオガイガー。そのうちにある凱《がい》の脳裏にも、ラミアの声は届いていた。

『エヴォリュダー、今こそ生命《いのち》を超えるのだ――』

何者かはわからない、冷徹な声。決して励ましの言葉とは思えない、むしろ挑発に等しい。味方とはとても思えない、いつか対決する宿命すら感じさせるような存在。だが、だからこそ、凱《がい》は立ち上がらずにはいられなかった。

（この声が俺に、〝超えろ〟というのなら――！）

かつて、同じようにパルパレーパの前に斃《たお》れたガオファイガー。だが、同じ光景の再現とはならなかった。

（そうだ、あのときとは違う！　いま、俺にはともに戦う仲間たちがいる！　そして、俺自身の戦いを、もう見失ったりはしない！）

屹立《きつりつ》するジェネシックに、パルパレーパは愕然とした。

「ぬうっ！　ケミカルナノマシンが効かぬはずはない！」

「俺は超人エヴォリュダー、ウィルスの書きかえは完了した！　そっちに返すぜ！」

「があああああっ」

ジェネシックが送り返したナノマシンに、今度はパルパレーパが苦しむ。だが、ピサ・ソールの再生波動がある限り、遊星主たちは常に再生される。

このときも、再生波動が即座にナノマシンを消滅させた。そして、何事もなかったかのように、ジェネシックに襲いかかる。

「不滅なるエネルギー、これが正義なる神の力だ！」

ジェネシック・ガオガイガー対パルパレーパ・プラジュナー。破壊神と創造主は拳《こぶし》を、爪を、牙を、ドリルを、互いの機体に突き立てあった。

力は圧倒的に破壊神が上！　だが、いくら傷つこうと再生される創造主を前に、不利であることは間違いない。

「絶対勝利……それは神の力だ！」

パルパレーパが傲岸に宣言する。そして、凱が対抗するのは――

（凱、勇気の力を――！）

命がリミピッドチャンネルで語りかけてくる。そう、Gストーンは勇気の力を増幅するだけではない。勇気ある誓いで結ばれた仲間たちの力をもリンクさせ、互いにパワーを与えあうのだ。いま、戦っているのは、凱だけではない。

仲間たちのパワーが、Gストーンから溢れだす。

「見せてやる、本当の勇気の力を！」

「見せて……もらおうかぁっ！」

激しい闘志を燃やしながら、ジェネシックに迫るプラジュナー。だが、勇気を燃やし、仲間たちとひとつにつながったジェネシックの敵ではない。

打ち砕かれ、踏みつぶされ、貫かれ、ついにプラジュナーは大地にひれ伏した。

「お前たちが、GGG《スリージー》を封じようとしたのも！」

ジェネシックの脚が、プラジュナーの頭部を踏みつけ――

「Gクリスタルに近づけなかったのも！」

片羽根を引きちぎる！

「ガオファイガーを孤立させたのも！」

拳《こぶし》で殴り倒し――

「俺たちの地球に直接攻撃しに来なかったのも！」

頭突きで打ち砕く！

「すべてはお前らが恐れていたからだ！　Gストーンの力を高め、ラウドGストーンの力を超える、勇気から生まれるこのエネルギーを!!」

「神が怖れるものなどない!!」

プラジュナーは無謀な突進の末、ジェネシックの拳で大地に叩き伏せられる。怒りに我を忘れたその行動だけで、凱の指摘が正鵠《せいこく》を射ていることがわかる。

かろうじて立ち上がったプラジュナーに、ジェネシックが両の拳を打ち込んでいく。その一撃ごとに、Gストーンの力が引き出され、攻撃と防御のエネルギーが綯り合わさっていった。

「ゲム！　ギル！　ガン！　ゴー！　グフォ！」

ヘル・アンド・ヘブン・アンリミテッド――究極の攻撃がプラジュナーを完全に捉えた！

「ウィータァッ!!」

「ぬおおおおおおおおおっ！」

だが、プラジュナーをあきらめたパルパレーパは、機体を捨てていた。捨て身の覚悟で、ギャレオンの顎門《あぎと》へ飛び込み、凱《がい》の胸にメスを突き立てる。一瞬とはいえ、その脳裏に勝利の愉悦はよぎったのか？

だが、右胸を灼熱の痛みに貫かれながら、凱の拳は同時に、パルパレーパのアイマスクにめりこんでいた。そこに埋め込まれているラウドGストーンを打ち砕くべく。

「これがGストーンを持つべき勇気ある者の……絶対勝利の力だっ！」

「ああああっ」

ピア・デケムに続いて、ピルナスもまた炎のなかへ消えていく。ジェイアークからピア・デケム・ピーク艦内へ、メーザー砲口とともに乗り込んだJとルネの仕業だ。

その光景を間近で見せつけられたアベルは、残った遊星主が自分とピサ・ソールだけであることを悟った。

（く……小刻みに復活させても、あなた方には通用しないということですか。ならば、ピサ・ソールの全能力を使うだけです！）

アベルは決断した。

「ピサ・ソール！　再生能力のすべてを！」

これまでにない、大出力の再生波動が、恒星ピサ・ソールから放射される。

ペイ・ラ・カインが、パルパレーパ・プラジュナーが、ピア・デケム・ピークが、ピーヴァータが、ペチュルオンが、プラヌスが、ペルクリオが、ポルタンが、ピルナスが、再生されていく。いや、それはむしろ増殖というべきだ。ピサ・ソールの力で、無数の遊星主が実体化されたのである。傷つき、戦う力をもはや残していない勇者たちを、再生遊星主軍団が取り囲む。

アベルは勝利を確信し、Jとルネを睨《ね》め付けた。

「あなたたちの負けですね」

「……どうかな」

「やっぱり、気付かなかったようだね」

Jとルネは、アベルが期待した反応を示さなかった。怒りが、幼い顔を醜く歪める。

## 5

護《まもる》と命《みこと》は、Gストーンを通じて、凱《がい》に呼びかけた。

「僕たちが戦ってる間に、GGG《スリージー》はもう……」

「いまよ、凱！」

ジェネシックに無数のプラジュナーが攻めかかる。だが——

「待ってたぜ、この瞬間を！　ボルティングドライバーッ‼」

頭上に打ち込んだジェネシックボルトから、高密度のジェネシックオーラが放射され、襲いかかってきたプラジュナー群を吹き飛ばす。そして、ジェネシックは衛星軌道上へ駆け上がった。そこには、GGGディビジョン艦隊が待っている。

『行け、生命《いのち》を超える者よ――』

ふたたびラミアの声が、挑発するかのように凱の脳裏に響いた――

「予測通り、あの太陽からの波動が途絶えました！」

命の情報を得てから、ピサ・ソールを観測し続けていた猿頭寺《えんとうじ》が報告する。ついに待ち望んでいた瞬間がやってきたのだ。

「我ら勇気ある者、最大の使命を果たす時は来た！　総員フォーメーションG発令‼」

「了解！」

大河の指令に、全隊員が答える。

「スワンくん！　国連事務総長から託されたキイを！」

「イエッサー！」

大河《たいが》とスワンは、ペンダントに擬装していたキイを取り出した。すると、艦橋の床からセーフティデバイス端末が、迫り出してくる。

「人類の叡智と勇気ある誓いのもとに！」

ふたりは並んで、音声コードを入力すると、キイを端末に差し込んだ。

「ゴルディオンクラッシャー！　発動承認‼」

そして、同時にキイをひねる。端末に〝勝利〟の二文字が表示された！

「これが勝利の鍵だぁぁぁっ！」


各艦、三百メートル以上はある艦体が、それぞれ変形していく。

「超翼射出司令艦《ちょうよくしゃしゅつしれいかん》ツクヨミ展開！」

「極輝覚醒複胴艦《きょくきかくせいふくどうかん》ヒルメ展開！」

「最撃多元燃導艦《さいげきたげんねんどうかん》タケハヤ展開！」

システムが組み替えられ、フルオートで各艦がドッキング体勢に入った。後は、乗員たちにできることはない。

「総員、宇宙装備にてクシナダに乗船せよ！」

すべての隊員たちが、巨大シャトルに乗り込んでいく。

「最終調整忘れんなよ！」

「急いで！」

命《みこと》のマニージマシンも、パピヨンとスワンに運ばれていく。

「大丈夫、きっと勝てますよ！」

ピサ・ソールとて、無限のエネルギーを持っているわけではない。多量の再生を行えば、それだけ次の再生に必要なエネルギーを充填するのに時間を要する。

命がリミピッドチャンネルで提案し、各勇者に伝えた作戦は、遊星主たちをほぼ同時に各個撃破しようというものだった。こちらの頑強な抵抗に、強引な再生を決意すれば、ピサ・ソールに隙ができる。

後は、恒星サイズのピサ・ソールを撃破する力が存在するかどうか、だ。

――そして、それは存在した。

「ツクヨミ、ヒルメ、ドッキングします！」

「続いて、タケハヤ、ドッキングします！　全出力、接続完了！」

「クシナダ、分離！」

ディビジョン艦三艦が合体することで完成する、全長一キロメートルの究極のツール……それが、ゴルディオンクラッシャーだ。正式名称〈グラビティ・ショックウェーブ・ジェネレイティング・ディビジョンツール〉。Ｚマスター級の敵を迎撃するために開発された、人類最後の切り札である。

脱出したシャトルと行き違いに、ジェネシックが超巨大ツールに取りついていく。

「凱《がい》！　コネクターは元々、ガオファイガー用に開発されとるでな！」

「あとはガッツで補え！」

「了解、よっしゃあ！」

雷牙《らいが》と火麻《ひゅうま》のアドバイスに応答しつつ、ジェネシックはコネクター部へたどりついた。

「クラッシャーコネクトッ！」

規格のあわないコネクターに、ジェネシックは強引に右腕をねじこんだ。データポートが一部破壊されたようだが、凱《がい》が自ら神経を接続させればよいだけのことだ。

「ゴルディオンクラッシャーッ！」

ゴルディオンクラッシャーの上部は八個のブロックに分解され、重力衝撃波フィールドを作り出す。その全長は、実に二十キロメートルにも達する。

そして、ジェネシックのかたわらのカバーがはずれ、ＡＩブロックが顔を出す。

「がっはははは、やっぱり真打ちは最後に登場するってかぁっ！」

それは、レプリジン・護《まもる》に破壊されたゴルディオンハンマーから回収された、ゴルディーマーグの超ＡＩであった。スケールこそ違え、この究極ツールを制御できる頑丈なＡＩは他にない。

「これで勝ったつもりですか？」

アベルが呆れたような表情を浮かべる。

「もう間もなく、ピサ・ソールの再生力は復活します」

このレプリジン・地球から、ピサ・ソールまでは一億五千万キロメートルの距離がある。たとえ数分で突破したとしても、ピサ・ソールの再生エネルギーはその間に再充填されるだろう。

「いや、もう遅い」

アベルは背後から聞こえた声に、驚愕した。

「アルマ！」

「なぜ、我らが直接乗り込んできたと思っている」

Ｊの言葉に、アベルは歯ぎしりをする。

「では、殺すつもりというのは……」

「あんたに本当の目的話してやる義理なんて、かけらもないね」

アベルはルネとＪを、視線で灼《や》き殺さんばかりに睨んだ。

「せっかくだから、もうひとつ教えてやろう。我らがアルマを救出している間、トモロとジェイアークはどこにいたと思う」

「まさか！」


ジェイアークは、エスケープ空間を通過することで、遊星主たちに気づかれることなく、レプリジン・地球の衛星軌道上に出現していた。ゴルディオンクラッシャーとコネクトした、ジェネシック・ガオガイガーのかたわらに！

「ＥＳミサイル発射！」

トモロが発射したミサイルが、ジェネシックの前方にＥＳウインドウを作り出す。エスケープ空間を経由すれば、空間的距離は劇的に短縮される。ピサ・ソールまで、数秒で到達することも可能だ。

「行けっ　ガオガイガー！」

「頼むぞ、勇者！」

トモロが、大河《たいが》が、勝利をジェネシック・ガオガイガーに託す。ＥＳウインドウに飛び込んだジェネシックを、遊星主たちが追撃する。だが、彼らが潜入する直前、トモロの絶妙な制御で、ＥＳウインドウは閉じられた。


「よし、いいぞ……」

「これで、勝利は確実です」

クシナダのなかで、センシングマインドで命《みこと》から聞いた内容を、パピヨンは猿頭寺《えんとうじ》に語った。かつて、機界昇華時にソール11遊星主たちは、みな滅びたという。だが、ピサ・ソールだけは生き延びていた。遊星主たちのデータはピサ・ソール内部のパスキューマシンに残されており、三重連太陽系復活のため、レプリジンとして再生されたのだ。

「ピサ・ソールを破壊すれば、もうレプリジンは存在できません。きっと地球の危機は救われるでしょう」

「！　ちょっと待ってくれ、じゃあ……君は⁉」

猿頭寺の顔面は蒼白になった。そして、おもむろに携帯端末を取り出した。

「なにをするんです、耕助《こうすけ》！」

「決まっとる！　ゴルディオンクラッシャーの制御系をハッキングする！」

「そんなことをしたら、地球が！」

「君を二度も失うより、マシだっ！」

「耕助……」

パピヨンは、説得しようとはしなかった。黙って猿頭寺の頭を抱きしめ、自分の胸に押し当てる。

「耕助、私は命さんのこの作戦を聞いてから、結末がわかっていました。でも、後悔はありません」

「な……ぜ……」

「レプリジンである私は、ピサ・ソールなしには生きられない。でも、こちらの宇宙はもうすぐ滅ぶさだめ。どちらにしても、長く生きることはできないでしょう」

「……なら、せめて最期の瞬間まで、わしと一緒に……」

「ありがとう。でも、私は耕助に生き延びてもらいたい。私のワガママ、聞いてください」

「パピヨン……」

耕助は床に泣き崩れた。パピヨンが、優しくその背をなでる。他のGGG《スリージー》隊員たちは、みなモニターに映し出されるジェネシックの勇姿に見とれ、ふたりの様子に気づく者はいなかった。

## 6

ジェネシックはエスケープ空間から、ピサ・ソールの眼前に出現した。まだ再生波動は復活していない。

レプリジン・地球の各所に横たわる、機能停止寸前の仲間たちの声が、聞こえてくる。

「すべての……Gストーン」

「すべての……勇気を……」

「受け継いで……ください」

「がんばって……」

「負けないで……」

「勝利を……つかみとれっ！」

「ガッツ……だっぜ！」

（聞こえてるぜ、みんな――）

Ｇストーンを通じて届けられたのは、勇者ロボたちの声だけではない。

巨大なゴルディオンクラッシャーを、ジェネシックはピサ・ソールに向けた。

（ああ、わかってるぜ、命《みこと》！）

「凱《がい》ッ……やっちゃえっ！」

「俺はひとりじゃない！　俺たちはひとつだあっ！」

最大出力のグラビティショックウェーブが、恒星サイズのピサ・ソールへ放たれていく。巨大な構造物が光子へと変換され、眩い輝きがあふれる。

「光に……なれぇぇぇぇっ!!」

「俺たちの……勝利だ」

ゴルディーがつぶやく。その言葉に、偽りはなかった。

ペイ・ラ・カインが、パルパレーパが、ピサ・ソールが消滅の余波に消えていく。

「これが、物質世界の掟……」

ついにパルパレーパは己を敗者と認め、滅びる掟に殉じたのだ。

さらに、レプリジン・地球とレプリジン・月も消滅する。

「ああ、三重連太陽系が……滅びる！」

悲痛に叫んだアベルの身体も、消えていく。戒道《かいどう》は哀れみの眼で、アベルを見た。

「滅びてはいない、パルス・アベル。赤の星の指導者・アベルをもとに作られたプログラム……」

アベルもまた、レプリジンに過ぎなかった。そして、彼女は最期まで使命感にとらわれたまま、自分の素性を知ることはなかったのである。


「そう、三重連太陽系はちゃんと……再生してるんだ……」

消えていくペイ・ラ・カインたちを見つめながら、護《まもる》もつぶやいた。

「ギャレオリア彗星の彼方に……百五十億年の時をかけて……」

三重連太陽系の宇宙は、間もなく滅びていくだろう。だが、ひとつの宇宙の滅びはひとつの宇宙の誕生を呼び、生命は受け継がれていく。この宇宙が自分たちの宇宙の前身であることをＧクリスタルで知った護は、地球が三重連太陽系の再生した姿であることを、信じてやまなかった。

「生命を持たない遊星主たちが、もっとも恐れた……勇気の力にみちて……」

そして、猿頭寺《えんとうじ》とパピヨンにも、別れの瞬間が訪れていた。

「パピヨン……」

「これでいいのです。物質に永遠があってはならないのですから」

「精霊たちのもとへ……行くのかい？」

悲しそうにつぶやく猿頭寺の表情に、パピヨンは理解した。オリジンの自分が死ぬとき、どんな最期の言葉を遺したのか。猿頭寺は、自分が置き去りにされたと思ったことだろう。

（！　やっとわかりました。私がレプリジンとして、もう一度耕助《こうすけ》の前に現れることができた意味が……。私は、偽物ではなかった――！）

そうだ、あのとき、他のレプリジンたちと同じように消えてしまわなかったのは、この瞬間を迎えるためだったのだ――

パピヨンは、猿頭寺に抱きつきながら、言葉を紡いだ。消えてしまう前に、これだけは言わなくてはならない。

「……いいえ、耕助……あなたのなかに」

「パピヨン……」

「永遠に……」

「……」

（私の本当に言いたかったことが伝えて、よかった――）

猿頭寺の腕のなかで、抱きしめた宇宙服が軽くなっていく。パピヨン・ノワールの質量が失われていく。

（ありがとう、やりなおすことができて――）

中身がなくなった宇宙服を、猿頭寺はいつまでもいつまでも抱きしめていた。

もう、決して置き去りにされることのなくなった男の周囲に、レプリジンが遺した光の粒が舞っている。光の粒が囁く言葉が、彼には聞こえた。

（Ｇクリスタルは、三重連太陽系の人たちからつくられた生命の結晶。Ｇストーンを持つ者は、生命のエネルギーを携えた、本当の勇気の力を使える者。私たち生命ある者は、みんな同じ力を持っています。だから、この先訪れる困難も……勇気さえあれば必ず乗り越えられるでしょう……）

パピヨンのその言葉は、オリジン・地球にも届いたのだろうか――

深い海の底で、激戦による傷を癒していたラミアが、目を開いた。

『……希望なるエネルギーの波動を受け、私も蘇ることができた。我らソムニウム、新たなる希望へ――！』

ソムニウムの肉体が、アクアと呼ばれる異形の姿に変貌する。そして、頭上の海面に見える光に向かって浮上していく――はるかな大空を羽ばたくかのように。

宿敵カンケルとの戦いで多くの個体を失ったものの、ベターマンと呼ばれた種属が滅んだわけではない。彼らの運命がこの後、地球人類といかなる形で交錯するのか――この時点で、それを知る者はいなかった。

——意識を現実へ連れ戻したのは、痛みであった。

全身の激痛にうめいたとき、スワンがのぞきこんできた。

「護《まもる》……気がついたデスね」

どうやら、宇宙服を着せられ、ミサイルのなかに寝かされているらしい。

「僕……」

「——天海《あまみ》」

隣のミサイルには、戒道《かいどう》が寝かされていた。

「いま、この次元宇宙はＥＳ空間ごと……消滅しようとしてるんだ」

「ギャレオリア彗星は、もう存在してないからね」

「俺たちゃ帰れねえってことだ」

スタリオンが、牛山《うしやま》が、火麻《ひゅうま》が、口々に説明した。

「この次元が……消滅……」

「戻れないんだね……やっぱり」

しかし、不思議な気持ちはしなかった。戒道も護も、なぜかそれが自然な結末であるように思えた。

「しかし、わずかながら希望は残っておる！」

雷牙《らいが》が叫んだ。

「ザ・パワーを利用するんだ。計算上、ジェイアークのESミサイルで木星軌道上に直径一メートルの次元ゲートを二秒間作ることができる」

どこか、猿頭寺《えんとうじ》の口調に、いや目の光に？　深い深い優しさが宿っているように見える。だが、護にはその原因がわからなかった。

わからないまま、気になったことを口にする。

「直径一メートル……」

「二秒間……」

「だが残ったESミサイルは二発だけでな！」

雷牙のこの陽気さは、もしかしたら自分たちのためのものだろうか？

「だから、我々は君たちふたりに未来を託す。これは君たちに与えられた……君たちにしかできない重要な任務なんだ」

護の目を、大河《たいが》はじっと見つめた。

「この宇宙でおこった出来事を地球に報告してほしい……それが君たちの任務だ」

「帰ったら『ただいま』って言うのを忘れるなよ」

やがて、ジェイアーク甲板上に固定されたクシナダから、二発のESミサイルが発射された。甲板上には勇者ロボたちも寝かされていて、口々に別れを告げてくる。

ふと横を見ると、Jとルネがミサイルの横を飛んでいた。

「アルマ、戦いは終わった。お前はもうアベルの戦士として生きる必要はない」

「親を大切にな」

そして、リミピッドチャンネルとGストーンを介して、命《みこと》と凱《がい》も語りかけてくる。

「あなたたちは、三重連太陽系を受けつぐ地球の子供よ」

「勇気ある誓いとともに進め！」

護《まもる》と戒道《かいどう》は、凱の言葉をかみしめた。

「勇気ある……誓いとともに」

そして、希望はESウインドウのなかへ、去っていった。

## 7

「さあて、おっぱじめっかぁ！」

ひとつの目的を果たしたところで、威勢良く火麻激が叫んだ。

「声がデカいのは結構だが、少しは状況の深刻さをわかっているのかね」

「ふん、どんなに深刻だろうとガッツでなんとかするんじゃねぇのかぁ!?」

長官と参謀の会話はGGG《スリージー》隊員たちにとって、異常事態のさなかでも、日常の穏やかさを思い起

こさせるものだった。

大河幸太郎《たいがこうたろう》は全員の宇宙服につながる、全周波数帯の通信マイクに語り始めた。

「諸君！　我々はこれから、生還を目的とした戦いを開始する。困難が予想されるが、これだけは忘れないでほしい。我々は、ガッツィ・ギャラクシー・ガード隊員である！　GGG《スリージー》憲章第五条百二十五項！」

大河の言葉を聞いていた全員が、続く文章を暗唱した。

「GGG隊員は、いかに困難な状況に陥ろうとも、決して諦めてはならない！」

凱《がい》は、いまだジェネシック・ガオガイガーからフュージョンアウトできずにいた。戦いの負傷が著しく、治療設備のないクシナダへ戻るよりは、まだGストーンに囲まれたジェネシック内部の方が、身体によいと雷牙《らいが》に判断されたのだ。

そして、マニージマシンから一歩も動けずにいる命《みこと》も、リミピッドチャンネルで凱に話しかけてきた。

「なんだか動けないいって、退屈よねぇ」

「おいおい、お互いにそれどころじゃないんだぜ」

「わかってるけどぉ……。でもさ、リミピッドチャンネルって、内緒話にちょうどいいんだね」

「ああ、そういえばそうだな」

「ねえ、凱。さっき『あとでゆっくり話がしたい……待っててくれ！』って言ってたよね」

それは、ジェネシック・ガイガーにフュージョンした直後、凱が口にした言葉だった。

「え？　あれ……その、なんだったっけ」

「もう、とぼけて！」

落ち着いてみると、とぼけてしまいたくなるあたりで、なんとなくどういう内容の話であるのか、命にも想像はついた。だが、想像できても、実際に口にしてもらわなければ、意味がない。

（あれ？　でもよく考えたら、リミピッドチャンネルで聞くのって、直接聞いたことになるのかな？）

命はなんだかおかしくなった。笑いの波動が凱にも伝わっていく。

「どうした、命？　笑ってるのか？」

「ううん、なんでもない。さっきの話、しばらく先送りにしてあげる。自分の耳で聞かなきゃ、もったいないもんね！」


――そして、星と時の彼方に、少年たちはたどりついていた。


ESミサイルからは、オートで救助信号が発信されている。レプトントラベラー搭載艦なら、この木星圏まで一日あまりで到達できるだろう。

「ねえ、戒道《かいどう》……さっき、僕のことを〝天海《あまみ》〟って呼んでくれたよね」

Gの力ではなく、ミサイル内部に設置された通信機で、護《まもる》は戒道に話しかけてみた。

「ああ、すまない……イヤだったか？」

「そんなことないよ、嬉しかった」

「――天海《あまみ》、僕はいつか……謝ろうと思ってたことがある」

「なに？」

「Zマスターとの決戦の直前のことだ。僕は君に『哀れだ』と言ってしまった……」

「うん……」

「あれは……ウソだった。本当に哀れだったのは、僕の方だ。あのときの僕は、それを認める勇気を、持ってなかった」

「うん、僕も地球に帰ったら、ウソついたこと、謝らなきゃならない人がいる……」

「君でもつくのか、ウソ⁉」

戒道《かいどう》の声が、これまで聞いたことないくらい、裏返った。

「へえ、ウソの付き方なんて、なんにもしらないと思ってた……」

「ひっどいなぁ、なんだよそれ！」

護《まもる》と戒道は、長い長い、他愛のない話を続けた。いくら話しても、話題は尽きることがなかった。

やがて、話し疲れて、戒道は眠ってしまったようだ。

（僕のお父さんやお母さん、戒道のお母さん、華ちゃん、学校のみんな……待っててね、もうすぐ帰るよ、戒道と一緒に）

（それから凱《がい》兄ちゃん、GGG《スリージー》のみんな、はやく帰ってきてね……）

ついさっき別れた人々と、いつか星の海で再会することを考えながら、天海護もまた、深い眠りに沈んでいった――

# 新章　少年たちの決意　―西暦二〇〇九年―

## 1

### 〝勇気ある誓いとともに〟

石碑の下に掲げられたプレートには、そう刻まれている。

プレートの前にやってきた天海護《あまみまもる》は、見覚えのある背中を見つけた。だが、今日も来てたんだ――と、声をかけることはしない。毎日のようにこの場を訪れているのは、自分も同じだから。

護は無言で、戒道幾巳《かいどういくみ》の隣に並んだ。

「………」

昨日、石碑の前を離れてからのことを心のなかで語りかける。家に帰って、夕食を食べて、両親と語り合って、眠って――

そして今日、朝起きて、登校して――

「これから、マリンレフュージ基地へ行くんだ。戒道も一緒だよ」

「――みんなは？」

ようやく戒道が口を開いた。その襟元には、〝BOYS & GIRLS GGG〟のバッジが輝いている。護の襟にあるものと同じだ。

「先に基地に行ってるって。僕だけ、寄り道」

みんな――というのは初野華《はつのはな》、狐森《こもり》レイコ、牛山末男《うしやますえお》、数納鷹泰《すのうたかやす》たちのことだ。みな、護と戒道の小学生の頃からの同級生であり、いまは少年GGG《スリージー》隊※38の仲間だ。

「そうか……実動試験に遅刻もできないし、行こうか」

「うん」

ふたりは地下高速鉄道の駅に向かって、歩き出した。

西暦二〇〇九年、三重連太陽系の戦いから二年、GGGの帰還を祈る石碑の設置から一年が過ぎた夏。天海護と戒道幾巳は中学一年生になった。そして、少年GGG隊の隊員に選ばれていた。東京湾上に浮かぶGアイランドシティから、GGGマリンレフュージ基地※39がある江ノ島までは、地下高速鉄道で直結されている。

車輌内に並んで座った護と戒道は、窓外《そうがい》のチューブトンネル越しに見える海中を眺めながら、朝のテレビ番組で報じられた話題について語り合っていた。

「……国連がGGGの追放処分を解くかもしれないんだってね」

「そういう噂があるってだけだろう。事実だったら、僕らの耳にも聞こえてくるはずだ」

「そりゃそうだけど……」

護の表情は曇った。ワイドショー的な番組が伝えていた、追放処分撤回の理由を思い出したからだ。その表情の変化に、戒道《かいどう》はすぐに気づいた。

「死んだ者たちの名誉回復を目的として、か。馬鹿馬鹿しい」

「戒道……」

「あいつらが死ぬはずがない。Jやトモロだって一緒なんだ——」

戒道は静かに言い切った。そう、次元ゲートの向こうに残ったGGG《スリージー》とともに、赤の星の戦士たちもいる。彼らはあの木星決戦でも、Zマスターを斃《たお》して生還したのだ。こんなことで死ぬわけがない……戒道の確信は揺らいではいなかった。

「そうだね……GGGのみんなが死んだりするもんか……！」

護《まもる》は頭を一度振ってから、笑顔を取り戻した。彼らの生存を疑ったことはない。だが、二年という時は長すぎた。英雄たちの殉死を既定のこととして語るテレビ番組に、怒りを覚えるよりも落ち込んでしまったのは、ある種の疲れがあったからだろうか。

（これじゃ、戒道がJたちを信じてる気持ちの方が、僕が凱《がい》兄ちゃんたちを信じてる気持ちより強いみたいだ……！）

そんなことを思って、ちょっとだけ悔しくなった。もう二度と疑ったりしない——そんな決意をかためた少年を乗せて、地下高速鉄道の車輛は海上へと浮上していった。

## 2

「――では、お前さんも計画に賛同してくれるというのだね」

ロゼ・アプロヴァール国連事務総長に問われた、楊龍里《ヤン・ロンリー》GGG長官代理は無言でうなずいた。かつて大河幸太郎《たいがこうたろう》や八木沼範行《やぎぬまのりゆき》といった歴代長官が使っていた、GGGオービットベースの長官室において、である。

人類科学における最高レベルの防諜システムが施されたこの部屋で楊が示した意志を知る者は、通信相手であるロゼ以外に存在しない。もしもその事実が公表されれば、各方面に少なからぬ波紋を巻き起こしたことだろう。

二〇〇七年当時、GGG主要隊員の叛乱という重大事件※40に際して、当時の八木沼長官はただちに罷免された。その後任として指名されたのが、中国GGGの長であった楊博士である。

もともと大河幸太郎との密約によって、その叛乱に協力した事実が明るみに出れば、とても実現したはずのない人事である。しかし、それを他人に悟られるほど、うかつな人物ではない。旧GGG首脳部の色を排除しようとする評議員たちの期待に応える形で、楊は要請を受諾した。ただし、条件付きで――

「残念ながら、私は正義の組織の長が勤まるほどの人望がありません。より長官職にふさわしい人物が現れるまでの代理ということで、お引き受けいたしましょう」

ふさわしい人物とは誰のことだ、当然そういう疑問が噴出したが、楊は無視した。ただロゼ事務総長のみが、納得した表情でうなずき、人事は正式に発令された。

怠惰の二文字からは縁遠い人物である楊龍里《ヤン・ロンリー》にとって、GGG《スリージー》長官代理を引き受けたのは、大河《たいが》幸太郎《こうたろう》からの依頼の半分に過ぎなかった。

残りの半分は、大河がやり残したことの引き継ぎである。すなわち、国連エネルギー開発会議が立案した〈ザ・パワー利用計画〉の阻止だ。二〇〇六年頃から立ち上がったこの計画は、原種大戦の痛手から人類社会を復活させるため、木星の超エネルギーを利用しようというものである。木星における決戦で、ザ・パワーの危険性を目撃した大河にとって、それは看過できない危険な火遊びと同義である。一時的にGGGを離れてでも、阻止せねばならない問題だった。

地球圏を離れた大河に代わって、楊はあらゆる手段でこの計画に反対した。データによる正当な主張、そして水面下で賛成派を切り崩す工作。だが、辣腕《らつわん》の楊をもってしても、計画を推進させようとする勢いに抗うことは難しかった。

三重連太陽系での戦いでパスキューマシンが稼働したことによるダークマター流出は、地球圏に深刻な異常気象をもたらした。あれから二年が経過した現在も、復興は途上である。多量のエネルギーを確保することは、全世界的に渇望されていた。

そして今日、ついに楊龍里は決断したのだった。

「いやぁ、やはり決断してしまいましたか……」

長官室を訪れ、そうつぶやいたのはGGGスーパーバイザーである高之橋両輔《たかのはしりょうすけ》博士だ。八木沼《やぎぬま》長官が更迭された際、楊の強い要望によってその他の者の責が不問とされたため、GGG首脳部で唯一留任した人物である。先任スタッフであり、科学者としても偉大な功績を挙げている高之橋に対して、楊の物腰は丁寧だった。

「ええ、大河幸太郎には申し訳ないが、決断する意義はあると判断しました」

この日、楊はロゼ事務総長に伝えたのである。これまでの主張を撤回し、ザ・パワー利用計画に賛同する、と。

「いや、気持ちはわかりますよ。僕も九十八パーセント反対だったんですけどねぇ」

復興だけが目的であれば、楊も高之橋も考えを変えることはなかっただろう。だが、ふたりはとあるシミュレーションを幾度も繰り返した結果、同じ結論に到達したのである。

「――勇者たちを救い出すには、ザ・パワーの力が必要ですからな」

二年前、ディビジョン艦隊が向かったギャレオリア彗星はESウインドウの一種であると思われていた。すなわち、他の恒星系に通じる一種のワームホールである。空間を歪曲する技術は、ギャレオンからもたらされたブラックボックスに記録されていたため、いずれは自らESウインドウを開くことも可能になると思われた。

だが、天海護《あまみまもる》と戒道幾巳《かいどういくみ》の証言を詳細に検証した結果、ギャレオリア彗星は空間だけでなく、時間をも超える次元ゲートであると判明したのだ。

「彼らが取り残されたのは、百五十億年前に消滅した別の宇宙……いやはや、普通の手段ではとても到達できません……」

「そう、超常の力が必要なのです。彼らのいる宇宙への扉を開くには……」

楊龍里《ヤン・ロンリー》は窓の外を見た。ＧＧＧ《スリージー》オービットベースが浮かぶ深淵の宇宙。いや、衛星軌道上であるそこは到底、深淵などとは言えない。ほんの庭先に等しい距離だ。だが数年前まで、人類の力で到達できる、そこが極北だったのだ。

その後、ギャレオンから得た知識でＧＳライドやレプトントラベラーが開発され、太陽系内は自由に行き来できる領域となった。やがて恒星間の距離も、超えられる時代が訪れるだろう。だが、時間と次元の彼方へ手を伸ばすには、なにかしらのブレイクスルーが必須である。そして、それはザ・パワー以外には考えられなかった。

窓外《そうがい》の宇宙空間にだぶって、虎のような気性の男の顔が浮かぶ。その男に殴られる光景を幻視しながら、楊はつぶやいた。

「もし再会できたとして、あの男は烈火のごとく怒りくるうだろうな。骨の二、三本で勘弁してほしいものだ……」

## 3

「ええい、蛍汰《けいた》と火乃紀《ひのき》はまた遅刻か！」

阿嘉松《あかまつ》所長が吼えた。その姓を名乗ってはいないものの、彼には獅子王《ししおう》という名にふさわしい風格がある。雄叫びのような大声に、周囲にいた少年少女たちは身をすくめた。

「怖くない、怖くない……」

「おお、華《はな》ちゃんを怒ったわけじゃないんだから、泣かないでおくれ」

半泣きになった少女の前に、阿嘉松がかがみこんで笑顔を見せる。かつて自分の会社で女性社員やアルバイトを怒鳴りつけていた頑固社長も、中学生相手には鬼になれないようだ。彼のプライベートをよく知る人間ならば、何年も病院で眠り続けている愛娘のことを思い出すからだと、気づいているかもしれない。

「なあ、所長さん」

「社長と呼べ、社長と」

「いや、そこは逆なんじゃねえの？」

ウッシーこと、牛山末男《うしやますえお》の指摘ももっともだ。阿嘉松が有限会社アカマツ工業の社長であるのは事実だが、ここは彼が所長を兼任するＧＧＧマリンレフュージ基地のハンガールームなのだから。

「それでいいのさ。ＧＧＧ支部の所長なんてのは、仮の姿。俺は生涯、自分だけの城の主と決めてるんだからな」

「ああら、だったら会社を大きくすることにもこだわった方がよろしいんじゃなくて」

「そうですねぇ……アカマツ工業の実績と売り上げでしたら、株式会社にしたらあっという間に上場企業になれると思いますよ」

レイコと数納《すのう》の言葉にも、阿嘉松《あかまつ》はニヤニヤ笑いを絶やさない。

「いいんだよ、うちはこれで……な」

自分の城を有限会社に留めておくのは、彼なりのこだわりだ。だが、それを子供に理解させるのは難しい。そう思って、阿嘉松は強引に話題を戻した。

「とにかく俺はどこにいようと、阿嘉松社長だ。んで、バイトどもはまたどこかで油売ってるのか！」

「だから社長さん、テストパイロットが必要なら、俺たちがやってやるって！」

ウッシーが言いたかったのは、まさにそのことだった。この日は、阿嘉松が開発したニューロノイド〈覚醒人《かくせいじん》Z号〉の起動実験が予定されており、アカマツ工業の時からアルバイトしている蒼斧《あおの》蛍汰《けいた》と彩火乃紀《さいひのき》が、搭乗することになっている。だが、予定時刻を二十分過ぎても、ふたりは現れなかった。そこで、メカオタ四人兄弟の末っ子であるウッシーが、自分を売り込んだというわけだ。

「……まったく、君は事前学習で何も学んでなかったのか？」

子供たちの最後方で黙っていた戒道幾巳《かいどういくみ》が、ぼそっとつぶやいた。かつては無口で知られていた戒道が、ひとたび口を開けば意外と毒舌であることに、同級生たちもようやく慣れつつあった。

「えっと、それは……」

「覚醒人を起動できるのは、デュアルカインド[※41]という特殊能力者のみ。僕たちは全員適性検査を受けたが、判定はネガティブだった」

覚醒人をはじめとするニューロノイド[※42]は、デュアルカインドふたりが搭乗しなければ、起動することはできない。かつては世界中に数人のデュアルカインドが確認されていたが、その多くが死亡。現在は蛍汰と火乃紀しか確認されていないのだった。

「そりゃわかってるけどさぁ……いざコクピットに座ったら、火事場のナントカとか起きるかもしれないだろ」

肩を落としたウッシーを、護《まもる》がなぐさめる。

「気持ちはわかるよ。ウッシーだってずっと、勇者ロボに乗りたかったんだもんね」

「そうなんだよ。なんせ、Z号は初めての搭乗型GBRナンバー[※43]だもんなぁ」

牛山《うしやま》家の四兄弟は、いずれも勇者ロボに憧れを持ち、GGG《スリージー》やその関連組織に加わってきた。起動実験に遅刻するなど、信じられない――その思いは、この場にいる者のなかでもっとも強かったかもしれない。

「ねえ、蛍汰兄ちゃんや火乃紀姉ちゃんのGGGスマホ[※44]には通じないの？」

「ああ、ふたりともそろって電源切ってやがる。ったく、どこほっつき歩いてんだか……」

今時、首都圏で電波が入らないという場所は滅多にない。そのため、阿嘉松は電源が切られていると思い込んだ。だが、それは事実ではない。いままさに発生しようとしている、新たなる事件の予兆に他ならなかったのだ。

## 4

「ケーちゃん、お待たせ！」

よそ行きの服を着た火乃紀《ひのき》が、待ち合わせ場所に走ってきた。横浜のオープンテラス式カフェ。覚醒人《かくせいじん》Z号の起動実験が夕刻から開始される日の、昼過ぎのことである。

護《まもる》や戒道《かいどう》たちに起動実験を見せてやろうという阿嘉松《あかまつ》の配慮で、彼らの中学校の授業が終わってからでも間に合う時刻に、開始時間が設定された。だが、この日はちょうど火乃紀が通うGアイランド学園大学の創立記念日だった。そのため、日中にデートをしようと提案したのである。提案された側は、二年連続の予備校通いであり、あまり厳密に予定がさだまってるわけではない。

「おお、火乃紀なんか気合い入ってんじゃん！」

白いサマードレスを来た火乃紀の姿に、蛍汰《けいた》※44は目を丸くした。工学部で生体医工学を学んでいる火乃紀の日常には実験や実習が多く、ジーンズ姿が多かったのだ。高校時代のミニスカ姿を見慣れていた蛍汰には不満も多かったのだが、口にするわけにもいかず、悶々とする日々だったのである。

涼しげな姿で蛍汰の向かいに座った火乃紀は、ランチの注文を終えて辺りの様子を見回した。

「この辺もすっかり元通りになったよねぇ……」

横浜の沿岸地帯は、二〇〇五年の秋に大きな痛手を受けた。地球上に初出現した原種とキングジェイダーの戦闘の舞台となり、数々のランドマークが破壊されたのである。周辺地域への被害抑制を考慮して戦うGGG《スリージー》と違って、赤の星の戦士にそのような配慮は存在しない。その後も世界規模での異常事態がいくつも続き、街が往年の姿を取り戻したのはごく最近のことだった。

「だなぁ……。な、火乃紀、観覧車乗りに行こうぜ」

「ええ〜〜」

「なんだよ、その嫌そうな顔！」

「だってケーちゃん、密室に入るとすぐえっちな事しようとするんだもん」

「火乃紀だって、別に嫌がら――いてっ！」

言葉の途中で、蛍汰のスネに激痛が走った。テーブルの下で、火乃紀のカカトが直撃したのだ。今日の装備は普段のスニーカーではなくミュールだったため、打突攻撃力が増強されている。たとえつきあい始めて二年以上経った仲だとはいえ、人目につく場所で話したくない話題は存在する。

（……まったく、いつまで経ってもデリカシーないんだから！）

食後のデザートとお茶も終えて、ふたりはショッピングに繰り出した。

「なああ、思いっきり内緒話できるよう、人目につかない場所にこもろうぜ」

と一方が提案したのだが、あっさり却下されたからである。とはいえ、普段は大学と予備校という違う場所へ通っているのだから、やはり一緒にいられるのはどちらにとっても楽しい時間だ。

GGGマリンレフュージ基地でのアルバイトの時は一緒にいられるものの、二人一組のテストパイロットなのだから、常に行動をモニタリングされることになる。蛍汰も火乃紀も、起動実験までの短い時間を存分に楽しんだ。

だが、その時は、唐突に終わりを告げた。

(――真理緒《まりお》兄さん⁉)

人混みの向こうに、見覚えのある髪が見えた。見覚えがあるのは、火乃紀《ひのき》が毎日鏡のなかに見るものだったからだ。赤と緑の房をたくわえた前髪は、彩《さい》家の遺伝によるものだったらしい。だが、それを伝える者はただひとり、火乃紀だけだ。父も兄もこの世にはいない――いないはずだった。

三年前、ラミアというソムニウムが火乃紀たちの前に現れた。彼は火乃紀と同じ、赤と緑の前髪を持っていたのだ。年格好が近いこともあり、彼の正体が兄の真理緒ではないかと疑ったこともある。

しかし、真実は残酷だった。ソムニウムはヒトの遺体を養分として育ったアニムスの花――その実を喰らう。ラミアは彩真理緒の肉体に宿ったアニムスの実を食して、その遺伝形質に影響を受けていたのだ。

そのラミアもモーディワープ本部での決戦[※45]以来、姿を見せていなかった。その際の深手が、Gストーンの波動に癒されるまで海中に潜んでいたことを、火乃紀が知るよしもない。

実のところ、ラミアが人界を訪れていたのには彼なりの事情があるのだが、火乃紀の前に姿をさらすことになったのは、彼にとっても計算外の事象であった。

「どうしたんだ、火乃紀……?」

「ケーちゃん、あそこ……ラミアがいたわ」

「ラミア？　どこかで聞いたような……って、ベターマンのあいつか！　なんだって今頃……！」

「わかんない、でも人混みの向こうで一瞬だったから、もしかして見間違いかも……」

「見間違いじゃない可能性もあるんだな。よし、じゃあ追っかけよう！」

蛍汰《けいた》は火乃紀が指さした方に向かって、走り出した。手を引かれた火乃紀も、意を決してともに駆け出す。

ふたりの前にラミアが現れた日々――それは、命の危機と恐怖に満ちた日々だった。思い出したくない、戻りたくない、そんな日々だ。だが、目を背けたら背中から襲われる。怖くても正面に見据えて、立ち向かっていくしかない。それが、あの日々に蛍汰と火乃紀が学んだことだった。


しかし、雑踏のなかに消えたラミアの姿は、なかなか見つからなかった。

「！　たいへん、ケーちゃん、今からじゃ起動実験に間に合わないよ！」

「うわ、ほんとだ！　社長に怒られるぞ……バイト代、さっ引かれちまう！」

「もうそんなこと気にしてる場合じゃないでしょ！」

「そ、そうだな……ラミアのことほっとけないし、とりあえず電話入れとくか」

蛍汰はGGG《スリージー》から支給された高機能スマートフォンで、マリンレフュージ基地への直通回線をつなごうとした。だが――

「あ、あれ、おかしいぞ……」

回線がつながらない。GGG隊員やその関係者が使う回線は、非常時でも優先的に割り当てられるようになっている。試してみたところ、火乃紀《ひのき》の端末も同様だった。つまり、ＧＧＧ《スリージー》スマホの故障というわけではない。

横浜で起きた広域の通信障害――それが、今回の事件の予兆である。そして、事件本体は巨大な異形の姿をもって、蛍汰《けいた》と火乃紀の前に現れた。

# 5

「横浜に巨大ロボが出現しただと――！」

その第一報は日本の防衛庁を通じて、ＧＧＧオービットベースにもたらされた。メインオーダールームにやってきた楊《ヤン》長官代理は、オペレーターたちに情報収集を命じる。もっとも重要な情報を最初に報告したのは、諜報部オペレーターだ。

「巨大ロボは推定全高三十メートル、機体中央部からフェイクＧＳライド反応を観測したっすわ！」

語尾が特徴的なこの人物は、山じいという愛称で呼ばれている。かつてはアカマツ工業の社員であったが、阿嘉松《あかまつ》がマリンレフュージ基地所長職に重きを置くようになって以来、会社ですることがなくなり、ＧＧＧへ出向になった。

山じいの隣に座っている研究部オペレーター、りっちゃんこと府中律子《ふちゅうりつこ》も同様の立場だ。ニコチンロッドをくわえたまま、気だるげに報告する。

「あー、こりゃとんでもないバケモンみたいよ。フェイク反応が三つも検出されてる」

りっちゃんが告げた事実に、メインオーダールームが騒然となった。楊と高之橋《たかのはし》、ふたりの博士にとって、それが意味するところは明らかだったからだ。

「かつて、バイオネットが投入したギガテスクシリーズは、フェイクGSライド一基でもガオガイガーにわずかに劣る程度の出力を発揮したそうですな」

「そうなんだよね……実に九十八パーセントくらいの力はあったそうだよ」

高之橋のつぶやきを耳にして、初野《はつの》あやめ機動部隊オペレーターが悲鳴をあげた。

「それが三基も⁉　じゃあ、ガオガイガーの二百八十四パーセント増しってこと！」

「馬鹿、九十八かける三は二百九十四だ！　というか、増しって言い方するなら百九十四パーセント増しだろ！」

「ああもう、ウッシー先輩細かすぎ！」

「お前がおおざっぱすぎるんだ！」

ウッシー先輩と呼ばれたのは、かつて整備部オペレーターだった牛山一男《うしやまかずお》でも、少年GGG隊員である牛山末男《すえお》でもない。初野あやめとは中学校以来のつきあいである牛山次男《つぐお》だ。

「牛山隊員も初野隊員も、私語はつつしみたまえ。機動部隊の状況は？」

「すみません！　定期メンテがもうすぐ完了しているはずですので、確認します！」

あやめが問い合わせの回線をつなごうとした時、先方から通信が送られてきた。

『確認には及ばねえぜ！』

「社長！」

『おお、山じいもりっちゃんも、GGG《スリージー》隊員服似合うじゃねえか。ま、うちのツナギほどじゃないがな！』

メインスクリーンに大写しになったのは、マリンレフュージ基地所長である。

『翔竜《しょうりゅう》、月龍《げつりゅう》、日龍《にちりゅう》、ポルコート、どいつもメンテはバッチリ終わってる。たった今、ミラーカタパルトで横浜に向けて射ち出したところだ！』

「ほう……」

阿嘉松《あかまつ》の言葉を聞いて、楊《ヤン》の目が細められる。

「定期メンテナンスを早期終了させた理由、及び彼らを出撃させた理由をお聞かせ願えますかな」

『メンテが終わってたのは偶然よ。ヘッドダイバーが来ねえもんで起動実験ができなくてな。俺の手が空いちまったんで、整備班を手伝ったってわけさ』

マリンレフュージ基地は勇者ロボ開発研究所であると同時に、整備拠点でもある。この時期、オービットベースの勇者ロボたちが定期メンテナンスのため、阿嘉松のもとへ送られていたことが幸いしたと言って良い。

『出撃させたのはヘッドダイバーとの連絡がとれなかったからだ。GGGの通信端末が不通になるってえのは、ただごとじゃねえ』

「ヘッドダイバー……蒼斧蛍汰《あおのけいた》と彩火乃紀《さいひのき》か。彼らが自分の意志で連絡を絶っていた可能性は？」

『うちのバイトどもをなめんじゃねえぞ。あいつらが俺の仕事を放り出すもんか！　そんな可能性を考えるくらいなら、勇者ロボへの不当命令で処分された方がマシってもんだ！』

威勢良く言い放った阿嘉松の表情を見ながら、楊は静かにうなずいた。阿嘉松滋《しげる》という人物に指揮官の資質があるとして、楊龍里《ヤン・ロンリー》がそこに気づいた瞬間がこの時であったのかもしれない。

「失礼した。的確な判断に敬意を表させていただこう」

『おう、わかってくれればいいのよ』

「現地に現れたのは、フェイクGSライドで駆動するバイオネットロボだと推定されている。通信がとれない以上、対応は勇者たちの判断に任せるしかないが、可能な限りのバックアップをお願いする」

『よっしゃ、まかせとけ！』

そう言うと、阿嘉松は通信を終えた。冷静沈着な楊龍里と、豪放磊落な阿嘉松滋。奇妙なことに対照的なふたりがこの時、（意外とこいつとはウマがあうかもしれない）と同じ事を考えていた……。

## 6

江ノ島からミラーカタパルトで射出された四機の勇者ロボが、横浜の倉庫街に着地する。現地の状況を確認できなかったため、着地地点に人がいたら緊急回避しなければならないところだったが、その事態は避けられた。もっとも、金色に輝く一機が頭部からアスファルトに墜落[※46]した。赤いレンガが見事な倉庫を傷つけなかったのは、不時着慣れしているからに他ならない。

「………！」

銀色の装甲に身を包んだ姉が手を差し伸べる。

「大丈夫か、日龍《にちりゅう》。相変わらずプログラムの修正ができていないようだな」

「手助けはいりませんわ、月龍《げつりゅう》[※47]。この程度のダメージで作戦行動に支障が出るような私ではなくってよ！」

「よかったぁ……ぼく、心配しちゃいました」

空中に浮遊する空色の弟が安堵する。ＧＢＲ－５の形式番号を持つ翔竜《しょうりゅう》[※48]は、設計された時期はもっとも古く、本来ならこの場にいる勇者ロボの中でも先任となるはずだった。だが、開発が凍結されていたため、実際に起動したのはつい先日のことであり、幼い少年の人格を有していた。そのため、他の勇者たちからは弟として扱われている。

「あ、あなたのような未熟者に心配してもらう必要はなくてよ」

「ですよね……すみません、日龍さん……」

素直に頭を下げる翔竜から、日龍は顔を背けた。そして、小さな声でつぶやく。

「……す、素直なのは美徳ですわね」

誇り高い金色勇者の顔面装甲に、紅潮する機能が登載されていなかったのは、幸いである。

「さあ、レディース・アンド・ボーイ！　おしゃべりはそこまでだ」

機動部隊の三機に呼びかけたのは、諜報部に所属するビッグポルコート[※49]だ。ひときわ小型なボディだが、開発された時期は古く、歴戦の勇者である。もっとも、ＡＩの人格モデルとなった人物から引き継いだ紳士気取りの言動は、ささやかな欠点と評されていた。

「今回の標的はあの無粋なバイオネットロボだ。まずは被害を減らせる場所まで、エスコートしようじゃないか」

その口調はともかく、ビッグポルコートの指揮は的確だった。

勇者ロボたちが知る由もなかったが、太平洋上で母艦から切り離され、東京湾一帯の通信を撹乱しながら横浜の国際客船ターミナルに上陸したのは〈デルニエ・ギガテスク〉という名を持つバイオネットロボである。蛍汰《けいた》と火乃紀《ひのき》がビル越しに目撃した異形の巨人こそ、このデルニエだった。

デルニエは桜木町方面に向かって、進んでいく。もちろん、足元の建造物に配慮することなどない。フェイクＧＳライドが発する膂力《りょりょく》は、ビル街を飴細工のように粉砕しつつ、デルニエを前進させていった。

だが、このバイオネットロボの脅威はそのパワーだけに留まらない。一基のフェイクＧＳライドは高出力の電磁波を発生させ、通信や電子機器の動作を阻害していたのだ。蛍汰と火乃紀が持つＧＧＧ《スリージー》スマホは専用の電波帯を使用している上、高度な防諜システムが採り入れられているのだが、デルニエが放つ力任せとでも言うべきジャミングの前には無力だった。

人口の多い市街地とはいえ、強力なジャミングで撹乱されては、初動が遅れるはず。それがバイオネットの目論見だった。その隙に、横浜の中心地にまで進出してしまえば、ディバイディングドライバーを使用できない現在のＧＧＧ《スリージー》では有効な対応が難しい。

だが、その計画を、阿嘉松《あかまつ》の判断が防いだ。ジャミングを察知した時点で、なにがあるかを確認せず、その中心地へ四機の勇者ロボを送り込んだのだ。正規の命令系統であるオービットベースの判断を仰ぐことなく。

「阿嘉松所長のおかげで、市街地に入り込まれる前に捕捉できたな」

「あとは、誰があれを倒すかですわ。負けなくてよ、月龍《げつりゅう》」

「日龍《にちりゅう》姉さま、競争じゃありませんよ！」

翔竜《しょうりゅう》の常識的な言葉に耳を貸さず、月龍と日龍はデルニエに向かっていった。銀と金の華麗な姉妹が旋風のように蹴りを繰り出し、黒い巨体の両脚を薙ぎ払う。言葉では対立しているようでも、双子勇者の息はぴったりあっている。二組の兄たちと一組の姉たちのように。

「上手いぞ、お嬢さん方！」

たまらず転倒したデルニエに対して、ビッグポルコートが四〇〇〇マグナムの機銃掃射を浴びせかける。本体を破壊する前に、機体表面の電子戦装備を破壊しようと考えたのだ。

だが、その狙いはデルニエを開発したバイオネットの技術者に予測されていた。デルニエの装甲は一種のリアクティブアーマーとなっていたのだ。徹甲弾の直撃によって爆発反応装甲が弾け飛ぶ。砕け散った装甲の部材には強磁性体が組み込まれており、勇者たちの頭上から降り注いだ。

「いけない、みなさん、退避してください……！」

上空の翔竜がデルニエ開発者の意図に気づいて、警告を発する。だが、遅かった。頭から磁性体の粉塵をかぶったビッグポルコート、月龍、日龍に向けて、デルニエが両腕を向ける。いや、二本の腕と見えたのは巨大なソレノイドアクチュエータであり、フェイクGSライドの高出力で電磁波を発生させていたシステムだ。直前まで広域の電波障害を引き起こしていたアクチュエータを勇者たちに向けたのは、攻撃に転用するためである。

　指向された電磁波はアクティブ・ディナイアル・システムとなって、磁性体にまみれた勇者たちに襲いかかった。

## 7

「うわああっ！」

　ビッグポルコート、月龍、日龍が悲鳴をあげている様子が、GGG《スリージー》マリンレフュージ基地ハンガールームの壁面モニターに映し出されている。デルニエ・ギガテスクが広域のジャミングを解除して、攻撃に集中したため、映像の転送が可能となったのだ。そして、その映像を撮影しているのは、唯一空中で攻撃を逃れた翔竜である。いや、翔竜の視界が転送されてきているのだ。

「……姉さまたちへの攻撃をやめてっ！」

　幼い叫び声が、悲痛に響く。だが、レスキュー及び他の勇者の支援に特化した翔竜に、為す術はなかった。映像の中では月龍や日龍が苦しんでいる。その苦痛を思いやる翔竜の気持ちは、モニターの前に集まった護《まもる》たちにも強く感じられた。

「頑張れ、翔竜！」

護《まもる》の叫びにあわせて、周囲の子供たちも声援を送る。

（ちくしょう……ガオガイガーが、凱《がい》兄ちゃんやみんながいてくれたら！）

その時——悔し涙がにじんだ視界の片隅に、なにかが見えた。

巨大なハンガーに固定された二十メートル近い、鋼鉄の塊。GGG《スリージー》で開発された勇者たちとは明らかに異なる設計思想で組み上げられた、コミカルにすら見える姿。阿嘉松《あかまつ》が開発したニューロノイドと呼ばれる有人調査ポッド〈覚醒人《かくせいじん》Z号〉だ。

この日、蛍汰《けいた》と火乃紀《ひのき》をヘッドダイバーとして実動試験が行われる予定だったため、すぐにでも起動可能な状態にセッティングされている。

「………」

Z号の巨体を見上げた護のうちに、ある想いが浮かんでくる。それを口に出そうとした瞬間、護の肩に誰かの手が触れた。

「……僕も同じ気持ちだ、天海《あまみ》」

「戒道《かいどう》——」

護の右肩に触れたまま、戒道がうなずく。言葉はいらない、それだけで十分だった。

ウィィィィン——
聞き覚えのある音に、阿嘉松は振り返った。それはZ号のハッチが開く音だ。

「おい、お前たち、なにやってるんだ！」

胴体下部のセリブヘッドに戒道幾巳《かいどういくみ》が、頭部のウームヘッドに天海護《あまみまもる》が乗り込み、手早くハッチを閉じていく。少年GGG《スリージー》隊員として、ここまでのテストや調整を手伝ってきたのだから、あらためてマニュアルを読み返すまでもない。

「なにかしてぇって気持ちはわかるが、デュアルカインドでなきゃ――」

言葉の途中で、阿嘉松《あかまつ》は絶句した。

それぞれのコクピットで護と戒道が全身を発光させた途端、覚醒人《かくせいじん》Z号が起動したのだ。壁面コンソールに設置されたデュアルインパルスの測定ゲージが、一瞬で計測限界を超過したことを告げる。

「阿嘉松所長さん、すみません！　これ……お借りします」

「社長と――いや、そんな場合じゃねえ！　お前たち、なんでデュアルインパルスを出せるんだ！」

「わからない……けど、僕たちならやれる。Z号がそう言ってきたような気がしたんだ」

「まさか……」

阿嘉松の脳裏に、覚醒人Z号のコアユニットのことが思い浮かんだ。あいつが少年たちに語りかけたとでもいうのか？

護も戒道も、デュアルカインドとしての適性検査は受けたものの、判定はネガティブだった。だが、彼らは真の力を発揮するもうひとつの姿を持っている。

「浄解モードでなら、デュアルインパルスを出せるってことか……」

そう理解した阿嘉松は、ニヤリと笑った。浄解モードとデュアルインパルスの関連性を確認するのも楽しみだが、それ以前にいまやることがある。彼にとって、最大の悦楽は自分の発明品が動く瞬間を見ることであった。

「よおおおおしっ、第三ハッチ開放、ミラーカタパルト起動するぞ！」

阿嘉松は自らコンソールに向かい、Z号の出撃手順を開始した。展開していくミラーカタパルトに向かって、覚醒人Z号がゆっくりと一歩を踏み出した。ウームヘッドの中から、護は壁面モニターを見る。

そこにはデルニエの右脚に踏みにじられている、ビッグポルコートの姿が映し出されていた。先輩の危機に何もできずにいる翔竜の無念が伝わってくるかのような映像だ。

「天海、急ごう……」

「わかってる。行くよ、戒道」

Z号がミラーカタパルト基部に乗り、電磁射出機のハッチが閉鎖される。阿嘉松がカウントダウンを開始すると、通信モニターに華が現れた。

「護くん、戒道くん――！」

「華《はな》ちゃん……」

「初野《はつの》……」

ふたつのコクピットモニターから少年たちに見つめられた少女が、小さく唇を震わせる。

（怖くない、怖くない……）

その言葉は発せられなかった。だが、勇気を出して、続く言葉を口に出した。

「ふたりとも、帰ってきて……必ず帰ってきて！」

「ああ、僕がついている……天海《あまみ》はきっと、君のところに連れて帰る」

「うん、信じてる……戒道《かいどう》くん！」

華《はな》の言葉に、護《まもる》が目を丸くする。

「ちょ、ちょっと、僕じゃなくて戒道を信用するの!?」

「君は仲間のためになら、無茶をしかねないからな。君の安全を考えるなら、他の人間を頼りにする方がいいってことだ」

戒道の言葉に、華が同意する。

「……私もそう思う」

「ひ、ひどいなぁ、僕だって――」

そこまで言いかけたところで、護は舌をかんだ。ミラーカタパルトでZ号が射出され、強烈なGがかかったのである。

涙目で口を抑えている少年と、笑いをこらえている少年とを乗せて、覚醒人《かくせいじん》Z号は東の空へと飛翔していった。

## 8

両腕に見えるアクチュエータを振り回しながら、デルニエ・ギガテスクが前進する。そこから放たれる強電磁波による不可視の網が狙っているのは、空中を飛翔する水色の勇者だ。ビッグポルコート、月龍《げつりゅう》、日龍《にちりゅう》の三機は深刻なダメージを受けたのか、湾岸の倉庫地帯に倒れ伏して動かない。残る翔竜《しょうりゅう》のみが、空中でデルニエの攻撃を避け続けていた。

「こ、こないでっ……！」

逃げながら、標準装備された磁力波を放つ翔竜。それは戦闘用ではなく、俊敏に飛行するための飛行ユニットを障害物排除作業のために応用した装備に過ぎず、当然ながら相手に致命傷を与えることはできない。しかし、指向性を高めた電磁波もまた、機動性の高い翔竜を捉えられずにいる。

デルニエは翔竜を追って、内陸部へと進んでいった。

そして、とある施設の外壁を踏みつぶして内部へ侵入した瞬間――

「いまだ……！」

翔竜は磁力波を最大レベルで発射した。ここまでの戦闘で、彼の攻撃がデルニエに通じないことは判明している。狙いは足元だった。黒い巨大ロボが踏みしめていた緑の人工芝。その地下には貯水槽がある。その天井を磁力によって引き剥がしたのだ。広大な空洞は巨大ロボの重量を支えきれず、地面が陥没する。

グラウンド中央であがきもがく、鋼鉄の巨体。デルニエ・ギガテスクが侵入したのは巨大な野球場だった。いや、翔竜が自らを囮として、誘い込んだのだ。ここなら、戦闘しても施設の被害だけに留めることができる。いわば、ディバイディングフィールドの代わりだ。

「どうだ……！」

翔竜は動きの停止したデルニエに磁力波の照準を合わせた。非力な攻撃であっても、装甲の継ぎ目や関節部を狙えば、ダメージを与えられるはず。

そう考えたのだが、それはまだ経験の浅いＡＩ故の油断だったのかもしれない。慎重に狙点をさだめようとした翔竜の姿は、グラウンドに倒れ込んだデルニエから、空中停止した標的に映った。ふたたびソレノイドアクチュエータが宙に向けられる。

「うわあああっ！」

放たれた強電磁波が、ついに翔竜を捉えた。ウルテクエンジンが動作不良を起こしたのか、小柄な機体が落下して、グラウンドに叩きつけられた。デルニエはアクチュエータを下方に向けて、そのまま翔竜を責め立て続ける。

「あああ……！」

他の勇者たちと同じく、翔竜のＡＩがシャットダウンされそうになった瞬間――

西の空から飛来した砲弾が、二本のアクチュエータを撃ち貫いた。

「――――！」

デルニエが異音を発した。それはダメージによるフィードバックが、ノイズとして出力されたに過ぎない。だが、あたかも異形の巨人が悲鳴をあげたかのように見えた。

その苦痛を与えた、砲弾のような物体は空中で静止した。慣性を制御するウルテクエンジン搭載機[※50]ならではの機動である。デルニエの両腕を破壊した砲弾の正体は、アクセプトモード[※51]の覚醒人《かくせいじん》Z号そのものだったのだ。

「上手いぞ、天海《あまみ》」

「僕だってこのくらいはね！」

戒道幾巳《かいどういくみ》という少年にしては珍しい褒め言葉に、護《まもる》は気をよくした。だが、その気分は一瞬で霧散する。グラウンドに横たわる翔竜の姿を見たからだ。

「ああっ、翔竜……！」

「その声、護くん……？」

「ここは僕たちに任せて、後退するんだ！」

「幾巳くんまで……君たちが来てくれるなんて……」

デュアルカインドではなかったはずのふたりが覚醒人に搭乗していることに、翔竜は驚いた。少年の情緒の超ＡＩを持っている翔竜は、普段から少年ＧＧＧ《スリージー》隊のメンバーと友達づきあいをしていたのだ。

「赦《ゆる》せない……戒道、ここであいつをやっつけるよ！」

「同感だ。あんな奴に、街を踏みにじらせるわけにはいかない」

口には出さなかったが、この時、戒道は運命の皮肉のようなものを感じていた。

（あの時、初めてキングジェイダーで戦った僕たちは、この街の被害なんか考えずに戦ってしまったのに……）

横浜という美しい街に大きな被害をもたらしたキングジェイダーと原種の戦い。ソルダートJやトモロ0117がそれらを考慮しなかったのは自然なことだが、地球で育ったアルマこと、戒道幾《かいどういく》巳《み》にとっては事情が違う。

被害を気にしなかったのではなく、気にかける余裕がなかったのだ。

（あの時とは違う……今度は、この街を護ってみせる！）

その決意は、護《まもる》も同様だった。グラウンド上で立ち上がったデルニエに対して、果敢に立ち向かっていく。

両腕を失ったデルニエは、巨体そのものを武器としてZ号に襲いかかってきた。破壊鎚と化して、Z号を踏みつぶそうとする巨脚から回避しつつ、護は叫んだ。

「アナライズ！」

ボイスコマンドが、Z号の各所に設置されたレセプターを稼働させる。有人調査ポッドであるニューロノイドの本質は、調査対象を分析することだ。ウームヘッドのコンソールには、次々とデルニエから収集したデータが表示されていった。

「このパワーは……!?」

野球場のグラウンドを踏み砕いていくデルニエの出力は、市街地を踏み荒らしていた時のそれを遥かに上回っている。

『気をつけろ、護、戒道！』

通信機から飛び込んできた声に、護は驚いた。

「あれ、ウッシー!?　じゃなくて、ウッシー兄さん！」

護の同級生である牛山末男《うしやますえお》は一足早く声変わりして、兄の次男《つぐお》と聞き分けが難しいくらいになっていた。そのため、オービットベースから送られてきた声を、一瞬勘違いしたのだ。

『あいつは強電磁波を発生させるアクチュエータを破壊されたから、モードを切り替えたんだ！』

『そっちに使ってたフェイクGSライドも、出力強化にまわしたんだよ！　踏みつぶされたら、一発でKOだよ！』

牛山次男に続いて、初野《はつの》あやめも警告の言葉を告げてきた。彼らからの通信が届くことそのものが、デルニエが電子戦モードから格闘戦モードに切り替わったことの証に他ならない。

「わかったよ、あやめちゃん！」

『いい子だ、あたしも従妹《いとこ》をあの若さで未亡人にしたくないからね！』

ストレートすぎる冗談ではあったが、戦闘中の少年を動揺させるには十分だった。回避行動がわずかに遅れて、デルニエの蹴りがZ号の装甲表面をかすめる。オービットベースのメインオーダールームで長官代理の叱責と、先輩オペレーターからの罵声が飛び交ったのは、言うまでもない。

# 9

「くっ、このままじゃ！」

デルニエ・ギガテスクが立て続けに蹴りを放ってくる。覚醒人《かくせいじん》Z号はついに外野席とグラウンドを隔てるフェンス際にまで押し込まれてしまった。いくら鈍重な巨体が相手だろうと、動きを制限されていては、いつかは必ず捕まってしまうだろう。

「天海《あまみ》、イチかバチかだ。奴が次に攻撃に出た瞬間、前に出て、グラウンド中央に戻るんだ！」

「わかった！　失敗しても恨まないでよ！」

戒道《かいどう》の戦術は、まさに賭けに等しかった。だが、その賭けには自分たちの生命がベットされている。トモダチとしての信頼を、護《まもる》は痛いほど感じていた。

「恨む、死んでも恨む！　だから成功させるんだ！」

少年たちの決意を踏み砕かんと、デルニエが右脚を大きく振り上げる。その時だった——観客席から、聞き覚えのある声が響いたのは。

「護！『アボイド』だ！」

「蛍汰《けいた》兄ちゃん⁉」

横目で観客席の方を見た護の視界に映ったのは、蒼斧《あおの》蛍汰と彩火乃紀《さいひのき》の姿だった。デルニエの出現で混乱した市街地を脱したふたりは、覚醒人Z号が飛来する光景を目撃して、このスタジアムに駆けつけたのだった。

「アボイドッ！」

蛍汰に教えられたボイスコマンドを、護が口にする。緊急回避プログラムが起動、Z号はデルニエが振り下ろした蹴撃をかわして、その背後に躍り出た。

「いいぞ、護っ！」

「ねえ、ケーちゃん、私たちがダイブしなくていいの？」

「ああ、大丈夫さ！　護と幾巳《いくみ》……あいつらは、地球を護った勇者なんだぜ！」


ウームヘッド内部に軽やかなチャイムが鳴り響く。それはZ号各部のレセプターが、調査対象のデータを収集・解析し終えたという報せだ。

「フェイクGSライドは全部で三基……両肩と頭だ！」

「わかった……後は僕の役目だ、天海」

セリブヘッドから見上げる戒道に、護がうなずく。

「うん……ユーハブコントロールッ！」

「アイハブコントロール！」

ボイスコマンドで、制御権の受け渡しが指示される。覚醒人《かくせいじん》Z号は逆立ちするような姿勢になり、モード変更を開始した。

胴体下部にあったセリブヘッドが頭部となり、ウームヘッドが胴体下部となる。手脚が入れ替わることで、ずんぐりとした体型だったアクセプトモードからすらりとしたアクティブモード[※52]へと、

Z号は変形した。

「おお……これがゼットゴーか」

オービットベースのメインオーダールームで、モニターに映ったその姿を見て、楊龍里《ヤン・ロンリー》は感嘆の声をもらした。自信家であり、皮肉家でもある彼が、他人の成果を手放しで称賛することは珍しい。

だが、有限会社の一社長である阿嘉松《あかまつ》が設計主任となり、ガイガーやガオファーを彷彿とさせるニューロメカノイドを誕生させたという事実は、楊の内心にも感動といってよい心の動きをもたらしていた。

(さすがは、獅子王《ししおう》の血筋※53というわけか……)


「ブレイクシンセサイズ!」

戒道のボイスコマンドにより、ゼットゴー胸部のTM《トランスマター》システムが吸気を開始する。だが、それはジェットエンジンが酸化剤を取り入れるような性格のものではない。トランスマターによる変換で、攻撃に使用する物質を合成する材料を吸収しているのだ。

「ジーセット!」

合成されたニトロ化合物が、ゼットゴーの腕部に充填される。研究室で生成するならば膨大なコストと設備と手順を要する物体が、一瞬で合成されたのだ。続いて背部のウルテクエンジンが稼働、ゼットゴーはデルニエの懐に向かって飛翔した。

(すごいな、戒道……ゼットゴーの機能を使いきってる)

咄嗟の判断とはいえ、かつてのガイガーを思わせるアクティブモードではなく、アクセプトモードのヘッドダイバーとして乗り込んでしまったことを、護は内心で後悔していた。ガイガーとフュージョンしていた勇者――獅子王凱《ししおうがい》との結びつきは、戒道よりも自分の方が強いと思っていたからだ。

（戒道はきっと、ゼットゴーのマニュアルを読み込んで勉強してたんだ。デュアルカインドとしての適性がないって判定されても……）

そう思うと、素直に頼もしくなった。この相棒になら、ゼットゴーを任せられる、と。そんな護の視線に気づかないまま、戒道《かいどう》は最後のボイスコマンドを発した。

「シナプス弾撃《だんげき》！」

Z号の爪先であった金色のクローが、ゼットゴーの腕部武器となってデルニエの胸部を斬り裂く。そして、装甲の割れ目へねじ込まれた掌底から、ごく小さな白いキューブが放たれた。

「ウルテクエンジン、フルパワー！」

ゼットゴーの両翼端が緑に輝き、機体を上空へ離脱させる。デルニエは後を追おうとするが、それが最後の挙動となった。内部に置き去りにされたキューブは、オクタニトロキュバン[※54]という化合物である。極めて衝撃感度の高いこの化合物は、フェイクGSライドが発する熱と振動に反応して、たちまち爆発した。

「やったぜ、幾巳《いくみ》！」

蛍太《けいた》が指を鳴らして喜んだ瞬間、隣の火乃紀《ひのき》が悲鳴をあげた。

「きゃああっ！」

爆散したデルニエ・ギガテスクの無数の破片が、ふたりの頭上から降ってきたのだ。蛍汰がすかさず身体を投げ出して、火乃紀の上に覆い被さる。

「火乃紀ぃっ！」

だが、蛍汰の背中に破片が直撃することはなかった。四筋のビームやレーザーが、空中ですべての破片を蒸発させていたのである。

「ふう、なんとかカーテンコールには間に合ったようだね」

ゼットゴーのウームヘッドから、その光景を見ていた護《まもる》が叫ぶ。

「ビッグポルコート！　月龍《げつりゅう》、日龍《にちりゅう》、翔竜《しょうりゅう》も！」

デルニエの電磁波攻撃から再起動を果たした勇者たちが、駆けつけてきたのだ。それぞれの鋼鉄の顔に、戦いを終えた満足感が浮かんでいる。もっともプライドの高い日龍は、おのれの無力に傷ついた表情の方が色濃かったのだが。

「ふえええ、危なかったぁ……火乃紀、ケガないか？」

「う、うん……」

蛍汰に支えられて立ち上がりながら、火乃紀は上空を見上げていた。さっき確かに見たのだ。ビームやレーザーの直撃を受けることなく、消滅していった破片もあったことを……。

（あれは……もしかして……）

眩しい太陽の光に隠れて、火乃紀には見えていなかった。ネブラと呼ばれるベターマンの一形態が、そこに浮遊していたことを――

(見せてもらったぞ……新たな生命の宝石の輝き)

ネブラはいずこかへと飛び去っていく。だが、それはひとつのステージからの退場ではない。新たなステージ——それも熾烈を極める戦いの舞台へと向かって、飛翔していくのだった。

「やれやれ……あんなものを見せられちゃ、なぁ」

阿嘉松《あかまつ》は小さくつぶやいた。マリンレフュージ基地のハンガールームで、初野華《はつのはな》やその同級生たちがモニターに向かって声援を送っている。覚醒人《かくせいじん》Z号から降り立った護《まもる》と戒道《かいどう》の姿が映し出されているのだ。

(Z号はもともと、覚醒人の最終バージョンとして開発した。だが、あのふたりが乗ることで、もっともっとやれることがある……)

Z号を越えた、そのさらなる先へ——阿嘉松は決意していた。まだまだ、覚醒人とのつきあいはやめられそうにない。

爆発の余波で焼けただれた人工芝の上に、護と戒道は並んで立っていた。ハッチを開放したZ号の周囲には、勇者たちが並んでいる。そして、マリンレフュージ基地やオービットベースにも、仲間たちがいる。だが、それでも護は寂しかった。

勝利を分かち合いたい人たちは、いまの自分の姿を見てほしい人たちは、もっともっとたくさんいるのだから——

「ねえ、戒道……」

空を見上げてつぶやいた護の方へ、無口な少年が振り向く。

「僕、決めたよ――みんなが帰ってくるのを待つんじゃなくて、迎えに行くんだ！」

「……………」

戒道幾巳《いくみ》は微笑んだ。言葉はなくとも、その表情は雄弁に語っていた。なんだ、そんなこと、言われるまでもない、と――

この日、日本でのバイオネットによるテロ事件によって、国連エネルギー開発会議は延期を検討されていた。だが、出席者のひとりである楊龍里《ヤン・ロンリー》が通信で出席する形になることを認められたため、定刻通りに開催された。

いくつかの形式的な討議と確認の後、採決が行われる。その結果を受けて、ロゼ・アプロヴァール事務総長が宣言する。

「――それではここに、国連エネルギー開発会議は全会一致により、ザ・パワー利用計画――〈プロジェクトZ〉の再始動を決議します」

『覇界王～ガオガイガー対ベターマン～』に続く

## バイオネット

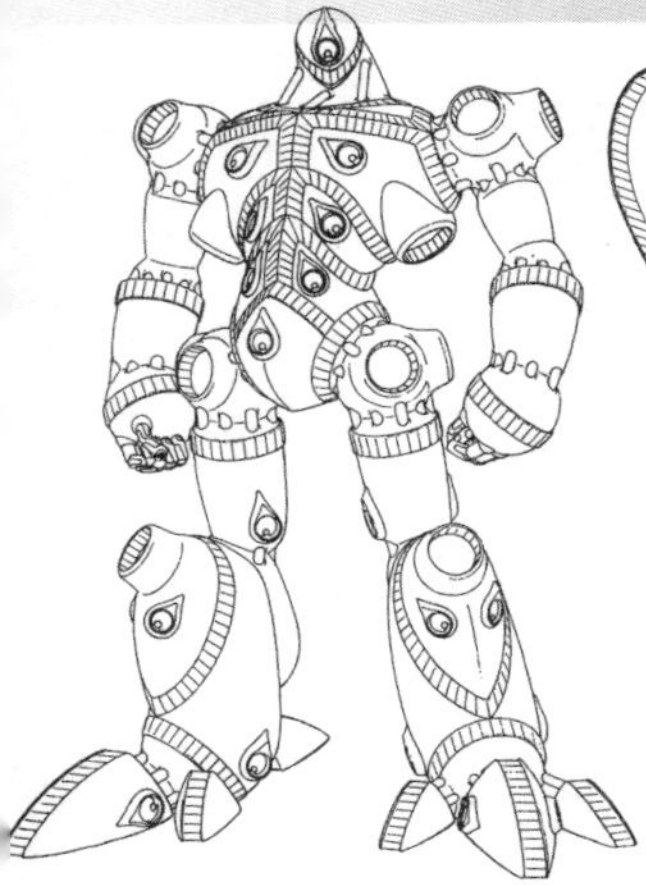

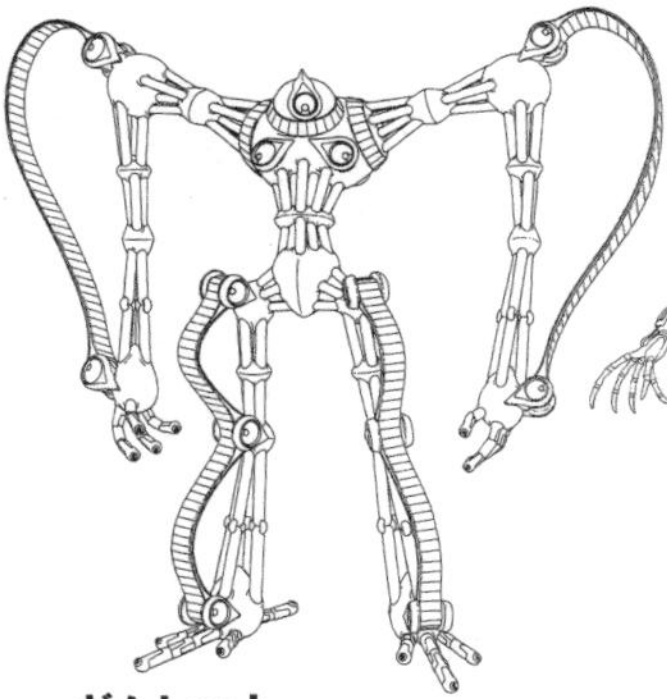

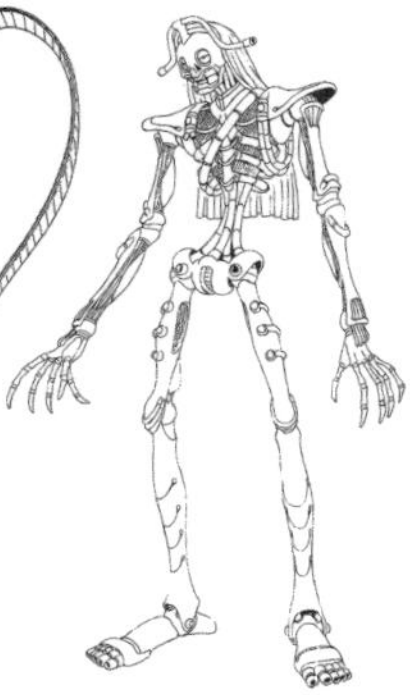

### ギムレット

バイオネットの作戦指揮官。Qパーツの力を利用した機動兵器の集合体による巨大ロボを操りガオファイガーと戦った。

## ソール11遊星主

### パルパレーパ

遊星主の戦力の要ともいうべき存在。化学物質を自在に精製でき、神経に作用するケミカル攻撃はGGGを大いに苦しめた。ケミカルマシンとケミカルフュージョンして巨大ロボ、パルパレーパ・プラスとなり、さらにドーピングシリンダーによって、パルパレーパ・プラジュナーへとパワーアップする。

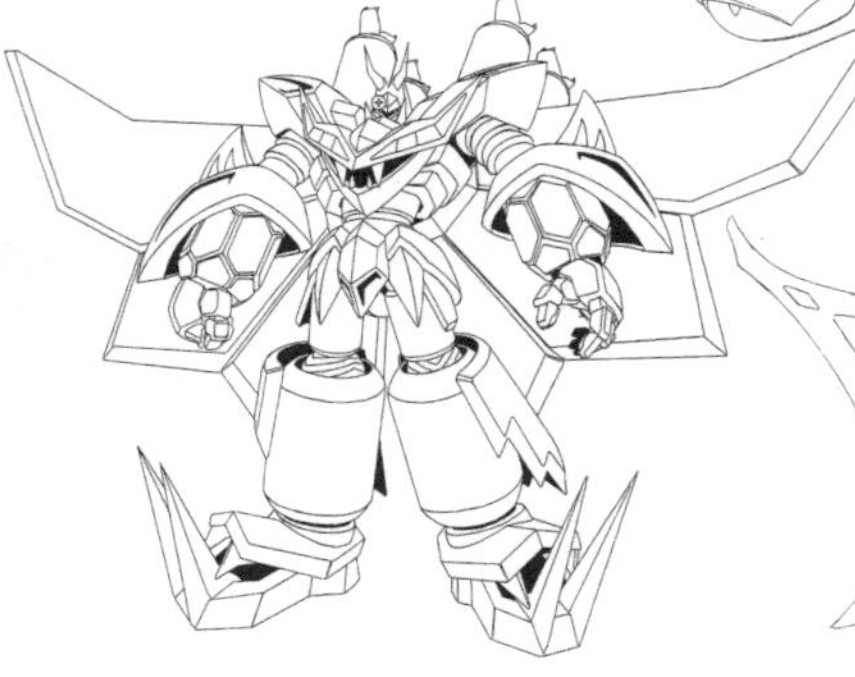

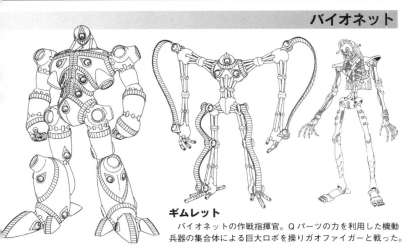

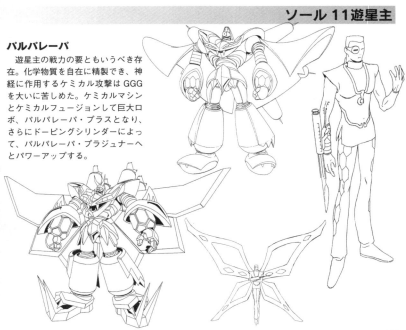

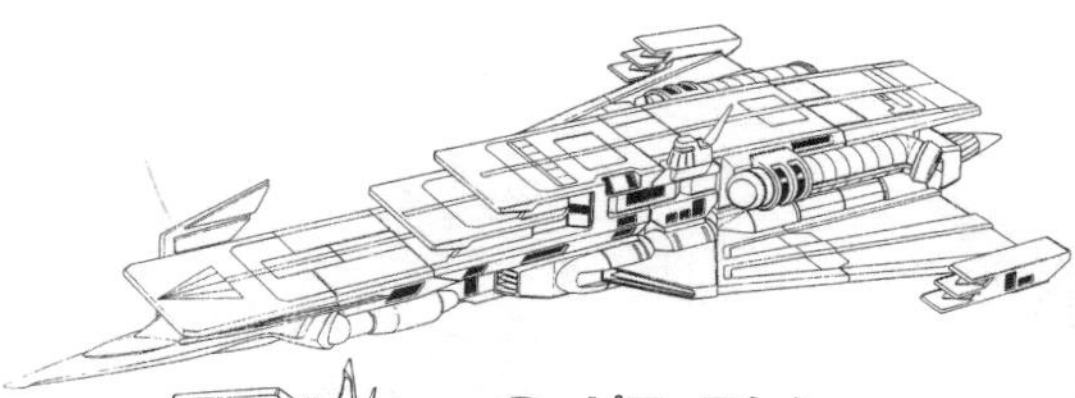

## ピア・デケム

巨大な鎌を持った死神のような遊星主。ピルナスと連携し、ソルダートJとルネに襲いかかった。三段空母ピア・デケム・ピットとギガフュージョンすることでピア・デケム・ピークとなる。

## ペイ・ラ・カイン

緑の星の指導者カインの姿を模した遊星主。記憶と能力も引き継いでおり、その存在は護や凱を困惑させた。

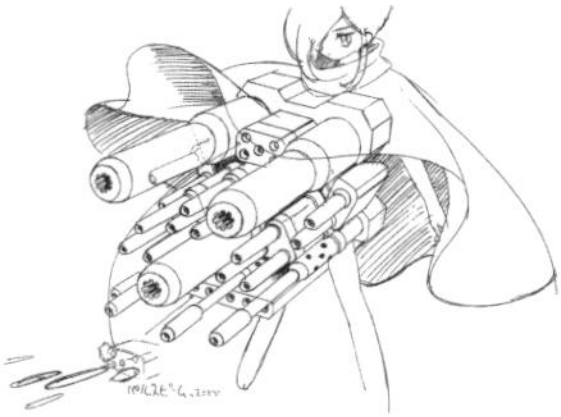

## パルス・アベル

赤の星の指導者と同じ名を持つ、遊星主のリーダー的な存在。ピア・デケム・ピットの艦橋から指揮を執る。戒道にも勝るサイコキネシスを使い、攻撃時は胴体を武器に変形させる。

## ピルナス

女王蜂のような姿の妖艶な遊星主。右手を鞭、左手を火炎放射器に変えて戦う。サディスティックな性格でルネを屈服させようと執拗に襲いかかる。

## ピサ・ソール

物質の復元を担う遊星主の本体と呼ぶべき存在。パスキューマシンを内蔵した恒星サイズの物質復元装置とフュージョンする。

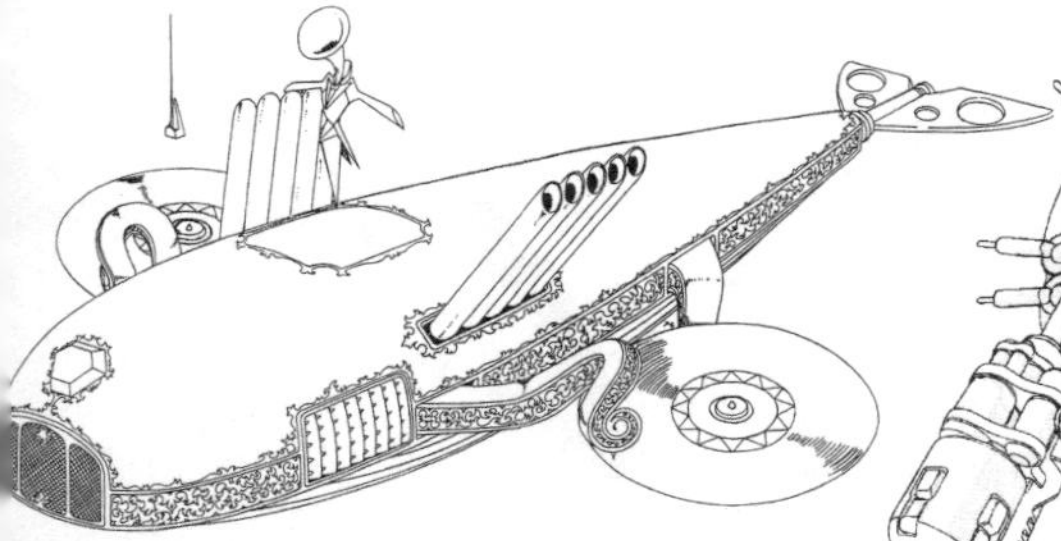

**ペルクリオ**

マイク・サウンダース13世と交戦した遊星主。巨大メカ・ブルブルーンに乗り、スピーカー状の物体ボシュボッシュを使って音響攻撃を繰り出す。

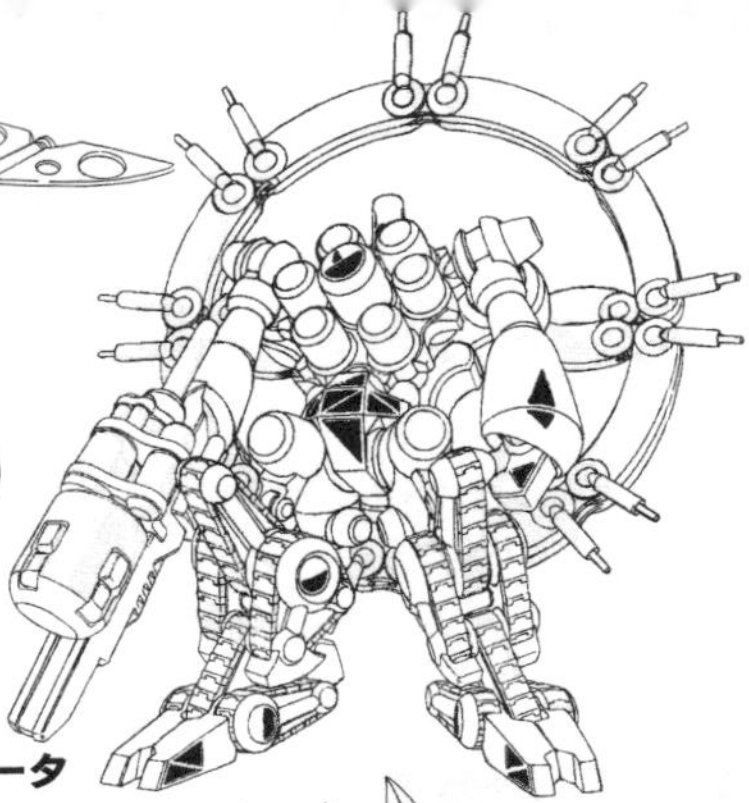

**ピーヴァータ**

超竜神と交戦した遊星主。パイルドライバーとチェーンソーアームで戦う。

**ポルタン**

ビッグボルフォッグと交戦した遊星主。隠密行動を得意とし、強制リンクシステムにより、相手の電子回路を乗っ取ることができる。

**プラヌス**

天竜神と交戦した遊星主。装備したスピアーはビームとミサイルを発射できる。

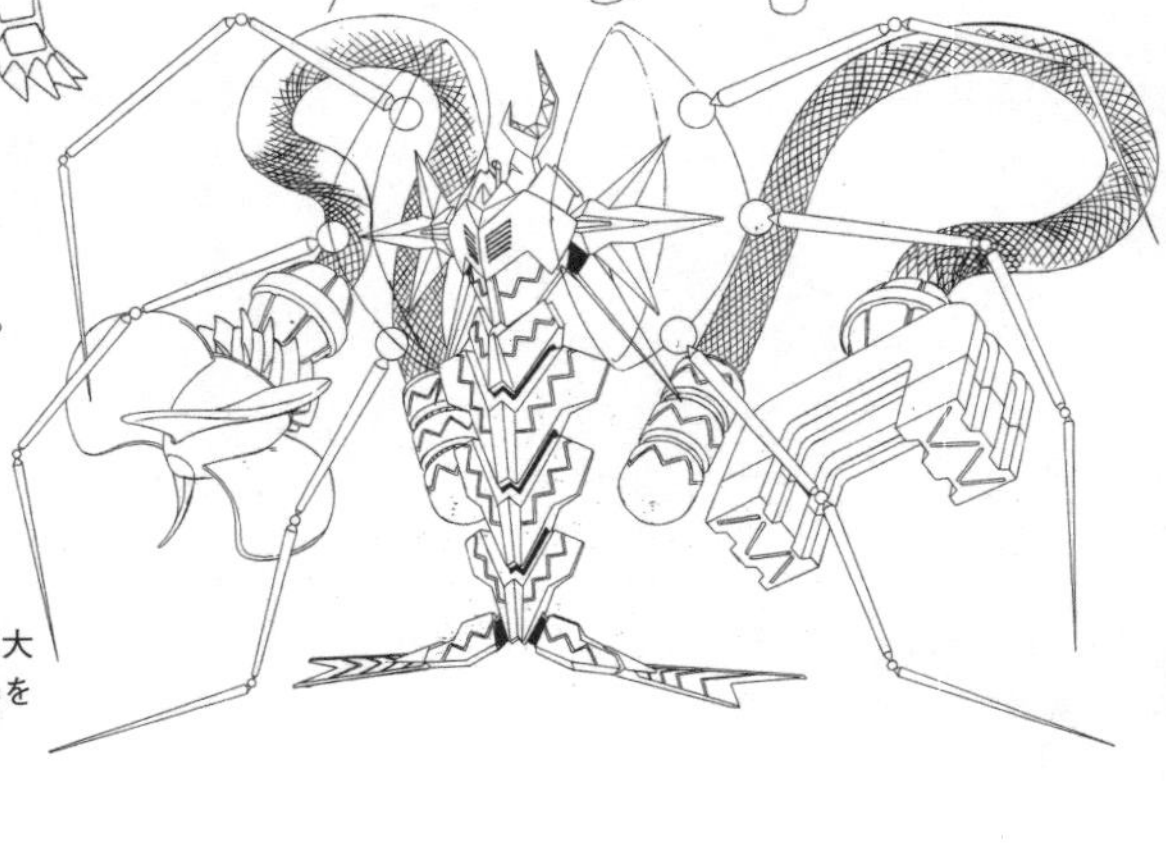

**ペチュルオン**

撃龍神と交戦した遊星主。巨大なスクリューと磁石で電磁竜巻を発生させることができる。

## 勇者王ガオガイガー年表　FINALplus ver.

| | | |
|---|---|---|
| 6500万年前 | 超竜神、巨大隕石とともに地球に落下。氷河期が始まる。 | |
| 1980年代 | 防衛庁内部に特殊任務部隊ID5結成。 | |
| 1990年 | 無人木星探査船ジュピロス・ワン、打ち上げ。 | |
| 1994年 | ジュピロス・ワン、帰還。 | |
| 1995年 | ジュピターX奪回作戦。ID5解散。猿頭寺耕市とカースケ、死亡。 | |
| 1997年 | 赤の星と緑の星、機界31原種の侵攻により壊滅。 | |
| | ギャレオリア彗星、発見される。 | |
| | 天海護とギャレオン、戒道幾巳とジェイアーク、地球に飛来。 | ◀TV「勇者王ガオガイガー」number.01冒頭シーン |
| 1998年 | 有人木星探査船ジュピロス・ファイヴ、打ち上げ。 | |
| 1999年 | ダイブインスペクション、行われる。 | |
| | アルジャーノン、勃発。 | |
| 2000年 | ジュピロス･ファイヴ、木星圏へ到達後、通信途絶。 | |
| 2002年 | 天海一家、北海道からGアイランドシティへ転居。 | |
| | 獅子王凱、史上最年少の宇宙飛行士となる。 | |
| | ルネ、バイオネットに拉致される。母フレール、死亡。 | ◀「獅子の女王」第四章 |
| 2003年 | 獅子王凱搭乗のスピリッツ号、衛星軌道上でEI-01と接触。 | ◀スペシャルドラマ1「サイボーグ誕生」 |
| | EI-01、首都圏に落下、卯都木命に機界新種の種子を植え付ける。 | |
| | ギャレオン、獅子王凱とともに宇宙開発公団に収容される。 | |
| | 日本政府、GGGを発足させる。 | |
| 2004年 | GGGベイタワー基地、建設。 | |
| 春 | ルネ、バイオネットから救出され、シャッセールに加わる。 | |
| 2005年4月 | EI-02出現。 | |
| | ギャレオン覚醒。ガオガイガー初戦闘。 | ◀TV「勇者王ガオガイガー」number.01 |
| 8月 | 対EI-01戦。弾丸X、使用。 | |
| 9月 | ZX-01～03、襲来。GGGベイタワー基地、壊滅。 | |
| | ジェイアーク、復活。 | |
| | 地球防衛会議の緊急決議により、新生GGG、発足。 | |
| | 対ZX-04戦。 | ◀「獅子の女王」第一章 |
| | 最強勇者ロボ軍団、ジュピロス・ファイヴを調査。 | ◀スペシャルドラマ2「ロボット暗酷冒険記」 |
| 10月 | 対ZX-05戦 | |
| | 獅子王凱とルネ、再会。ルネ、天海護を目撃。 | |
| | エリック・フォーラー、死亡。 | ◀「獅子の女王」第二章 |
| | 対ZX-06戦。 | |
| | 光竜強奪事件発生。ポルコート、起動。 | ◀「獅子の女王」第三章 |
| | 対Gギガテスク戦。 | ◀「獅子の女王」第五章～第六章 |
| 11月 | 御殿山科学センターにて、最強勇者美女軍団の活躍。 | ◀スペシャルドラマ3「最強勇者美女軍団」 |

| | | |
|---|---|---|
| | ヴェロケニア共和国領海内の島にて、ジュピターX事件。 | ◀スペシャルドラマ 4「ID5 は永遠に…」 |
| | 対 EI-72 〜 73 戦。G プレッシャー、投入。 | ◀ゲーム「金の爪、銀の牙」 |
| | ジェイアーク対ジェイバトラー戦。ソルダートJ-019、死亡。 | ◀コミック「超弩級戦艦ジェイアーク 光と闇の翼」 |
| 12 月 | ルネとポルコート、再会。 | ◀「獅子の女王」第六章ラストシーン |
| | GGG、木星へ出発。対 Z マスター戦。 | |
| | ソルダート J とアルマ、ジェイアークとともに行方不明。 | |
| 2006 年 3 月 | GGG、地球へ帰還。 | |
| | 対機界新種戦。獅子王凱、エヴォリュダーとなる。 | ◀ TV「勇者王ガオガイガー」final. |
| | ドルトムントにて、ギガテスク・ドゥ出現。 | ◀「勇者王ガオガイガー preFINAL」第一章〜第二章 |
| | 天海護、ギャレオンとともに宇宙へ旅立つ。 | ◀ TV「勇者王ガオガイガー」final. ラストシーン |
| | 三重連太陽系で、ソール 11 遊星主と戦う護。 | ◀「勇者王ガオガイガー preFINAL」第三章 |
| 5 月 | ボトム・ザ・ワールド事件。カクタス死亡。 | ◀ TV「ベターマン」一夜 |
| | ケータ、ヘッドダイバーとなる。 | |
| 6 月 | 獅子王雷牙、ホワイト兄妹、マイク 13 世、アメリカ GGG へ転属。 | |
| | 高之橋両輔、GGG へ参加。 | |
| | パピヨン・ノワール、フランス GGG からオービットベースへ転属。 | |
| | ガオファイガー・プロジェクト、スタート。 | |
| | バイオネット、フランスにてエスパー誘拐事件を引き起こす。 | ◀「獅子の女王」余章 |
| | ヤナギとカエデ、日本へ帰国。 | |
| | 世界中に四個の Q パーツが落下、全地球規模での異常気象始まる。 | |
| | 釧路・BPL にて、梅崎博士、死亡。 | |
| | アルエット、バイオネットから救出される。 | |
| | アルエット、ガオファイガー・プロジェクトに参加。 | |
| 8 月 | ガオファー、起動。バイオネットの陰謀を次々と粉砕。 | |
| 12 月 | 卯都木命と新ガオーマシン、バイオネットに強奪される。 | |
| | 命とガオーマシン探索にルネが協力。 | ◀「勇者王ガオガイガー preFINAL」第四章 |
| | パピヨン、アサミに NEO によるモーディワープ抹殺を伝える。 | |
| | モーディワープ本部にて最終決戦。 | ◀ TV「ベターマン」最終夜 |
| 2007 年 1 月 | 香港にて獅子王凱とシュウの対決。ガオファイガー、起動。 | ◀「勇者王ガオガイガー preFINAL」第五章 |
| 2 月 | パピヨン、アカマツ工業を訪れる。 | ◀ベターマン CD 夜話 2「欲 -nozomi-」 |
| | 疑似ゾンダーによる、オービットベース襲撃事件。 | ◀「勇者王ガオガイガー preFINAL」第六章 |
| 3 月 | パピヨン、ケータ及び火乃紀と出会う。 | ◀ベターマン CD 夜話 2「欲 -nozomi-」 |
| | G アイランドシティにて、ギガテスク・トロワ出現。 | ◀「勇者王ガオガイガー preFINAL」第七章 |

| | | |
|---|---|---|
| 春 | アルエット、普通の少女となる。 | |
| 7月 | ギムレット、パリでテロ事件を引き起こす。 | ◀「勇者王ガオガイガー FINALplus」第一章 |
| | GGG、叛乱分子として宇宙に追放される。 | |
| | 天海護と戒道幾巳、地球に帰還。 | ◀「勇者王ガオガイガー FINALplus」第八章 |
| 2008年夏 | Gアイランドシティの海辺に、GGGの無事を祈る石碑が建てられる。 | ◀「勇者王ガオガイガー FINALplus」終章 |
| 2009年 | GGG再生計画始動。新たな勇者ロボたちが開発される。 | |
| | 横浜にデルニエ・ギガテスク出現。覚醒人Z号、起動。 | |
| | 国連がプロジェクトZの始動を採決する。 | ◀「勇者王ガオガイガー FINALplus」新章 |
| 2010年 | ディビジョンVI・無限連結輸槽艦ミズハと覚醒人凱号が、プロジェクトZに投入される。 | ◀「勇者王ガオガイガー プロジェクトZ」 and more... |

ノワールが誘拐され、ルネとボルフォッグが捜査に当たった。香港の戦いで空中要塞ごとガオファイガーに撃破され、全身の半分をサイボーグ化されることになったギムレット。彼はこの事件の際、ルネの逆鱗に触れた結果、脳以外の大半が機械化されたメタルサイボーグとなる。

――最強キャラクターセット・ルネ編『メイ探偵リオン』（CD）より。

※5　P22
**プライムローズの月**
光竜が背部にマウントされたメーザー砲で攻撃する技。原種大戦時はライトニング・ランスと呼ばれていたが、氷竜によって〈プライムローズの月〉という新たな名を与えられた。同時に闇竜のナイトメア・ハードレインも、〈シェルブールの雨〉と改められている。
ちなみに竜四兄弟と光竜・闇竜が初めて出会ったのは、原種大戦後の二〇〇六年五月、南太平洋に出現した謎の島をめぐる任務の際である。
――最強キャラクターセット・光竜＆闇竜編『白と黒』（CD）より。

※6　P35
**ディバイディングドライバー**
GGG研究部が開発したハイテクツール。空間を湾曲させるレプリションフィールドと、反発力場であるアレスティングフィールドを時間差で発生させることで、見かけ上はなにも障害物が存在しない巨大空間・ディバイディングフィールドを形成することができる。原種大戦時、市街地にゾンダーロボが発生する事態が相次いだが、作戦地域をディバイディングフィールド内に限定することによって、被害は最小限に食い止められていた。
ディバイディングフィールドのサイズや寿命は、ふたつのフィールドのエネルギーレベルや減衰時間の組み合わせによって、

※1　P10
**アルエット**
GGGによって、バイオネットから救出された超天才児。生体実験によって、胎児の段階で遺伝子操作されたため、若干五歳にして成人のメンタリティと、世界十大頭脳を上回る知性の持ち主だった。
すでに成熟した知性を持つアルエットは、家族のもとへ帰ることを望まず、GGGに協力する途を選び、ガオファイガーのファイナルフュージョン・プログラムを開発した。

※2　P14
**北海道に飛行機が落ちて**
『ベターマン』十一夜は「霧-NEBULA-」というサブタイトルだったが、この霧が起きた異常気象の原因は、地球にある物体が落ちてきたことに由来する。その原因が描かれるのが、『勇者王ガオガイガーFINAL』である。
釧路の生工食料研究所近くに飛行機が落ちたり、所長の梅崎博士が死亡したのはこの時期の出来事だが、それはとある戦闘の結果であり、異常気象が原因ではない。

※3　P16
**獅子の女王**
対特殊犯罪組織〈シャッセール〉の捜査官、ルネ・カーディフ・獅子王のコードネーム。彼女は雷牙博士の実の娘であり、凱の従妹にあたる。凱がエヴォリュダーとなったいま、地上でただひとりGストーンを持つサイボーグである。

※4　P19
**GGG関係者が連続誘拐される事件**
二〇〇七年五月にギムレットが引き起こした事件（『勇者王ガオガイガーpreFINAL』と『勇者王ガオガイガーFINALplus』の間の時期にあたる）。スワン・ホワイト、磯貝桜、平田昭子、パピヨン・

電荷を持たない中性子を加速した中性粒子ビームの場合、本来なら防御手段は減衰や拡散しかあり得ない。しかし、プロテクトウォールの場合は、軌道上の空間そのものを歪曲させることにより、敵ビーム攻撃を射手方向へ送り返すことが可能である。

※9　P44
**ザ・パワー**
木星に存在する未知のエネルギー。ある時は超竜神を六五〇〇万年の過去へ跳躍させ、またある時は木星圏で命を落とした人物を精神生命体へと変貌させた。
だが、その力は使う者をも滅ぼす諸刃の剣である。GGG はこの力で原種を追い詰めたものの、機界 31 原種融合体〈Z マスター〉はこの力によって滅びていった。
原種大戦の痛手から復興しつつある地球では、国連がこの力を活用する計画を進めている。その計画は長きに渡って、全世界の命運に大きな影響を与えていくのだった。

※10　P50
**センシングマインド**
パピヨン・ノワールが若き日にさまざまな実験と訓練を繰り返した結果、体得した能力。GGG に加わる前、彼女自身が記した著作のなかでは、以下のように語られている。"神経細胞の新たな受容体から自然界の微弱な信号を読み取り、過去・現在・未来の事象を脳内である程度観測することができる能力"。
情報を分析評価する能力を著しく高めたものと呼べるが、一般人から見れば、予知能力にも等しい。

※11　P54
**モーディワープ**
国連の下部組織である次世代環境機関 NEO 傘下の組織。奇病アルジャーノンの厳密に設定することができる。原種大戦時に使用されていた初期型ディバイディングドライバーでは、これらを作戦行動中の現地において設定していたため、どうしてもセッティングに若干の時間が必要だった。その反省を活かし、このツールもまた、ガオファイガー・プロジェクトにおいて再設計されたのである。新型ディバイディングドライバーには、複数のセッティングが施されたディバイディングコアが用意され、状況に応じて最適なキットが射出される。また、従来型は一度使用すると、回収して再調整を行わなければならなかった。だが、新型はツール前部のキットを交換するだけで、再使用が可能となった。
このハイテクツールこそ、GGG が "防衛組織" であることを、もっとも象徴する存在と言えるだろう。

※7　P37
**エヴォリュアル・ウルテクパワー**
ガオファイガーや勇者ロボたちに搭載されている GS ライドは、G ストーンに封印された高エネルギー集積体を解放するシステムである。かつて、地球外知性体〈EI-01〉との決戦において、爆発的なレベルでこれを実行する弾丸 X を用いて、GGG は勝利した。この弾丸 X と同様の原理ではあるが、凱のエヴォリュダー能力によってその解放レベルをコントロールする新機能が、エヴォリュアル・ウルテクパワーである。

※8　P38
**プロテクトウォール**
ガオガイガーに搭載されたバリアーシステム〈プロテクトシェード〉を、非実体型ウォールリングによって強化した防御システム。
一般的な荷電粒子ビームは、強力な磁場によって屈曲させることができる。だが、

※14　P57
**敬愛する先輩**
モーディワープという組織に所属する生体医工学者・都古麻御（『ベターマン』のメインキャラクター）。パピヨンにとっては学生時代の先輩であり、公私にわたって影響を受けた存在であった。だが、二〇〇六年末にモーディワープ本部にて命を落としている。

※15　P60
**ベイタワー基地の機能運営システムをほぼ独力でデザイン**
猿頭寺耕助がデザインしたものではあるが、その基本ベースとなったのは彼の亡き父・猿頭寺耕市が遺したシステムである。そのため、猿頭寺は亡父の著作者人格権を明示するため、システムの起動画面にコピーライト表示を組み込んでいる。
――『勇者王ガオガイガー』number.15より。

※16　P60
**ディビジョンV**
物質瞬間創世艦〈フツヌシ〉。内部に組み込まれた創世炉により、構造のデータを持つ物体であれば､瞬時に“創世”が可能。ディビジョンⅠ～Ⅳと同時期に建造されたのだが、とある事情で封印されていた。その後､〈フツヌシ事件〉の際にバイオネットに利用され、大破している。
――『勇者王ガオガイガー外伝 獅子の女王』より。

※17　P61
**かつて彼が取り込んだ生命**
ソムニウムはヒトの遺体に咲く〈アニムスの花〉を摂取して生きている。その行為はいわばヒトの生命を喰らうようなものであり、まれに花が咲いた人物の容姿・記憶などに影響を受けることがある。
ラミアの場合、彩真理緒（『ベターマン』調査研究を行っていたが、二〇〇六年末に本部が謎の空爆を受け、壊滅。職員のほとんどが死亡している。
――テレビシリーズ『ベターマン』より。

※12　P54
**ソムニウム**
地球上に古くから棲息している霊長類。ヒトに似た姿を持ちながら、人類を遥かに超越する特殊能力を持っているため、〈ベターマン〉と呼ばれている。個体としては地球最強の生命種であるが、種属としては様々な問題を抱えている。それは地球上の大半の生物種とは異なるアミノ酸構造を持つ光学異性体であるため、普通の動植物から栄養を摂取することができないということだ。

彼らソムニウムが摂取できるのは、ヒトの遺体に咲く〈アニムスの花〉のみ。そのため、ソムニウムは歴史の影で絶えず、人類をその衰亡から護り続けてきた。

パピヨンに話しかけてきたソムニウムの個体名は〈ラミア〉。二〇〇六年末、人類の存続を脅かす〈カンケル〉との戦いで深く傷つき、眠りについていたはずだった。

――テレビシリーズ『ベターマン』より。

※13　P55
**原種大戦時の教訓**
機界31原種はGGGの迎撃作戦により、原種核のみの状態となって、地球に降下した。原種核は様々な物体と融合することで巨大ロボとなり、脅威的な存在となった。その一方で機界最強7原種と呼ばれた者たちは、人間に融合。等身大でありながら超常の力を発揮して、オービットベースに潜入してきたのである。
――『勇者王ガオガイガー』number.39～41より。

せることで、地球人類を絶滅させようとした。だが、超竜神が身を挺して隕石を押し戻し、人類は救われたのである。
その際、木星に到達した超竜神は隕石とともにザ・パワーによって、六五〇〇万年前の地球に飛ばされた。そうして地球の歴史と生態系に、大きな影響を与えるのである。

※22　P96
**ボイド**
物質が存在しない空虚な空間。現在観測されている宇宙の大規模構造において、超銀河団領域が膜のような形となって包含している空間である。
機界31原種との最終決戦を生き延びた赤の星の戦士たちは、ザ・パワーの反発現象によってこのボイドへ飛ばされた。
――最強キャラクターセット・ソルJ編『宇宙の空は、俺の空』(CD)より。

※23　P100
**ひとりの心優しい少女**
戒道幾巳を救った少女は、『勇者王ガオガイガーFINAL』にも1カット登場しているが、二人の物語はいまだ描かれてはいない。だが、二〇〇六年中頃から約一年間のこの日々が、少年の頑なだった心を優しく解きほぐしたであろうことは、想像に難くない。その一年間、地球各地ではQパーツによる異常気象が相次ぎ、天海護は三重連太陽系でソール11遊星主と戦い続けていた。

※24　P115
**金回りのいい機関**
国連下部の研究機関であるモーディワープのこと。この組織は七か月ほど前に壊滅したため、アカマツ工業には貸与されていた機材が大量に残されていた。

のヒロイン彩火乃紀の兄)の影響を色濃く残している。

※18　P65
**友人を敵として生命の危機に陥った**
友人とは、ベイタワー基地コンピュータシステム開発主任の座を争った犬吠埼実のこと。彼は猿頭寺に対する嫉妬心につけこまれ、ゾンダーロボとなってベイタワー基地を陥落の危機に追い詰めた(『勇者王ガオガイガー』number.15)。
その後、浄解された犬吠埼は新生GGGのスタッフとなり、オービットベースのセカンドオーダールームに常駐するようになった。

※19　P67
**ディビジョンⅥ**
無限連結輸槽艦〈ミズハ〉。ザ・パワーを採取するための専用艦で、ツクヨミ、タケハヤ、ヒルメと同時に開発が開始された。だが、その存在を知った大河の猛反対で、開発は凍結されている。
――『勇者王ガオガイガーFINAL GRAND GLORIOUS GATHERING』DVD-BOX特典映像『プロジェクトZ』より。

※20　P78
**ギャレオンの判断**
EI-18との交戦時、敵の罠にかかって、ガオガイガーは高エネルギーを発生させるグランドノヴァの内部に封じられた。その際、凱は一時的に意識を失ったのだが、ギャレオンがガオガイガーの周囲にプロテクトシェードを展開、連鎖爆発から機体を護ったのである。

※21　P95
**時間の彼方へ跳躍**
ZX-06〈頭脳原種〉は、地球の衛星軌道上にESウインドウを展開。アステロイドベルトから呼び寄せた巨大隕石を落下さ残念にも、その GGG の一部隊員が独自の判断で外宇宙へ出動したというのが、事件の真相です。
かつて地球を救った~~英雄たる~~勇者たる彼らが、私的な動機で活動していると考える方はいないでしょう
私も同じ意見です。
ですが、全人類の共有財産たる GGG の装備を私物化すること、そして何よりも、強大な力を扱う者がシビリアン・コントロールから離脱することは許されません。
国連最高評議会は、~~彼らを追放処分といたしました。~~彼らに対して厳正なる態度をもって臨むことになるでしょう。
皆さんには、醜聞に惑わされることなく、今回の事件の経緯を見守っていっていただけるよう、お願いします。(後略)』
【二〇〇七年八月八日に行われた、国連事務総長ロゼ・アプロヴァールの公式発表・草稿】
※ 以上は、GGG 叛乱について、アプロヴァール事務総長が行った公式発表の草稿である。そこには事務総長自らによる修正の跡が残されており、どのように事実を伝えるか、苦心した様子がうかがえる。
──『勇者王ガオガイガー FINAL.04』DVD ジャケットより。

※29　P161
**ギガテスク・ドゥ**
二〇〇六年三月、機界新種との戦いの後に出現した、バイオネットのフェイク GS ライドロボ。ドイツ・ドルトムントにて破壊活動を行ったが、ガオガイガーに撃破された。現在のところ、ガオガイガーが交戦した最後の敵ということになる。
──『勇者王ガオガイガー preFINAL』第二章より。

※30　P169
**アマゾン川の上流で彼に出会っている**
パピヨンがセンシングマインドを獲得し

※25　P116
**気取った野郎**
ルネが乗ってきたローバーミニは、シャッセールの特捜車である。変形機構は持たないものの超 AI が搭載されており、トリュフ狩りの豚並みの嗅覚や、英国風紳士的ジョークなどの特殊能力を持っている。

※26　P120
**ポゲチュウ**
宇宙収縮現象の中心を目指す旅の途中で出会った宇宙生物に、戒道幾巳がつけた名前。戒道は可愛がろうとしたのだが、トモロに悪影響を及ぼす電波を発するため、宇宙に捨てるしかなかった。地球で子犬に出会った戒道は、心の中で勝手にその名前をつけていたらしい。
──最強キャラクターセット・ソルＪ編『宇宙の空は、俺の空』(CD) より。

※27　P126
**ボルフォッグの超 AI に人格パターンを提供した人物**
内閣調査室所属の諜報部員であり、GGG 諜報部への転属が決まっていた犬神霧雄という人物。転属直前にヴェロケニア共和国との二重スパイであった、同僚の鳥羽操に射殺された。猿頭寺の友人でもあった。
──スペシャルドラマ 2『ロボット暗酷冒険記』(number.34.5・CD) より。

※28　P143
**公式発表の草稿**
GGG 追放処分の翌月、ロゼ・アプロヴァールはその事態についての公式発表を行った。その草稿には、手書きによる修正の跡が残っており、彼女が発表の内容に苦慮したことがうかがえる。
『(前略) 我々国連は、全地球規模の災厄から皆さんを守るべく、防衛組織 GGG を運営してきました。

——『勇者王ガオガイガー』number.44～45より。

※34　P293

**人を超える生命体**

ソムニウム——ベターマンのこと。かつて、パピヨンの生命を奪いかけた欲の袋という物体は、ラミアの相棒であるセーメというソムニウムの生体エネルギーを奪った。パピヨンの協力で一命をとりとめたセーメの姿が、奇しくもピサ・ソールに似ていたのだ。

——『ベターマンCD夜話2 欲 -nozomi-』より。

※35　P298

**グラヴィティ・ショックウェーブ**

重力衝撃波。ゴルディオンハンマーから放たれるものと同様であるが、出力は圧倒的に大きい。ギャレオンのブラックボックスから得られたゴルディオンネイルのデータをもとに、ゴルディオンハンマーは開発された。

※36　P317

**シンパレート**

超AI同士の同調率。二体のビークルロボがシンメトリカルドッキングを果たすためには、このシンパレートが90パーセント以上に達する必要がある。

※37　P342

**弾丸X**

GGGベイタワー基地のエリアIII。海中から撃ち出され、戦場に着弾する勇者たちの切り札。その実態は、Gストーンに封印された高エネルギー集積体を爆発的に開放させることで、限界以上のパワーを引き出すシステムであった。

絶大な効果と危険性を併せ持つこのシステムを、光竜と闇竜は内蔵型として搭載していた。

たのは、西暦二〇〇〇年春のアマゾン川流域。この時、彼女は“欲の袋”と呼ばれる存在に生体エネルギーを狙われたが、ラミアに救われている。もっとも、その際の記憶はラミアに消されており、それを取り戻したのは二〇〇七年の春先のことである。

——『ベターマンCD夜話2 欲 -nozomi-』より。

※31　P169

**光学異性体**

鏡像異性体ともいう。地球上の多くの生命体の多くは、その身体をL型アミノ酸で構成されているが、これと対照的なD型アミノ酸を持つ存在。光学異性体は通常のアミノ酸を栄養分として吸収することができないため、ソムニウムはアミノ酸を変換する特殊な植物を摂取していた。

※32　P241

**精神生命体**

肉体を失った後、精神のみ存在し続けている生命体。自然現象ではなく、未知のエネルギー〈ザ・パワー〉によるものと思われる。獅子王凱の母、ジュピロス・ファイヴの乗員であった獅子王絆は精神生命体となって以後も、凱に原種の危機を警告してきた。

木星決戦では凱の父・獅子王麗雄が一度は死亡したが、精神生命体となって絆と再会している。

※33　P261

**ジェイキャリアー**

ジェイアークからジェイダーが分離した後の形態。ソルダートJがジェイダーを制御するため、こちらはトモロが操舵することになる。

かつて、ジェイダーが木星で囚われた際、トモロは独自の判断により、この形態で地球に帰還。GGGに救援を求めた。

※38　P369
**少年 GGG 隊**
二〇〇九年に設立された、ガッツィ・ギャラクシー・ガードの外部支援組織。中高校生に未来の GGG 隊員たる教育を行うために設立された。天海護や戒道幾巳の中学校入学と同時期に設立されたこともあって、彼らとその同級生たちが第一期生に選ばれている。

※39　P369
**GGG マリンレフュージ基地**
神奈川県藤沢市・江ノ島に建設された GGG 地上基地のひとつ。新たな勇者ロボの開発・実動試験が主な任務である。有限会社アカマツ工業と提携しており、同社社長である阿嘉松滋が所長を勤めている。少年 GGG 隊日本支部の拠点ともなっており、天海護や戒道幾巳も勇者ロボ開発に協力している。
なお、江ノ島は彩火乃紀が亡き家族と暮らした実家がある地でもある。

※40　P371
**中国 GGG**
アメリカ GGG、フランス GGG などと同様のガッツィ・ギャラクシー・ガード外部支援組織。かつては科学院航空星際部として中華人民共和国の公的機関であったが、大戦後に国連に移管された。

※41　P376
**デュアルカインド**
『ベターマン』に登場した特殊能力者。二人一組でニューロノイドに乗り込むことによって、デュアルインパルスを発生させる。ニューロノイドの制御は、このデュアルインパルスを増幅させることで可能となるため、普通の人間では起動させることすらできない。幼少時の事故でパピヨン・ノワールの母親ロリエ・ノワールの硬膜を移植された蒼斧蛍汰は、自分とロリエの意識とでデュアルインパルスを発生させることができる。

※42　P377
**ニューロノイド**
過酷な環境下での調査・探索を目的として開発された有人調査ポッド。モーディワープという組織が開発した〈ティラン〉シリーズと、アカマツ工業が開発した〈覚醒人〉シリーズとが存在する。

※43　P377
**GBR ナンバー**
GGG 及びその関係機関で開発された勇者ロボには、〈GBR〉ではじまる開発コードが与えられる。二〇〇九年までに登録された機体は以下の通り——
1・ガオガイガー
2・氷竜
3・炎竜
4・ボルフォッグ
5・翔竜
6・風龍
7・雷龍
8・光竜
9・闇竜
10・ポルコート
11・ガオファイガー
12・（アメリカ GGG 製諜報ロボ）
13・（ロシア GGG 製諜報ロボ）
14・月龍
15・日龍
16・（詳細不明）
17・覚醒人 Z 号
獅子王凱がフュージョンする機体を除いては、覚醒人 Z 号が初のパイロット搭乗型機体となる。

※44　P378
**蛍汰**
蒼斧蛍汰（『ベターマン』の主人公）。彩火乃紀（『ベターマン』のヒロイン）は幼

※48　P386

**翔竜**

オービットベースで開発されたビークルロボ。GBR-5。二〇〇四年頃、氷竜・炎竜の直後、ボルフォッグと同時期に設計されていたが、開発が凍結されていた。その頃、ガオガイガーの開発シミュレーションにより、ヘル・アンド・ヘブンが凱に大きな負担を強いると判明。これに代わる決戦ツールとしてゴルディオンハンマーの開発がはじまったため、リソースをそちらに回すことになったためである。

その後、二〇〇九年にGGG再建計画の一環で、あらためて開発された。

※49　P386

**ビッグポルコート**

フランスGGGで開発されたビークルロボ。GBR-10。原種大戦時に開発されたポルコートは、フツヌシ事件で大破したことにより、GSライドを取り外されていた。だが、GGG再建計画で再設計・改修され、ガンホーク、ガンシェパーというガンマシンと三身一体することでビッグポルコートとなる機能を付加されている。

※50　P397

**ウルテクエンジン搭載機**

ギャレオンからもたらされたテクノロジーを活用した、重力下での飛行システム。GGGメカの多くに搭載されている。かつて、ウルテクエンジンを搭載したグリアノイドというオプションを装備することで、覚醒人1号は飛行可能になった。このウルテクエンジンはステルスガオーIIIのそれのプロトタイプであり、獅子王雷牙がガオファイガー・プロジェクトに先駆けて開発したものである。覚醒人Z号は1号よりも機体サイズを巨大化したことで、グリアノイドの機能を標準装備している。

なじみで、高校時代に再会した後、つきあっているらしい。

二人とも元アカマツ工業のアルバイトで、現在はGGGマリンレフュージ基地のアルバイト。

現在は蛍汰が浪人生で、火乃紀が大学生、二十歳。

※45　P380

**モーディワープ本部での決戦**

次世代環境機関NEO傘下の組織であるモーディワープが〈アルジャーノン〉という奇病の調査を行う過程で、アカマツ工業に協力を依頼した。だが、モーディワープの実態は単なる調査機関ではない。かつてNEOが〈ベストマン・プロジェクト〉という実験で生み出した超人類に対抗する組織のひとつでもあったのだ。この超人類＝カンケルは人類という生態系にとっての癌細胞に等しく、アルジャーノンとは免疫抗体であるソムニウムを活性化させるためのシステムであった。

モーディワープ本部はカンケル（ベストマン）とソムニウム（ベターマン）の対決の地となり、ラミアはその戦いに勝利した。

※46　P385

**頭部からアスファルトに墜落**

炎竜から雷龍、闇竜、そして日龍に受け継がれたクセ。合体ビークルロボとなった際の胸部を構成するシールドの重量が、バランスを崩しているらしい。

※47　P386

**月龍・日龍**

ドイツGGGで開発されたビークルロボ。GBR-14・15。光竜・闇竜と同型であり、シンメトリカルドッキングも可能だが、シンパレートが上がらず、まだ合体を成功させたことはない。

※51　P397

**アクセプトモード**

ニューロノイドに二種類存在するモードのひとつ。調査・分析に特化しており、調査対象に接触後、このモードになることが想定されている。ウームヘッドに搭乗したヘッドダイバーがメインパイロットとなる。

※52　P401

**アクティブモード**

ニューロノイドに二種類存在するモードのひとつ。移動・障害物排除に特化しており、調査対象に到達するまで、このモードになることが想定されている。セリブヘッドに搭乗したヘッドダイバーがメインパイロットとなる。

※53　P402

**獅子王の血筋**

阿嘉松滋は獅子王雷牙の息子であり、獅子王麗雄の甥、獅子王凱の従兄、ルネ・カーディフ・獅子王の異母兄にあたる。

※54　P404

**オクタニトロキュバン**

ニトロ化合物の一種で、爆発時に千二百倍の体積膨張をともなう強力な爆薬。だが、二酸化炭素と窒素が生成されるだけであるため、周囲に環境汚染を引き起こすことがない。

■初出一覧
終章：書き下ろし
第一章〜第四章：MF 文庫 J「勇者王ガオガイガー FINAL ①」
第五章〜第八章：MF 文庫 J「勇者王ガオガイガー FINAL ②」
新章：書き下ろし

# あとがき（という名の次回予告）

『勇者王ガオガイガー』ファンのみなさん、お久しぶりです……と言っても、ほとんどの方は『preFINAL』を読んでくださったと思うのですが。

本作『勇者王ガオガイガーFINALplus』は、この単行本だけでも楽しめるよう努力しましたが、やはり同時発売の『勇者王ガオガイガーpreFINAL』に続いて読んでいただいた方が、より深く味わえるかと思いますので、そちらもぜひよろしくお願いします（宣伝）。

かつてMF文庫Jから刊行された文庫版『FINAL』は、二巻構成でした。今回の単行本は、文庫本からOVA第1話以前の内容を『preFINAL』の方にまわし、二冊分の残った内容を合本にしたものです。

それでは『FINALplus』のプラスとはなにか？　まあ、パルパレーパ・プラスのようなものだと思っていただければ……だいぶ違いますね。むしろ、ファントムリング・プラス――の方だと思ってください。

文庫版の発売後、OVA『FINAL』に追加要素を加えたテレビシリーズ『勇者王ガオガイガーFINAL GRAND GLORIOUS GATHERING』が放映されました。今回の『FINALplus』では、その追加要素にあたる部分を加筆してあります。また、『GRAND GLORIOUS GATHERING』のDVD‐BOXでは、特典映像『プロジェクトZ』が収録された。この映像は『GRAND GLORIOUS GATHERING』本編の三年後（ラストシーンの二年後）を描いたものであり、次なる展開のプロローグとなるものでした。

——そう、我々スタッフのなかには『勇者王ガオガイガーFINAL』の次なる展開の構想が存在したのです！

ところが諸般の事情からその製作は実現しないまま、思ったよりも長い時間が経ってしまいました。そこで自分と米たに監督の間で、ワルダクミが持ち上がりました。

「映像化がムリなら、小説化って手もあるんじゃね？」

幸い、そのワルダクミに賛同してくださる方々がいてくれました。その結果、ついに実現したのです、次なる展開の小説化が！

今回の『ＦＩＮＡＬｐｌｕｓ』ではエピローグとして、次なる展開への橋渡しとなる短編を書き下ろしました。それがプラスと名づけた所以です。

この短編は、時系列でいえば『ＦＩＮＡＬ』と『プロジェクトＺ』の間の時期にあたる物語です。これまで、顔見せ程度にしか登場していなかった『ベターマン』のキャラクターたちも、本格的に『ガオガイガー』世界に関わってきます。

——否、次なる展開は『ガオガイガー』世界のストーリーではありません。舞台となるのは『ガオガイガー×ベターマン』世界です。

それでは最後に、次回予告（あの音楽とナレーションを思い出しながら、お読みください）。

# 鍵だ!

君たちに最新情報を公開しよう!
時に西暦二〇一〇年、地球人類は禁断の果実に手を出した。
触れてはならぬものに触れた時、大いなる罰が天から舞い降りる。
その名は〝覇界王〟!!
さらに時は流れ――
西暦二〇一六年、GGG機動部隊隊長・天海護が木星へと旅立つ。
それは人類、ベターマン、覇界王――三つ巴の死闘の開幕であった。
【覇界王 ～ガオガイガー対ベターマン～】
アナタハ　フタタビ　マヨイコム……

竹田裕一郎

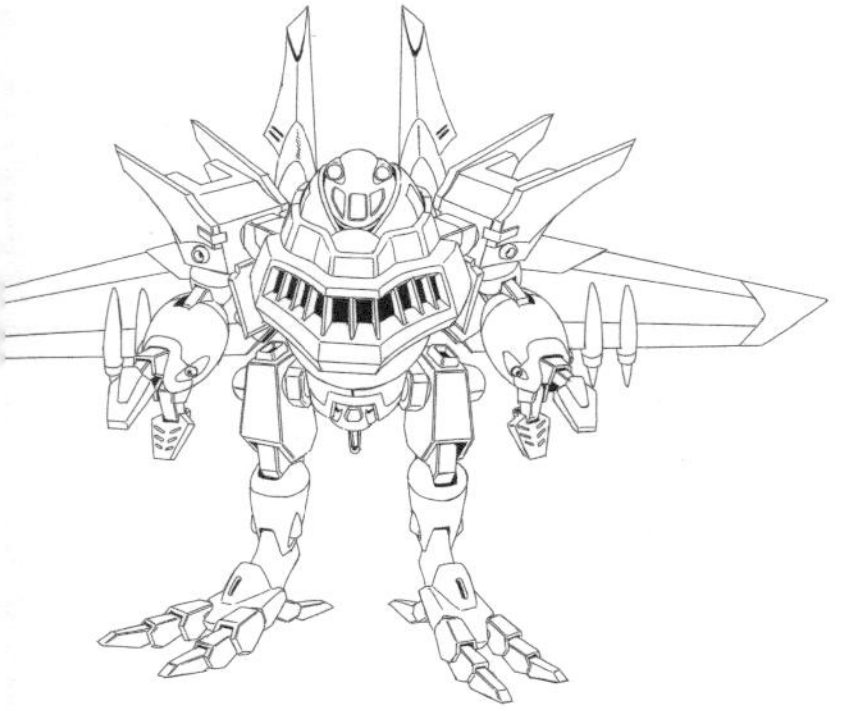

覚醒人凱号（アクセプトモード）

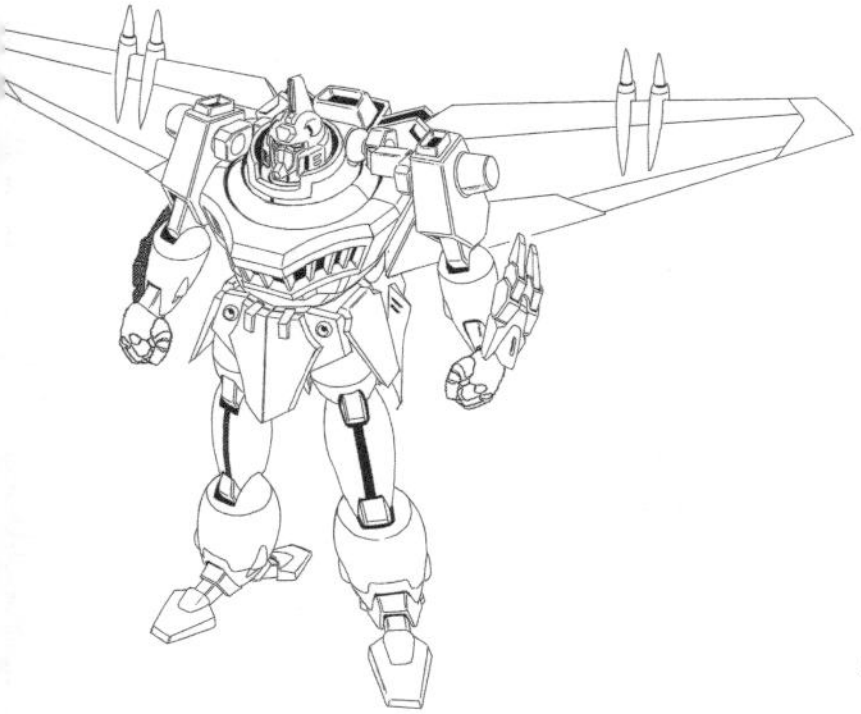

ガイゴー（アクティブモード）

NEXT

# これが勝利の

# 牙王凱号
GAOGAIGO

『覇界王〜ガオガイガー対ベターマン〜』
矢立文庫でweb連載開始!

# 勇者王ガオガイガーFINALplus

2016年9月22日　初版発行

【著者】竹田裕一郎　　原作：矢立 肇

【編集】新紀元社編集部（大野豊宏）
【カバーデザイン】水口智彦
【デザイン・DTP】株式会社明昌堂

【発行者】宮田一登志
【発行所】株式会社新紀元社
〒101-0054　東京都千代田区神田錦町1-7　錦町一丁目ビル2F
TEL 03-3219-0921 ／ FAX 03-3219-0922
郵便振替 00110-4-27618

【印刷・製本】株式会社リーブルテック

【スペシャルサンクス】米たにヨシトモ

ISBN978-4-7753-1407-4